같　　았　　다

같 았 다

백 가 흠
소   설

문학동네

차례

해설

훔 쳐 드 립 니 다

나는 도둑이다. 일을 하러 가는 중이다. 자전거를 타고 시골마을을 돌며 도둑질을 한다. 도둑은 기다리는 시간이 반이다. 공치는 날도 꽤 많지만 날씨가 좋은 날에는 일도 잘 된다. 자전거를 타며 맞는 봄바람이 정겹다. 자전거 페달을 구르면서 생각했다. 평생 이렇게 일하고 살면 행복하겠다고. 긴장감은 설렘을 가져온다.

햇살이 점점 익어가는 중이다. 날은 봄에서 여름으로 하루가 다르게 뜨거워지는 중이다. 일하기 힘든 시절이 오고 있다. 여름엔 사람들이 집밖으로 잘 나가지 않아서 빈집을 찾기가 쉽지 않다. 여름휴가를 떠나는 집은 보통 도시에나 있다. 나는 차에 자전거를 싣고 가서 자전거로 갈아타고 일을 보는데, 일할 곳에서 삼십 킬로미터쯤 떨어진 곳에 차를 주차시킨다. 도둑은 뭐든지 두렵다.

여름엔 일을 쉴 생각이다. 태국 치앙마이에서 한 달 살기를 알아보고 있다.

오늘은 일터를 ㅇㅊ읍 쪽으로 잡았다. 나는 ㄷㄱ시에 산다. 내가 타고 다니는 애마, 스페셜은 로드용으로 네덜란드에서 공수해 왔다. 아니, 그 말은 잘못된 것이고 나는 도둑놈이니까 물론, 스페셜하게 훔쳤다. 타고 다니던 내 국산 자전거를 두고 어느 집 벽에 걸려 있던 이 멋진 놈을 타고 나왔다. 막 도둑질을 시작한 무렵이었다. 첫눈에 스페셜에 반했다. 벽에 걸려 있는 자전거의 모습이 섹시했다. 자전거가 아름답다는 것을 알게 되었다.

나는 도둑이지만 값나가는 모든 것을 훔치진 않는다. 오로지 순금과 현금만 도둑질한다. 스페셜은 내가 처음으로 훔친 물건이다. 그 집에서는 스페셜 말고는 아무것도 훔치지 않았다. 도둑질을 하면서 그렇게 흥분된 적이 없었다. 그 벽에 내 자전거를 걸어놓던 순간, 얼마나 짜릿했던가. 하지만 잠시만 그랬고 그게 내내 마음에 걸렸다. 그것을 보고 주인이 느꼈을 모욕감이 떠오를 때면 나는 도둑놈 주제에 자괴감을 느끼곤 했다. 어쨌든 도둑은 충동적이면 안 된다. 그러면 일을 그르치기 마련이니까. 도둑에게는 절제하는 마음이 필요하다. 아무거나 다 훔치면 결국 잡힌다. 내겐 이를테면 나름 직업의식 같은 것이 있고 스페셜을 만난 것은 그런 원칙이 처음으로 무너진 날이었다.

알아보니 스페셜은 기천만원이 넘는 고가였다. 스페셜은 이제 내게는 없어서는 안 될 중요한 장비다. 물론 스페셜을 신고 다니는 작업용 차도 있다. 그건 훔친 것은 아니고, 할부로 마련했다. 내 차는 스웨덴에서 건너온 왜건이다. 이름은 '컨트리'로 지었다. 스페셜을 위해 격에 맞게 준비한 것이다. 트렁크에 거치대를 마련했는데 공간이 길쭉하고 넓어서 스페셜을 신고 다니기에 좋다. 스페셜의 집이 컨트리다. 세금 때문에 동업자의 개인사업자 명의로 차량 등록을 했다. 컨트리에게 매달 백오십만원의 할부금을 넣고 있는데, 앞으로 삼십팔 개월이 남았다. 내가 부지런히 벌어야 하는 이유 중 하나다.

내 생활은 철저하게 이중적이다. 직업도 두 개, 차도 두 대, 집도 두 채다. 둘 중 하나는 모든 게 감춰져 있고, 하나는 모두 드러나 있다. 숨겨진 삶은 안정적이고 드러난 인생은 불안정하며 피폐하다.

스페셜은 나와 주 사흘 일하고 나흘은 쉰다. 도둑질은 이틀간 하는데 점찍어둔 집에 사람이 있으면 바로 작업 종료다. 그러니까 다른 집을 찾지 않는다는 얘기. 내가 몇 년 동안 잡히지 않고 완벽한 도둑이 될 수 있었던 이유, 바로 자기 통제다. 규칙적인 생활은 도둑이 직업이 되면서부터 시작됐고, 내 생활은 건강해졌다. 잠도 잘 자고 몸도 부쩍 좋아졌다.

페달을 구르는 발에 힘을 주며 생각했다. 이젠, 그녀와 헤어져야겠다고 말이다. 그녀와 만난 지 벌써 사 년이 되었다. 생각해보면 연애하는 내내 나는 그녀를 잡으러 다니고 그녀는 도통 잡히지 않고 도망다니는 꼴이다. 그녀도 백수다. 그럼에도 그녀는 외박이 잦다. 때마다 뻔한 거짓말을 한다. 그녀에게 화가 나지 않게 된 지 오래다. 우리는 가끔 만나서 밥을 먹고 잠을 자고 일상적인 시간을 나누다 헤어진다. 나는 내리막길을 전속력으로 달린다.

엄청난 속력이 살아난다. 스페셜이 스페셜라이즈드가 되는 순간이다. 그러니까 특별함이 전문적이 되는 찰나다. 나는 학교에서 영문학을 전공했고, 박사과정까지 마쳤다. 원래 직업은 시간강사였다. 그게 직업이 될 수 있는지는 잘 모르겠으나, 결국 나는 도둑이 됐으니까 전공도 스페셜하지 않았고 직업도 스페셜라이즈드가 되지 못했던 것은 분명하다. 부업으로 학원에서 영어를 가르쳤다. 시간강사로는 살 수가 없었기 때문이다. 직업을 바꾼 뒤로 나는 살 만하다. 그래서 학원 일을 그만두었다. 스페셜을 만나면서 나는 스페셜라이즈드가 되었다. 그래도 얼마간은 강의를 포기하지 않고 도둑질과 병행했었는데, 최근 개정된 강사법 때문에 그만둘 수밖에 없게 되었다. 내겐 잘된 일이라고 생각했다. 누구에게 좋은 강사법인지 모르겠지만, 어쨌든 내게는 그랬다. 오랫동안 되지도 않을 일을 붙잡고서 스스로 포기하지 못한 것을 정부가 포기시켜줬으니까. 도둑보다는 교수가 되는 편이 낫겠다고 여기며 살아왔는데, 나는 달라졌다. 나는 학교를 나오고서야 드디어 진정한 직업인이 된 것이다.

봄바람이 앞을 가로막는다. 내 작업복과 장비는 일하는 데 최적화되어 있다. 사이클링 저지와 수트, 헬멧과 고글, 마스크와 장갑, 이 모든 것들이 바람을 막거나 비껴가게 만든다. 달리면서 나는 그녀를 사랑하는가, 묻는다. 마음은 대답이 없다. 왜 헤어지지 못하는가, 스스로에게 묻지만 딱히 답을 찾을 수 없다. 그냥, 나는 아무 변화가 없는 삶이 좋은 거라고 여긴다. 속썩이는 그녀와 계속 만나는 이유는 그런 생각 안에 있을 거라 믿는다.

오르막길이 시작된다. 자전거를 좋아하는 이유는 단순하다. 오르막, 내리막이 확연히 다르고 각각의 매력이 있기 때문이다. 오르막을 오를 때에는 잡념이 들지 않고 내리막에서는 반대로 생각이 많아진다.

헐떡이는 숨을 애써 고른다. 나는 고갯마루에서 멀리 보이는 마을을 내려다본다. 메고 있는 작은 배낭 안에는 커터와 '찍찍이'라고 부르는 테이프뿐이다. 알리바이를 위해 전화기도 두고 나온다. 목이 마르고 빈 생수병도 필요한데, 삼십 분은 더 페달을 굴려야 할 것 같다. 이렇게 멀리 출근을 하면 돌아가는 일도 만만치 않다. 야근을 해야 할지도 모른다. 나는 서두른다.

나는 읍내에 도착하자마자 편의점에 들른다. 잠깐이었지만 스페셜에 자물쇠를 채운다. 자전거 도둑이 가장 흔하다. 방심하면 잃어버린다. 스페셜에게 달아놓은 자물쇠는 자르려면 결국 자를 수는 있겠지만 꽤 고생을 해야 하는 튼튼한 놈이다. 자물쇠를 채울 때마다 뿌듯한 마음이 든다.

어디서 구하셨어요?

자전거숍 사장이 스페셜을 보더니 물었다.

외국에서 타던 거 가지고 왔어요.

나는 대수롭지 않게 말했다.

얘는 밖에 잠깐이라도 둘 거면 자물쇠 꼭 채워야 돼요. 안 그러면 금방 사라져요.

튜브에 바람을 넣으러 간 것이었는데, 좋은 정보를 얻게 되었다. 벽에 걸어놓을 생각만 했지 전혀 생각지 못했던 거였다.

진짜, 잘 나가죠?

그렇죠 뭐.

사장이 알아봐주니 기분이 좋았다. 그날 그 숍에서 가장 비싸고 튼튼한 자물쇠를 스페셜에 달았다. 채우고 푸는 일이 번거롭지만 혹 내게서 스페셜이 사라질까 나는 두렵다.

나는 어디에서건 헬멧과 고글과 마스크를 벗지 않는다. 일터에 들어서면 나는 달라져야만 한다. CCTV에 절대 얼굴이 찍히면 안 된다. 뭐든 흔적을 남기면 안 된다. 나는 생수 하나를 들고 계산하기 위해 한참을 기다린다. 사장이 아르바이트생을 다그치고 있다.

유통기한 보이게 진열하라고 했지?

……네.

그런데 왜 안 해?

한다고 하는데.

선입선출도 안 돼 있잖아.

……

앳된 티가 나는 남자애가 어쩔 줄을 몰라하며 사장에게 꾸중을 듣고 있었다. 그게 어쩐지 너무 익숙한 풍경이어서 오히려 낯설다. 나는 웬만해선 마주치는 사람들과 말을 섞지 않았다. 마냥 기다리는 수밖에 없다. CCTV가 있는 곳이니 더 조심해야만 한다.

증정품은 꼭 옆에 진열하라고도 했지.

신경질적으로 물건을 다시 배치하며 사장이 푸념을 늘어놓는다. 아르바이트생은 이제 아무 대꾸도 하지 않는다.

여긴 왜 이렇게 흐트러져 있는 거야? 가격 택과 물건이 맞지가 않잖아.

손님이 뒤에 있는 다른 물건을 꺼내가면서 흐트러졌나봐요.

그럼, 옹알란 없으면 훈제란 앞으로 하고, 옹알란 가격표 제대로 해놓고, 뒤로 밀지 말고 옆에 두라구. 못 알아들어? 열여덟이면 말귀 알아들을 만하잖아. 여기 도시락은 너무 위에 있으면 내용물이 안 보이니까 밑에 두라고 몇 번을 말했어.

사장은 말을 하면 더 화가 나는 스타일인가보다. 말하면서 점점 언성도 높아지고 신경질적으로 변했다. 나는 열여덟 살짜리 남자애가 학교에 안 가고 여기서 아르바이트를 하는 이유가 궁금했다.

여기요.

나는 참다못해 말했다. 아르바이트생이 계산대로 오려 하자 사장이 그를 붙잡았다.

이거 얼른 정리나 해.

나는 천원짜리 지폐 한 장을 말없이 내밀고 서둘러 그곳을 나왔다. 물은 몇 모금 마시고 나머지는 버렸다. 나는 곧장 며칠 전 봐두었던 한적한 마을로 향했다.

내가 이런 특별한 도둑, 시골마을만 터는 도둑이 된 이유는 간단했다. 도시에서는 집안에 현금을 두지 않는데, 시골은 달랐기 때문이다. 시골엔 금붙이도 현금도 많은 편이다. 보안도 허술하다. 욕심내지 않으면 도둑질은 언제나 풍족하다. 뭐든 없었던 게 생기는 일이니까.

나는 마을 입구에 다다르자 스페셜을 어깨에 짊어진다. 로드용이라 바퀴가 가늘어서 시멘트 길에서는 조심해야 한다.

나는 도둑질하러 들어가는 집 앞에 자전거를 잠깐 기대어놓는다. 도둑질하는 시간은 십 분을 넘기지 않는다. 오래 있어봤자 좋을 일이 없다. 나는 신속하고 조용하게 일을 치른다.

일을 하면서 가장 어려운 일은 집안에 사람이 있는지를 확인하는 것이다. 여러 방법을 써보았지만 그냥 물어보는 게 제일 쉽고 명확하다. 나는 집에 들어서며 큰 소리로 사람을 부른다. 사람이 나오면 들고 있던 빈 생수병에 물을 얻고 마을을 떠난다. 집이 비어 있으면 들어간다.

이 집엔 사람이 없다. 마을에서 가장 윗집이다. 현관문은 열려
있었다. 나는 안으로 들어온 뒤 현관문을 잠근다. 가만히 현관 입
구에 서서 집안을 둘러본다. 집안은 깔끔하게 정돈되어 있다. 나
는 알람을 맞추고 족적을 남기지 않기 위해 덧신을 신는다. 거실
천장 구석에 CCTV 카메라가 달려 있었다. 나는 신경쓰지 않는다.
카메라는 내가 누구인지 모른다. 믿어야 한다. 나는 여기로 오는
과정을 떠올려본다. 편의점에 들렀던 게 걸렸다. 만약 집주인이
신고한다면 경찰은 CCTV를 쫓을 것이다.

거실 벽에 걸린 가족사진을 바라본다. 노모를 가운데 모시고 십
수 명의 가족들이 환하게 웃고 있다. 나는 방들을 살핀다. 안방만
뒤지면 된다. 요즘은 도둑이 많지 않기 때문에 사람들은 귀중품을
그다지 귀하게 숨겨놓지 않는다. 나는 옷장을 열고 가만히 옷들
을 살핀다. 남성복과 여성복이 잘 구분되어 걸려 있다. 장롱 안쪽
에 작은 상자가 여러 개 있다. 열어보니 오래된 사진들이 가득 들
어 있었다. 주인에겐 이 추억이 가장 중요한 것이니 이렇게 깊숙
한 곳에 넣어두었을 것이다. 다음은 돈일 것이다. 손은 빠르되 침
착해야 한다. 상자 중 하나에 현금이 들어 있다. 사진 밑에 잘 숨
겨두었다. 오만원권 한 묶음이었다. 나는 뒤진 흔적을 남기지 않
는다. 장롱 문을 닫기 전에 흐트러진 곳이 없나 확인하고 문을 닫

는다. 화장대 서랍 안에는 꽤 많은 금붙이가 있었다. 가져가기 좋게 작은 상자에 잘 모아두었는데, 쌍가락지, 팔찌, 목걸이, 두꺼비 등 다 합치면 두 냥은 족히 넘을 듯했다. 다른 보석들은 그대로 두고 14K, 18K, 순금만 챙긴다. 다이아몬드가 있어도 나는 손대지 않는다. 그런 것을 내다 팔면 잡히기 마련이다.

마지막으로 집안 곳곳 창문과 방문을 단속했다. 꼼꼼하게 잠가주었다. 집을 나서기 전 들어올 때처럼 현관에 서서 집안을 빙 둘러본다. CCTV와 눈이 마주친다. 집주인이 무심한 사람이라면 한참 뒤에야 도둑이 들었다는 사실을 알아차릴 것이다. 덧신을 벗고 밖을 살핀다. 문 앞에서 집주인과 마주치는 일처럼 난감한 일은 없을 것이다. 아직 그런 일이 일어난 적은 없지만, 항상 그런 상상을 하곤 한다. 들어오고 나갈 때의 긴장감이 가장 크다. 이때 이상하게 엄청난 배변 욕구가 이는데, 일을 처음 시작했을 적엔 조절이 잘 되지 않았다.

일할 때마다 생각나는 에피소드 하나가 있었다. 어렸을 적, 집에 도둑이 든 적 있는데 그 도둑은 똥을 냄비에 싼 다음 뚜껑까지 덮어서 냉장고에 넣어두고 갔다. 그 똥과 마주한 우리 식구들 얼굴이 생생하다. 생각하면 피식 웃음이 나온다. 나는 그 정도는 아니고 잘 참는 편이다. 마음을 가라앉히고 밖으로 나온다.

나는 대문 안쪽에 기대어놓았던 스페셜을 다시 짊어졌다. 스페셜은 공기처럼 가볍다. 위에서 내려다보는 마을은 다른 인상을 준다. 정갈하고 조용한 마을이다. 코너를 돌며 그런 생각을 하던 찰나 한 아주머니와 마주쳤다. 보통은 그러지 않는데, 나는 흠칫 놀랐다. 내가 그러자 그녀도 멈춰 섰다. 도둑은 집주인을 알아본다. 방금 나온 집이 마을의 끝집이었기 때문에 더욱 그랬다.

안녕하세요.

나는 큰 소리로 인사한다.

네에, 안녕하세요. 그런데 왜 자전거를 힘들게 짊어졌대요?

집주인은 도둑을 알아보지 못한다. 아주머니가 웃으며 묻는다. 그녀는 가족사진 안에서 노모와 팔짱을 끼고 환하게 웃고 있었다. 생각해보니 노모의 방이 없었던 듯했다.

길이 안 좋아 자전거가 다칠까봐서요.

나는 그녀를 지나치며 무심히 말한다.

아, 그러게 길도 없는데 어떻게 여기로 들어왔대요. 시커먼 사람이 자전거를 짊어지고 내려와서 깜짝 놀랐네.

아주머니가 성큼성큼 걸어내려가는 나를 바라보며 빙긋이 웃었다.

그럼, 어여, 더 고생하세요.

그때 시계에서 알람이 울렸다. 나는 뭔가 들킨 사람처럼 허둥지둥 알람을 껐다. 마음은 바삐 움직였지만 침착해야만 했다. 한데 평소와 다르게 허둥댄다. 나는 돌아보지 않으려고 애썼다. 한 집 더 보아둔 곳이 있었으나 마음을 접었다. 돌아가는 길이 퍽 멀게 느껴졌다. 아스팔트에 닿자 나는 미친듯이 페달을 구르기 시작했다.

전속력으로 마을을 벗어나자 마음이 조금 놓였다. 일을 시작한 뒤로 시도 때도 없이 누군가 쫓아오는 듯한 느낌에 공포가 일었다. 공황장애 진단을 받아서 약을 먹고 있다. 일을 시작하기 전에는 꼭 약을 먹는데, 잊었다. 침착하지 않으면 잡힌다. 숨이 금방 차오른다. 그제서야 나는 평소처럼 일을 시작하기 전에 밥도 먹지 않았다는 것을 깨달았다. 루틴이 깨진 것을 알자 불안증이 심해졌다. 엄청난 허기가 몰려온다. 나는 읍내로 방향을 틀었다. 읍내, 시내엔 카메라를 피할 길이 없다. 돌아가는 길엔 읍내나 시내에 들르면 안 된다. 그럼에도 스페셜은 읍내로 향하고 있다.

수많은 CCTV를 발견할 때마다 언젠가 잡히겠지, 생각한다. 그런 생각은 처음 일을 시작할 때부터 매번, 매순간 들었다. 그렇기 때문에, 도둑은 경찰에게 잡힐 때를 대비해야만 한다. 훔친 것을 숨기고, 증거를 없애고, 잘 숨어 있어야 한다. 이런저런 생각이 많아진다. 나도 모르게 아까 들렀던 편의점 앞이다. 꺼림칙했지만 나는 어느새 스페셜에 자물쇠를 채우고 있었다. 나는 평소와 다르다. 몸이 마음먹은 것과는 다르게 움직인다.

조용히 편의점 안으로 들어섰다. 아르바이트생 혼자다. 가만히 서서 카메라를 바라보았다. 여기로 오면서 본 수많은 카메라가 겹쳐졌다. 뭔가를 많이 훔친 날엔 기분이 좋다기보다 불안과 긴장이 극에 달했다. 아르바이트생은 내가 온 줄 모르고 도시락 진열대 앞에서 하던 일을 계속했다. 내가 다가서자 그애가 깜짝 놀라 움찔했다. 그애는 진열장을 정리하는 것이 아니라 정돈되어 있던 물건들을 일부러 흐트러뜨리고 있었다.

나는 그애의 어깨 뒤로 손을 뻗어 김밥 한 줄을 집어들었다. 아르바이트생이 느릿느릿 계산대로 왔다.

사장이 카메라 확인하면 어쩌려고.

내가 알은체를 하자 그애가 나를 빤히 바라본다. 고글 너머로 나도 그애를 쳐다본다.

상관없어요. 그만둘 거니까.

나는 평소와 분명 다르다.

녹화된 거를 지우면 되지, 왜.

어차피 고장나서 녹화도 안 돼요. 그리고 물건 흐트러뜨리는 게 죄는 아니에요.

그 말에 긴장이 확 풀리는 것 같았다.

계산 안 해요?

아.

나는 편의점 구석에서 김밥을 먹는다. 일을 시작하고 처음 있는 일이었다. 마스크를 살짝 내리고, 녹화가 되지 않는다던 CCTV의 사각지대에 서서 허겁지겁 김밥을 먹었다.

다 지난주에 그녀 집에서 있었던 일 때문이다. 나는 김밥을 우걱우걱 씹으며 생각했다. 지난주엔 그녀가 여행을 다녀왔다. 친구들과 놀러간다기에 어디로 가는지도 묻지 않았다. 그녀가 돌아온다던 날, 연락도 하지 않고 그녀의 집에 들렀다. 내가 도착했을 땐 그녀가 막 캐리어를 풀고 있었다.

어, 진짜 돌아왔네?

웬일이야?

그녀가 의외라는 듯 물었다.

저녁이라도 먹으려고 왔지.

나, 밥할 시간 없어. 피곤해.

나가서 먹음 되지, 누가 밥을 해달래.

그녀가 가만히 손을 멈추었다가 하던 일을 계속했다.

돈 없다며.

밥 먹을 돈은 있지.

서로의 오가는 말이 곱지 않았다. 싸우지 않았지만 우리는 싸우고 있었다. 우리의 궁핍한 현실은 늘 서로에게 곱지 않은 말을 하게 한다. 물론 내 현실은 그렇지 않지만. 나는 철저하게 이중적이다. 그녀의 삶도 내 드러난 인생처럼 팍팍하긴 마찬가지다. 비정규직으로 일하다 잘리고 작은 옷가게를 차렸다 망하고, 요즘은 인터넷으로 뭔가를 파는데 영 신통치 않다.

누나, 외국이라도 다녀온 거야? 무슨 짐을 이렇게 많이 싸간 거야?

……외국은 무슨, 친구랑 여기저기 돌아다녔어. 어디 좋은 데 있음 안 올 생각도 하긴 했네.

그녀가 무슨 말인가를 하려다가 참았다. 그녀는 하고 싶은 말을 억지로 참을 때면 입술을 무는 버릇이 있었다.

아주, 팔자가 좋으시네.

나는 빈정거리며 소파에 앉아 그녀가 짐을 푸는 것을 가만히 지켜보았다.

왜 거기서 그러고 있어?

그녀가 퉁명스럽게 말했다.

그럼, 어디 있을까? 좀, 도와줘?

그녀가 옷가지를 개다가 손을 멈추고 잠시 그대로 있었다.

그래, 차라리 나가서 먹을 거라도 좀 사와라.

그녀와 여행을 간 것은 삼 년 전이 마지막이었다. 그뒤로 그녀는 친구들과 길고 짧은 여행을 여러 번 다녀왔다. 그것이 마음에 들지 않았다. 이상한 심리였다. 나는 그녀와 여행을 가고 싶지 않았다. 그녀도 나와 여행가는 것을 원치 않는다. 그런데 왜 이런 기분이 드는 건가. 나는 편의점에서 이것저것 먹을 것을 사가지고 돌아왔다. 그새 그녀는 짐 정리를 마치고 소파에 앉아 있었다.

여행 얘기 좀 해봐.

별거 없었어. 구경하고 밥 먹고 술 마시고.

어디로 다녀왔는데?

그냥, 돌아다녔다고 말했잖아. 넌 뭐가 그렇게 궁금한 게 많아?

당연히 궁금하지, 여자친구가 며칠 동안 여행을 다녀왔는데, 그 사이 전화통화를 한 것도 아니고.

그녀는 내가 사온 먹을거리엔 관심도 없었다.

이 막걸리는 뭐야? 술 마실 거면 집에 가.

나가서 밥이나 먹을까?

아니, 쉴래. 피곤해.

우리는 나란히 앉아 꺼져 있는 TV를 멍하니 바라보았다. 무슨 말을 꺼내도 서로에게 좋지 않을 것을 경험으로 알고 있었다. 나는 침묵이 어색해져서 화장실에 갔다. 잘못한 것도 없는데, 이상하게 그런 마음이 들었다. 그녀도 마찬가지일 것이다. 한참을 변기 위에 앉아 있었다. 화내지 말자. 거울을 보면서 중얼거렸다. 마음을 다잡고 화장실 밖으로 나오니 그녀는 소파에 앉은 그대로였다. 여전히 꺼진 TV만 바라보고 있었다. 나는 발매트 대신 깔아놓은 수건에 발을 닦다 멈칫했다.

혹시, 무슨 일 있어?

무슨 일이 있기를 바라는 것처럼 매번 물어. 무슨 일이 있어, 있긴.

화장실에 들어갈 적엔 분명 발수건에 '남산호텔 02) 255-2560'이라고 찍혀 있는 부분이 보였었는데, 나올 때는 뒤집어져서 아무것도 없는 면이 위를 향하고 있었다. 도둑은 관찰력이 좋은 법이다.

너야말로 무슨 일 있니?

그녀는 푸념처럼 말을 늘어놓다가 결국 신경질적으로 대꾸했다. 숨기고 싶은 뭔가를 들키면 화가 나는 법이다.

나 강사 잘렸어.

그녀가 나를 뻔히 쳐다보았다.

이제 뭐 먹고 살려고?

그녀가 무심하게 물었다.

내가 그만둔 게 아니라, 잘린 거라고. 이제 도둑질이라도 해야지.

나는 감정을 들키지 않기 위해 과장되게 웃으며 얘기했다. 그녀는 웃지 않았다.

그날 이후로 나는 그녀에게 전화를 하지 않았고, 그녀에게서도 연락이 없었다. 이대로 그냥 정리해야지, 나는 마지막 남은 김밥을 입에 넣으며 다짐했다. 그녀만 없으면, 나는 평온할 것이다. 도둑질이나 열심히 하면서 잘살아야지, 편의점을 나서며 결심한다. 나가면서 돌아보니 아르바이트생이 나를 빤히 쳐다보고 있었다.

아저씨, 저 사이클 얼마짜리예요?

그애는 내가 아니라 내 뒤의 스페셜을 보고 있었다.

왜, 자전거 좋아해?

그냥요.

꽤 비쌀걸.

달릴 때 팔십 킬로 넘어요?

어떻게 타느냐에 달렸겠지?

작년 투르 드 프랑스 평균속력이 얼만 줄 아세요?

글쎄.

칠십이 킬로예요. 최고 속력은 시속 백십 킬로가 넘었고요.

그렇게 빠를 거라고 생각은 못했다. 속으로 나는 좀 놀랐다. 일을 시작하면 사이클링 앱을 켜놓는데, 스페셜의 최고 속력은 내리막길에서도 육십 킬로미터를 넘은 적이 없었기 때문이다.

내가 기술이 모자라서 그렇지 저놈도 그렇게 달릴 수 있고, 달리고 싶을 거야.

저도 언젠간 로드용으로 좋은 거 사려고요.

언젠가는 없는 시간이야. 갖고 싶을 때 가져야지.

나는 분명 평소와 다르다. 다른 날과는 달리 말이 많다.

그래서 아르바이트하는 거야?

그래서 알바하는 거 아니에요. 알바비로 언제 저렇게 비싼 걸 사요.

그렇지. 뭐든 훔치는 게 빨라.

훔치는 게 빠르겠죠.

자전거를 훔치는 건 쉽지 않지만 다른 건 쉬울 수도 있어.

다른 거요?

훔치기 쉬운 것을 훔친 다음, 자전거를 사.

그러다 들키면요?

들키지 말아야지.

말도 안 돼. 어떻게 안 잡혀요, 세상에 이렇게 CCTV가 많은데.

그애가 피식 웃으면서 편의점 곳곳에 설치되어 있는 카메라를 가리켰다. 제법 성숙해 보였는데 웃을 땐 영락없는 애다. 나는 그애를 뒤로하고 편의점을 나왔다. 그애는 문 앞까지 와서 내가 자물쇠를 푸는 동안 스페셜을 구경했다.

진짜 멋져요.

멋지지, 내게는 너무 과분하게.

그애는 한참 동안 나와 나란히 걷는 스페셜을 바라보았다. 내가 뒤돌아봤을 땐 언제 나타났는지 사장이 또 그애를 다그치고 있었다. 다음에 기회가 된다면 저 편의점을 털고 싶어졌다. 사람이 있는 곳을 터는 게 진짜 전문가인데, 뭔가 아쉬웠다.

나는 천천히 페달을 구른다. 보통은 그러지 않고 신속하게 일터를 벗어나는데 오늘은 웬일인지 긴장감이 사라졌다. 차가 있는 곳까지 가려면 한 시간 반은 달려야 한다. 이런 속력이면 세 시간은 가야 한다. 그럼에도 나는 유유자적 도로가로 아주 천천히 달리기 시작했다.

오늘까지 나는 백다섯 집을 털었다. 내겐 오랫동안 거래해온, 절대로 들키지 않을 상생의 금방이 있다. 나름 동업자다. 모인 금을 건네면 금방 주인은 바로 녹여 골드바로 만든다. 그것을 은행의 비밀금고에 차곡차곡 넣어두었다. 내가 아니면 아무도 손을 댈수 없는 곳이다. 나는 금방 주인 이름으로 네 개의 적금을 붓고 있고, 그의 사업자 명의로 낸 컨트리 할부까지 한 달에 현금만 천만원 정도가 필요하다. 도둑질 수입은 언제나 들쭉날쭉해서 돈 관리를 잘해야만 한다. 많이 버는 달은 그 몇 배를 벌 때도 있지만 수입이 변변치 않은 달도 많다. 나는 컨트리를 세워둔 곳까지 천천히 스페셜을 몰면서 생각했다. 적금 만기가 돌아오려면 오 년은더 일을 해야 한다. 나는 마흔이 되면 한국을 떠날 것이다. 컨트리와 스페셜을 그곳으로 데려갈 것이다. 모은 돈을 아주 천천히 쓰면서 살 것이다. 다시는 돌아오지 않을 것이다. 페달을 구르며 매번 하는 다짐을 다시 했다. 잡히지 말아야 한다. 잡혀도 금방 나와야 한다. 머릿속이 복잡하다. 오르막길이 시작되자 나는 전속력으로 오르막을 올랐다.

걷는데도 숨이 헐떡거렸다. 산속 한적한 도로에 세워둔 컨트리에 다다르자 이상하게도 다시 불안감이 엄습했다. 말끔한 옷으로 갈아입고 트렁크에 스페셜을 싣는 동안에도 숨이 가라앉지 않았다. 나는 주위를 두리번거렸다. 일을 마치면 늘 그렇다. 산속엔 서늘한 기운이 감돈다. 부지런히 여름이 오고 있었지만 아직은 먼듯했다. 공황장애 약을 먹고 운전석에 앉아 마음을 가라앉히려 애를 썼다. 긴장감이 빠지면 실수하기 마련이고 잡히기 마련이다.

이 직업은 일할 때도 그래야 하지만 일하지 않을 때 더 긴장해야만 한다. 나는 머릿속으로 차근차근 돌고 돌아서 집으로 가는 길을 떠올려본다. 컨트리를 주차하는 곳은 따로 있다. 시내에 주차를 하고 한 시간을 걸어서 내가 사는 오피스텔로 간다. 그 오피스텔 지하주차장엔 내 오래된 승용차가 또 있다. 거기엔 내 과거가 살고 있고, 시내에는 내 현재가 산다.

시내에 들어서자 차가 막히기 시작했다. 내일부터 명절 연휴라는 것이 떠올랐다. 명절에도 집에 가지 않은 지 몇 년째다. 며칠 전에 남동생에게서 전화가 왔었다.

이번 명절엔 꼭 와, 형.

봐서.

나 여름에 결혼해. 명절에 인사하러 갈 거야. 형도 봐야지.

……내가 만나서 뭐해.

그래도 봐야지, 소개시켜주고 싶어.

봐서, 갈게.

먼 데 사는 것도 아닌데, 집에 자주 좀 들러. 엄마, 걱정 많아.

오랜만에 전화해서 잔소리냐.

걱정되니까 그러지.

남동생은 서울에 사는데, 근처에 사는 나보다 더 자주 집에 들른다. 그가 형 같고, 내가 동생 같다. 원래, 다 그렇긴 하지만, 우리 형제는 더욱 그렇다. 남동생은 일찍 자리잡아 돈을 벌기 시작했고, 나는 공부한답시고 오랫동안 엉뚱한 짓만 하며 살아왔다. 그리고 결국 도둑놈이 되었다. 엄마에게도 남동생에게도 뭐라도 해주고 싶지만 내 삶은 궁핍하게 보여야만 한다. 하나가 무너지면 모두 들킨다.

꼭 오는 거지?

끊어. 나중에 통화 다시 하자.

나는 뭐가 그리 꼬인 걸까, 원래는 친절한 사람이었는데. 자조해봤자 남는 것은 비루한 현실뿐이다. 나는 이번 명절에도 집에 가지 않을 것이다. 일이나 해야지. 나는 꽉 막힌 도로에서 마치 남동생에게 말하는 것처럼 큰 소리로 말했다.

집 근처에 다다르면 신경이 곤두선다. 컨트리를 숨겨놓는 주차장은 시내 한복판에 있다. 사람의 왕래가 많고 누구에게도 의심받지 않을 만큼 번화한 곳에 컨트리와 스페셜을 숨긴다. 주차비는 이 년치를 한 번에 지불했고, 최근에 삼 년치를 다시 선불로 냈다.

그사이 우리가 문 닫으면 어떻게 해.

첫날, 주차장 아저씨가 내가 내민 돈을 세며 걱정스러운 표정으로 말했다.

뭘 어떡해요. 제 차 이고 가셔야죠.

CCTV 같은 건 없는 낡은 주차장인데, 철골 사층의 구조로 제법 크다.

혹시 제가 갑자기 안 와도 아저씨가 애기 좀 잘 돌봐주세요.

아니, 미리 돈을 다 냈는데, 그럼, 그렇게 해야지. 근데, 어디 멀리 가?

아니요. 혹시 그러면요. 사정이 생겨서 못 오게 되면요. 제 차 비싼 거 아시죠? 삼 년 안에 못 돌아오면 와서 월세 밀린 건 꼭 갚을 테니, 잘 부탁드려요.

어디 먼 데 가나보네. 나야, 좋지 뭐.

시내의 번화가 한복판 주차장은 불경기라는 것이 없다. 이곳은 언제나 붐빈다. 컨트리를 숨기기엔 안성맞춤이다. 내가 사는 오피스텔은 주차장으로부터 걸어서 삼십 분 떨어져 있는 곳인데, 나는 한 시간을 꼭 채워서 집에 간다. 지하철을 타기도 하고, 버스를 타기도 하다, 내려서 걷다가 다시 버스나 지하철로 갈아타고 집으로 간다. 집으로 가는 시간이 오래 걸리면 걸릴수록 마음이 평온해진다.

내가 사는 오피스텔엔 천 가구가 산다. 천 개의 방, 실로 어마무시하다. 이십층 건물이니 대략 한 층에 오십여 개의 방이 있는 셈이다. 과거가 살고 있는 내 집은 십이층에 있다. 이곳에 사는 게 꿈이던 시절도 있었다. 팔 년 전 강사 일을 시작하면서 학교 앞 자취방에서 탈출해 이 작은 오피스텔에 들어왔다.

문 앞에 서자 이상하게 낯설다. 문을 열고 들어가고 싶지가 않다. 다른 집으로 갈까, 망설인다. 그런 날도 있는 것이다. 문을 열고 들어가면 무슨 일이 벌어질 것만 같은 느낌. 약을 먹었는데도 증세가 가라앉지 않는다. 도둑질을 많이 한 날엔 그런 기분이 잠들기 전까지 계속된다. 허나 마음과는 달리 나는 도어록의 비밀번호를 누르고 있다.

그런 불안한 느낌이 든다면, 며칠은 밖에서 지내야만 하는 직업의식을 가져야만 했었나보다. 내 예감이 맞았다.

어이, 왔어?

문을 열고 보니 여러 명의 사내가 내 집에 있었다. 나는 움찔 뒤로 물러섰다. 그러나 때는 이미 늦었다. 이미 밖에서 대기하고 있던 두 사내가 내 허리춤을 꽉 붙들었다.

이범상씨? 반갑네, 진짜. 당신 오래 기다렸어요, 정말. 그동안 열심히 찾았다고.

사내들 중 반장으로 보이는 사람이 나를 보며 활짝 웃는다. 그가 다가와서 손목에 수갑을 채웠다. 서늘함이 감기더니 섬뜩한 느낌으로 바뀌었다. 팔부터 시작해 온몸이 얼어붙는 것만 같았다. 이런 순간을 그토록 상상했음에도 막상 닥치니 심장이 터지고 몸에서 바람이 모두 빠져나간 뒤 폭삭 내려앉을 것만 같다. 그는 미란다원칙을 고지했다. 나는 멘탈을 붙잡아야만 한다.

변, 변호사를 부르겠습니다.

그래야지, 지은 죄가 많으니 당연히 불러야지. 그전에 우리가 수색영장을 받아왔으니깐, 조금 기다려줘요.

이미 꼼꼼하게 집안을 뒤져서 찾아낸 돈다발과 금붙이가 방 한

가운데 가지런히 놓여 있었다. 이렇게 들킬 날을 위해 나는 훔친 것의 일부분을 과거의 집에 부려놓았다.

당신, 아주 열심히 살았나봐.

나는 아무 대답도 하지 않았다. 아무 말도 하지 않아야만 한다. 그렇게 머릿속으로 연습했지만 머릿속은 하얘졌다. 무슨 말로라도 변명하고 싶다. 나는 고개를 푹 숙이고 아무 말도 듣지 않으려고 노력했다.

이놈, 또 어디 일 다녀온 모양인데요.

한 남자가 내 서류가방에서 영문 교재와 섞여 있던 오늘의 장물들을 꺼냈다.

오늘은 어디로 다녀왔어요? 자전거는 어디다 숨겨놨고?

나는 적잖이 당황했다. 이들은 나의 스페셜을 알고 있다. 더욱 더 아무 말도 하지 않아야 된다.

내가 당신 쫓아다닌 지 삼 년이나 됐어요. 당신이야 모르겠지만 내겐 그간 쌓인 정이 있으니 작은 거 하나 선물로 좀 줘봐. 서로서로 좀 좋아지게.

나는 입술을 깨물었다.

흔적이 하나도 없어서 영영 못 잡을 줄 알았네, 난.

그가 장하다는 듯이 살짝 내 등을 토닥거렸다.

그런데 삼 년 동안 훔친 것치고는 얼마 안 되는데요.

어디다 숨겼겠지. 이분께서는 말 안 해줄 거 같으니, 찾아내야지 우리가.

마치 나보고 들으라는 듯이 형사들끼리 말을 주고받는다. 나는 돈과 금을 내려다보며 어림짐작으로 셈했다. 걸린 것만 말하면 된다. 나는 속으로 되뇌었다. 내 모든 것은 이십층에 있는 금방 주인 명의로 된 또다른 내 집에 있다. 그곳만 들키지 않으면 된다. 나는 준비를 잘해왔다. 혹시 빠뜨린 것이 있나 떠올려보려 했지만 자꾸 다른 생각이 앞선다. 엄마와 남동생이 알게 될까 그게 더 걱정이다.

그런데 제 집에는 어떻게 들어왔습니까?

나는 침착하게 물었다.

범상씨 잘 아는 사람이 비밀번호를 알려줬지. 현장 정리하고 주차장으로 가자.

반장이 내 등을 가볍게 떠밀었다. 우리는 지하주차장으로 내려갔다. 그들은 내 차가 어디 있는지 이미 알고 있었다. 나는 물끄러미 오래된 내 차를 바라보았다. 과거가 가득한 차에는 현재를 숨기지 않는다. 그 차가 그렇게 처연해 보이긴 처음이었다.

별거 없는데요.

아, 범상씨, 자전거 어뎠어. 너 자전거 타고 일하잖아.

저, 자전거 타지 않습니다.

이들이 나를 알 리가 없다. 나는 한 번도 자전거를 타면서 고글과 마스크를 벗은 적이 없었다. 그냥 떠보는 것이다. 나는, 나를 믿어야만 한다. 그런데 그런 증거도 없이 나를 어떻게 찾아낸 것인지, 궁금했다.

길어지겠네. 이제 철수들 하지.

반장이 말한 뒤 나를 한 승합차에 타게 했다.

반갑지? 잘 아는 사이겠지만 서로 인사라도 나누세요.

내 앞에 그녀가 앉아 있다. 얼마나 울었는지 눈이 퉁퉁 부어서 처음에는 누구인지 알아보지 못했다.

범상씨, 오래된 거 같던데 몰랐나봐. 여기 이분이 당신이 훔친 장물 다시 훔쳐서 팔아먹다 걸린 거야. 이분 아니었으면 당신 못 잡았어, 우리는.

그녀와 진작 헤어져야 했다. 그녀만 없었다면, 나는 평온했을 텐데. 허나 내가 그녀를 아는 것보다 그녀가 나를 더 많이 알고 있었다고 생각하니, 내가 그녀와 왜 헤어지지 못했었는지 그 이유를 조금은 알 것도 같았다. 우리는 퍽 잘 어울리는 한 쌍이었던 것.

1 9 8 3

서른네 살의 프랜시스 스펜서는 한국계 미국인이다. 그는 미국 남부 노스캐롤라이나주에서 성장했다. 그가 자란 클레이카운티는 사막지대로 인구 만 명의, 주에서 가장 작은 카운티였다. 작은 도시 남쪽에는 인공 호수인 채투지호가 있다. 입대하기 전까지 그는 클레이카운티를 떠난 적이 없었다. 양부모가 일 년 사이 연이어 모두 죽자 스물셋에 그는 원래대로 다시 혼자가 되었다. 그러자 그는 미군에 자원입대했다. 시민권을 얻기 위해서 어쩔 수 없는 선택이었다. 양부모는 입양아인 프랜시스가 열여섯 살이 넘으면 시민권을 신청할 수 있었지만 어쩐 일인지 그러지 않았다. 고등학교를 졸업하고서야 그런 과정이 필요하다는 것을 알 수 있었는데, 양부모는 그때에도 적극적이지 않았고 그도 마찬가지였다.

사는 데 별 불편함이 없었기 때문이다. 하지만 양부모가 갑자기
죽자 문제가 생기기 시작했다. 그러니까 그는 한동안 불법체류자
가 되었는데, 재판을 받은 뒤 시민권을 획득하는 과정이 복잡해서
입대를 결심하게 되었다.

두 번의 복무 연장으로 입대한 지 십일 년이 지난 지금, 그는 미
국 시민권자이며 직업군인이었다. 그는 현재 미군 중사이고 한국
의 용산기지에서 복무중이었다. 한국에서의 두번째 복무였다. 그
의 원래 이름은 조팔삼이었는데, 과거에 묻어두었던 그 이름을 두
번째 복무를 위해 한국에 와서야 다시 꺼내게 되었다. 친부모를
찾기 위해서였다.

"팔삼, 강릉엔 가본 적 있어?"

일구가 조수석에 앉은 프랜시스에게 영어로 물었다. 둘은 강릉
으로 향하고 있었다.

"7번국도가 지나는 곳이잖아. 그 정도야 알지."

두 사람이 탄 승용차는 출근 시간 고속도로 정체로 한 시간째
꼼짝하지 못하고 있었다. 프랜시스는 한국에 대해 잘 알지 못했을
뿐더러 아는 사람도 한 명 없었다. 일구는 그의 유일한 동갑내기
한국 친구였다. 그는 태어난 나라로 돌아왔지만 그다지 감흥이 일
지는 않았다. 자신이 한국인이라는 생각을 해본 적이 거의 없었
기 때문이다. 그가 기억하는 인생의 전반은 모든 것이 황량하기만
한 노스캐롤라이나 사막의 건조함에 묻혀 있었다. 그에게는 사계

절이 뚜렷하고 푸른 숲과 산이 많은 한국이 가장 낯설고 이국적인 곳이었다. 하지만 예전보다 한국이 친근해지기 시작했다면 모두 일구 덕분이었다.

"경포대에는 가봤어?"

프랜시스는 처음 한국에서 복무하던 시절이 떠올랐다. 여자친구 캐서린과 여름휴가를 보냈던 경포대가 생각났다.

"낙산사에 간 적이 있어. 신흥사에도 갔었고, 백담사에도 다녀온 적 있어."

흑인 아버지와 동남아시아인 어머니 사이에서 태어난 캐서린은 미국 동부 출신이었는데 현재 중동에서 근무중이었다. 그녀와는 헤어진 지 오래였지만 가끔 이메일로 안부를 주고받았다. 중동은 언제나 심각한 상황이었지만 근래에는 한국의 상황이 더 걱정된다며 그녀는 예전보다 자주 한국의 상황을 묻곤 했다. 프랜시스는 그럴 때만 가끔 자기 머리 위에 북한이 있다는 사실을 깨닫고는 긴장했다. 평온한 한국과는 달리 떠들썩한 미국의 언론을 비롯한 외신들이 더 위협적으로 느껴질 때가 있었다.

"신흥사나 백담사는 강릉보다 위쪽인가? 네가 나보다 더 잘 안다, 한국을."

"신흥사는 조금 위고, 백담사는 내설악에 있어. 나는 건봉사에도 다녀온 적이 있어."

"건봉사? 그건 어디에 있는 거야? 너 불자야?"

"건봉사는 더 북쪽에 있어. 아마 그곳에서 북한까지는 몇 킬로미터 되지 않을 거야. 난 종교는 없어. 그냥, 한국의 절이 좋아. 신비롭고 어떤 경외감 같은 것이 생기거든. 마음도 차분해지고 말이야."

"건봉사가 북한에 있어? 신비롭고 경외감이 생긴다는 게 무슨 뜻이야?"

잘못 알아들은 일구가 프랜시스의 발음을 어렵게 따라했다.

"음, 난 네가 영어를 좀더 잘했으면 좋겠어. 더 깊은 대화를 할 수 있게 말이야."

"천천히 얘기해봐. 무슨 말인지 하나도 못 알아듣겠어."

"아니야, 아무것도. 운전이나 잘해. 너는 영어를 잘 못해서 더 좋은 친구 같아."

"내가 좋은 친구야? 너도 좋은 친구야."

일구가 환하게 웃었다.

"그래도 처음 봤을 때보다 영어가 엄청 좋아졌어. 대단해."

일구의 얼굴에 배시시 웃음이 번졌다. 아침이었지만 한여름 더위는 그 기세가 대단했다. 프랜시스가 답답한지 창문을 내렸다. 탁하고 더운 공기가 훅, 풍겨왔다.

프랜시스는 일구를 동두천에서 근무할 당시 만났다. 구 년 전, 스물다섯, 그가 처음 한국에서 복무할 때였다.

"미군 아저씨, 여기 좋은 거 많아. 골라봐."

처음 만났을 때 일구는 거리에 좌판을 깔고 허접한 생활용품들을 팔고 있었다. 프랜시스가 물건들을 구경하자 일구가 친근하게 다가왔다.

"내가 잘 아는 클럽도 있어."

일구가 속삭였지만 프랜시스가 아무 대꾸를 하지 않자, 일구는 한 발 물러섰다.

"뭐야, 한국 사람인가, 카투사예요?"

일구가 경계하듯 한국말로 말했다. 프랜시스는 피식 웃었다.

"아니에요. 미국 사람이에요."

프랜시스가 어눌한 한국말로 대답했다. 그는 한국말을 전혀 몰랐지만 그 말은 한국에 복무하면서 가장 많이 듣는 한국말이었다. 프랜시스가 미국인이라는 사실에 일구는 안도하는 모습이었다.

프랜시스는 일구와 만난 첫날, 불법 복제 CD를 비싼 값에 샀다. 속고 있다는 것을 알았지만 프랜시스는 개의치 않았다. 어떤 정감을 일구로부터 받았다. 프랜시스는 한국에서의 생활이 심심하고 무료했다. 동료들과 주말에 하릴없이 클럽에 가서 죽치는 것도 싫었다. 그러니까 그는 그냥 혼자 있고 싶었는데, 언제나 갈 곳이 마땅치 않았다. 그래서 좀 많이 혼자 걸었고, 혼자 밥을 먹었고, 혼자 쇼핑 아닌 쇼핑을 하곤 했다. 생각해보면 그는 언제나 혼자였다. 피부색이 달랐기 때문에, 친부모가 아니라 양부모 밑에서 자랐기 때문에, 체구가 작았기 때문에, 많은 이유로 그는 혼자였다.

군에 입대하고서는 혼자 있을 수 있는 시간이 거의 없었고, 다른 것보다 그게 힘들었다. 주말 외출이나 외박이 그에게는 혼자일 수 있는 유일한 시간이었다.

"마돈나 좋아하는구나? 수준 있네."

프랜시스가 CD를 살펴보고 있는데 일구가 뭔가 통한다는 듯 반가워했다. 프랜시스는 마돈나에 대해서 잘 알지 못했다.

"혹시, 돈 깁슨이나 도나 파고 같은 건 없어?"

그는 팝보다는 컨트리음악이 훨씬 친숙한 사람이었다. 그는 일구에게 양부모가 즐겨 듣던 가수의 앨범이 있는지 물었다.

"누구? 마돈나가 최고지. 누군지는 몰라도 이게 더 좋아."

일구가 CD를 건네며 말했지만 프랜시스는 한국말을 한마디도 알아듣지 못했다. 하지만 그냥 낯선 사람과 익숙하지 않은 언어로 마주하는 게 반가웠다. 아는 사람이 생긴 것 같은 느낌이었다.

"나, 마돈나 안 좋아해."

"마돈나는 여전히 멋지지, 안 그래? 벌써 삼십오 년 전 앨범인데 말이야."

"나는 노스캐롤라이나 출신이야. 카우보이의 후예라고. 그런 노래는 동부의 샌님들 아니면 캘리포니아의 날라리들이나 듣는 거야."

"맞아, 1983년의 일이지. 이 앨범이 나와 나이가 같다는 게 놀라워, 정말. 이거 미국에서 어렵게 구한 거야. 너한테 정말 싸게

주는 거라고."

　일구는 조잡하게 복제된 CD를 흔들어 보였다. 그는 주로 한국
어로 말했지만 때론 유창하게 영어를 섞어 말했고, 프랜시스는 그
럴 때마다 피식 웃음이 나왔다. 이상하게도 프랜시스는 일구의 거
짓말이 하나도 밉지 않았다. 그날, 프랜시스는 일구에게서 팔십년
대의 마돈나와 신디 로퍼, 구십년대 팝송이 수십 곡이나 담긴 CD
를 샀다. 그는 한 번도 그 CD를 플레이 한 적이 없었다. 포장도 뜯
지 않은 채 여전히 고이 간직하고 있었다.

　영동고속도로는 일찍 여름휴가를 떠나는 사람들로 꽉 막혔다.
출발한 지 두 시간이 되었지만 두 사람은 아직 서울 근교를 벗어
나지 못하고 있었다.

　"강릉까지 이러면, 약속 시간보다 늦겠는데."

　일구가 혼잣말을 했다.

　"그 사람들 집으로 가는 거 아니야?"

　"아니야. 시내에서 보기로 했어. 무슨 사정이 있나봐."

　일구는 창문을 열고 담배를 피웠다. 찐득하고 뜨거운 공기에 숨
이 막힐 지경이었다.

　"원주쯤 가서 막국수 먹고 갈까? 알지? 막국수?"

　일구가 젓가락질하는 시늉을 해 보였다.

　"물론 알지. 냉면 같은 거잖아. 하지만 난 그런 음식에 익숙하
지가 않아. 미안해."

"그래, 아주 맛있는 집이 있어."

"일구, 담배 좀 끊어."

프랜시스는 자신이 한국계라는 것을 동료들에게 굳이 밝히지 않았다. 한국에 대해서는 아는 것도, 관련된 기억도 전혀 없었기 때문이다. 그보다 자신이 미국인이 아니라고 생각해본 적이 없어서, 그는 그런 자각 같은 것이 아예 없었다. 그는 언제나 노스캐롤라이나의 건조한 바람과 강렬한 햇빛이 그리웠다. 그는 한국이 변덕이 심한 날씨를 가지고 있다고 생각하곤 했다. 날씨에 따라서 자신의 기분이 달라지는 것을 깨달았기 때문이다.

그는 향수병에 시달리고 있었다. 노스캐롤라이나에 특별한 사람들이 남아 있는 것은 아니었다. 양부모의 친척들, 가까웠던 동창들 몇 명이 전부였지만 그는 항상 그곳이 그리웠다. 조금 많이 지루하고, 그러면서 여유 넘치는 햇빛 강렬한 오후가 간절했다.

"한국의 여름은 확실히 다른 것 같아. 노스캐롤라이나도 덥지만, 이곳은 조금 다르게 더워."

"잘 떠올려봐, 팔삼아. 너한테도 익숙한 기후일 테니."

일구를 두번째로 만났을 때는 겨울이었다. 한국에서 두 계절을 지내며 프랜시스는 혼자 주말을 보내는 방법을 터득해가고 있었다. 그는 주말마다 산에 다니기 시작했다. 우연히 따라나선 도봉산 산행에 큰 감명을 받은 뒤부터였다.

혼자서 서울의 북한산을 등반한 뒤 마지막 버스를 타고 동두천으로 돌아온 날이었다. 일구가 터미널 앞에서 뭔가를 팔고 있었다. 일구는 프랜시스를 기억하지 못했지만 프랜시스는 일구를 단번에 알아보았다.

"뭘 팔고 있는 거야?"

한파로 거리엔 지나다니는 사람이 거의 없었고, 간혹 보이는 사람들도 빠른 발걸음으로 금세 사라져갔다. 거리는 한산하다못해 스산한 기운마저 풍겼다.

"군고구마 좀 사세요."

일구가 한국말로 답했다.

"군고구마?"

"마군이시구나."

일구가 얼른 고구마 세 개를 종이봉투에 담았다.

"만원."

일구는 고구마 하나를 꺼내 반으로 가른 뒤 프랜시스에게 내밀었다. 그러면서 슬쩍 삼천원이라고 적힌 푯말을 몸으로 가렸다. 프랜시스는 일구가 내미는 군고구마를 받았다. 종일 먹은 게 거의 없어서 안 그래도 허기지던 차였다. 프랜시스는 선 채로 군고구마 하나를 다 먹었다.

"넌 날 기억 못하는구나?"

"응, 만원이야."

일구가 딴청을 피웠다. 부산스럽게 군고구마 통을 정리하는데,

팔지 못한 군고구마가 꽤 되었다.

"이런 사기꾼."

프랜시스가 군고구마를 먹으며 웃었다. 그러고는 봉투에 남은 군고구마를 일구에게 도로 내밀었다.

"난 나머지는 필요 없어."

프랜시스가 일구에게 삼천원을 주었다. 일구의 눈이 커졌다.

"만원이라니까."

일구가 다시 군고구마 봉투를 프랜시스의 손에 쥐여주었다.

"필요 없다니까. 원래 가격이 삼천원인 거 알고 있어."

프랜시스가 일구가 슬쩍 가리고 섰던 팻말을 손가락으로 가리 켰다.

"옛다, 서비스."

머쓱해진 일구가 프랜시스의 손에 종이봉투를 꼭 쥐여주었다.

"이제 CD 안 팔아?"

"우리 본 적 있어?"

"그럼, 네가 나한테 관심도 없는 마돈나랑 신디 로퍼를 팔았잖 아. 구십년대의 이상한 음악들도 같이 말이야."

"이제 부대 앞에서 장사 안 해."

"왜?"

"그럴 만한 사정이 있어. 한국에서는 하고 싶다고 다 되는 게 아니야."

일구가 한국말로 중얼거리더니 영어로 설명을 하지 못해 답답해했다.

"그런데 넌 미국 사람이야, 한국 사람이야? 아니면 중국? 일본?"

"미국 사람이라니까. 원래 태어나기는 한국에서 태어났어."

"그치? 내가 딱 보면 안다니깐. 혹시 한국 이름 있어?"

"조팔삼이야."

"조팔삼?"

일구가 껄껄 웃었다.

"난 안일구."

일구가 손을 내밀었다. 프랜시스는 천천히 장갑을 벗고 일구의 손을 잡았다.

프랜시스는 일구를 아주 가끔 동두천에서 마주쳤다. 볼 때마다 일구는 매번 다른 것을 팔고 있었다.

"일구, 너는 꼭 유럽의 난민 같아. 유럽에 가보면 아프리카나 중동에서 넘어온 난민들이 너처럼 거리에서 아무도 관심 없어하는 뭔가를 팔고 있거든."

때마다 프랜시스는 오랜 친구를 만난 것처럼 반가워서, 일구가 내미는 뭔가를 비싼 값을 치르고 샀다. 싸구려 등산복일 때도 있었고, 미군 부대에서 흘러나온 손전등 같은 것일 때도 있었다.

"넌 네 친부모 안 궁금해?"

"궁금하지."

일구가 묻자 프랜시스가 건성으로 대답했다.

"원주까지 이제 삼십 킬로 남았다."

"우리의 목적지가 강릉이야, 원주야?"

일구의 말에 프랜시스가 웃었다.

"일단 막국수가 먼저지."

"난 맥도날드에 갈 거야."

일구가 꽉 막힌 도로를 멍하니 바라보며 말했고 프랜시스는 일구를 보며 말했다.

프랜시스는 일구가 이끄는 대로 친부모를 찾는 길에 따라나서고는 있었지만 그다지 열심은 아니었다. 일구가 프랜시스의 부모를 찾아주겠다며 적극적으로 나선 것은 얼마 전부터였다. 프랜시스가 별 기대를 하지 않는 반면 일구는 가능성 있는 소식을 접할 때마다 며칠 동안이나 밤잠을 이루지 못했다. 상봉하는 날이 잡히면 내내 안절부절못했다. 전에도 두 번의 만남이 있었지만 프랜시스와는 무관한 사람들이었고, 강릉행이 세번째였다.

프랜시스가 일구를 다시 만난 것은 삼 년 전이었다. 두번째로 한국에 왔을 때 일구를 다시 만나게 될 줄은 몰랐다. 일구는 이태원에서 오토바이로 짐 나르는 일을 하고 있었다. 이번에도 프랜시스가 먼저 그를 알아보았다. 그새 둘은 서른을 넘겼고 일구는 결혼을 했다가 실패한 뒤였다. 일구는 여전히 특정한 직업 없이 생계를 겨우 꾸리고 있었다. 그에 비해 프랜시스는 이제 직업군인으로서 안정적인 생활을 하고 있었다. 첫번째 복무 때 영내에서 살았던 것과는 달리 이제 그는 이촌동의 작은 아파트에서 살며 부대로 출퇴근을 했다.

"항상 궁금한 게 있었어, 일구."

"생각해보니, 네가 강원도에 있는 절에 다닌 이유가 있었나보다. 네가 강원도 사람이었다니."

한참 동안 이어지던 침묵을 프랜시스가 깼고 일구는 기다렸다는 듯이 혼잣말을 했다.

"너도 가족이 없다면서, 왜 안 찾아?"

"네 고향이 강원도일 가능성이 있는 거지. 이제 원주에 다 왔다."

두 사람은 문막IC를 빠져나가고 있었다. 일구는 집중해서 듣지 않으면 프랜시스의 말을 거의 알아들을 수 없어 매번 딴소리를 했다.

"일구, 내 말 듣고 있어? 왜 넌 가족이 없냐고."

"가족? 있지."

"근데 왜 너는 항상 혼자야?"

"우린 서로가 누군 줄도 알고 어디 있는 줄도 알거든. 그러니 찾을 이유가 없지."

일구는 대답하기 어렵거나 싫을 때 한국말로 대답한다는 것을 프랜시스는 잘 알고 있었다.

"영어로 얘기해봐. 난 진짜 궁금해."

"영어 못하는 거 알면서 꼭 영어로 얘기하라고 하더라, 너는."

그는 열넷에 보육원에서 나온 뒤로 동두천의 미군들을 상대로 별일을 다 하며 살아왔지만 영어 실력은 좀처럼 늘지 않았다. 일구는 겨우 초등학교만 졸업했다. 그로서는 그마저도 쉽지 않은 일이었다.

"일구, 너는 고향이 어디야?"

일구는 열다섯 살 때인가, 엄마 집에 찾아갔다가 그냥 돌아왔던 일이 떠올랐다. 거리를 떠돌며 살 때였다. 세번째로 결혼한 엄마는 지난 두 번과는 달리 잘살고 있었다. 벌써 이십 년 전의 일이었다. 요즘은 이상하게도 어쩌면 엄마가 죽었을 거라고 생각하는 날이 많았다. 일구는 동두천의 한 보육원에서 네 살 때부터 살기 시작했고 이후 열네 살이 될 때까지 두 번 다른 시설로 옮겨졌다. 보육원에서 만난 애들 중에는 아버지가 미군인 아이도 몇 있었고, 엄마가 동남아 사람인 아이도 몇 있었다. 또 양부모를 만나 한국이든 외국이든 입양을 가게 된 아이들도 몇 있었다. 그는 이상하게 그들이 부러웠다. 그들에게는 자신들이 버려진 특별하고 필연적인 이유가 있는 것만 같아서였다. 열 살 되던 해에 엄마가 찾아와 그를 데려간 적이 있었는데 그는 엄마와 일 년을 살고 다시 보육원에 맡겨졌다. 두번째로 보육원에 맡겨졌을 때엔 자신이 분명 버려지는 느낌을 받았다. 그에게는 그때가 가장 큰 상처로 남아 있었다.

"나는 고향이 동두천이지, 몰랐어?"

일구의 고향은 남쪽이었다. 보육원에 맡겨지기 전까지 전라도 어디에서 살았다는 것을 들어서 알고 있었지만 전혀 기억이 없었다.

두 사람이 탄 승용차는 문막IC를 빠져나오자 속도를 냈다. 두 사람 모두 답답했던 마음이 좀 뚫리는 기분이었다. 서둘러야만 했다. 강릉에서 약속한 시간에 그들은 겨우 원주에 도착한 터였다.

두 사람은 원주시 흥업면에 있는 한 국숫집에 들렀다.

"원주에도 미군 부대가 있는 거 알아?"

"난 맥도날드에 갈 거라니까."

일구가 이미 주문을 끝낸 뒤였다. 젓가락이 익숙지 않은 프랜시스는 막국수를 먹는 데 애를 먹었다. 한국 음식이 모두 그런 것은 아니었지만 국물 있고 차가운 면 음식이 특히 그에겐 낯설었다. 하지만 가끔은 신기하게도 완전히 잊었다고 생각한 것에서 의외의 친숙함을 느끼는 자신을 발견하곤 했다. 특히 음식이 그랬는데 미역국이나 떡 같은 것이 그랬다. 하지만 그것이 곧 기억은 아니었다. 곰곰 자신의 맨 처음을 떠올려보려고 애를 써본 적이 많았지만 전혀 생각나는 게 없었다. 기억의 시작은 양부모의 품에 안겨 졸고 있던 한 순간이었다. 조금 쌀쌀한 날씨에 벽난로가 켜져 있었다. 한국에서 입양되어온 과정이나, 비행기를 탔던 것, 한국에서의 기억 같은 것은 아예 없었다.

"맛있지?"

프랜시스가 천천히 고개를 가로저었다. 프랜시스는 막국수에는 손대지 않았고 돼지 수육으로 끼니를 때웠다.

"막국수는 별로야. 하지만 이렇게 기름기 많은 고기를 내가 좋아하게 될 줄은 몰랐어."

결국 그가 남긴 막국수는 일구가 가져가 비웠다.

포만감에 노곤함이 찾아왔지만 두 사람은 서둘러야만 했다. 영동고속도로에 들어서자 여전히 강릉으로 향하는 도로는 정체중이었다. 그나마 여태 왔던 길에 비해 덜 막힌다는 것이 작은 위안이었다. 일구는 기다리고 있을 사람들에게 전화를 걸었다. 약속을 저녁으로 미루자는 말에 그들은 난감해했다.

"내일 보자는데 어쩌지?"

"우리가 너무 늦긴 했지."

"그럼 자고 가야 하는데 나는 그럴 수 없어. 내일 일해야 해."

일구가 난처한 표정을 지었다. 일구는 약속 시간을 밤으로 미루느라 애를 먹었다. 두 사람을 기다리고 있는 그들도 잃어버린 가족을 찾거나 만나는 일에 어떤 어려움이 있는 게 분명했다.

"일부러 피하는 게 아니라 일테면 현재의 가족에게 설명을 하려면 너무 많은 시간이 필요하다든가……"

"그 사람들이 말하길 네가 가족이 맞더라도 오늘은 일찍 들어가봐야 한대."

"이게 그냥 단순한 여행이라면 좋겠다. 월정사에 가고 싶어."

"거기도 갔었어? 그곳도 강원도에 있어?"

"응, 오대산. 멋진 곳이야."

프랜시스는 몇 년 전 혼자 갔던 월정사 템플 스테이가 생각났다. 한국의 절이 대부분 그렇지만 다른 곳보다도 깊은 산속에 절이 있었고, 그 고요함이 신성하게 느껴졌다. 이른새벽 전나무 숲길을 걷던 기억이 떠오르자 그는 마음이 포근해졌다.

"넌 진짜 많이 돌아다녔구나."

"주말마다 강원도에 많이 다녔지. 정말 좋아."

"너 진짜 강원도가 고향인가봐."

"아니라니까. 좋다는 게 좀 달라. 이곳에서 살 수는 없어. 시간이 지나면 답답해질 거야."

"그런데 미국 가기 전 기억이 정말 하나도 없어?"

"없어. 유일하게 알고 있는 건 미국 이름을 얻기 전의 이름이 조팔삼이라는 것뿐이야."

"슬픈 일이다, 정말."

"그렇지 않아. 나는 문제없었어. 양부모님은 정이 많은 사람들은 아니었지만 합리적이고 이성적인 사람들이었거든. 그들은 내게 최선을 다했어. 미국에서 힘들었던 건 내가 고아나 입양아였기 때문이 아니야. 그냥 달랐기 때문이지. 그런 이유는 어디에나 있어. 너도 마찬가지잖아."

일구는 프랜시스가 하는 말을 하나도 알아듣지 못했지만 얘기
하도록 그냥 두었다. 프랜시스가 말하는 게 듣기 좋았고, 특히 사
람들이 있는 자리라면 으쓱하는 기분마저 들기도 했다.

"나는 가본 곳이 별로 없어."

살아온 시간이 일구의 머릿속에서 순식간에 흘러갔다. 구체적인
기억은 없었고 그저 고생스럽고 버거운 느낌으로만 남아 있었다.

"넌 그런데 결혼에 왜 실패한 거야?"

"말했잖아. 한국에서는 하고 싶다고 해서 다 되는 게 아니라고
말이야. 결혼도 마찬가지였어."

"그래도 이유가 있을 거 아니야."

일구는 헤어진 아내의 얼굴을 떠올려보았지만 가물가물했다.
그녀는 두번째 결혼이었고 일구는 초혼이었다. 일구의 짧은 결혼
생활은 행복했던 적도 있었지만 그때까지 살아온 날보다 더 막막
하고 힘든 시간으로 남았다. 아내는 결혼할 당시에도 이미 도박
에 빠져 있었는데, 일구는 눈치채지 못했다. 나중에 알고 보니 아
내의 첫번째 결혼도 도박 때문에 실패했다고 했다. 아내는 도박하
느라 일주일에 사나흘은 집에 들어오지 않았다. 일구의 수입으로
는 그 모든 것을 감당할 수가 없었다. 그게 아내와 헤어진 이유의
전부였다. 좋은 여자였고 착했지만 단 하나의 흠이 결혼생활을 산
산이 조각내버렸다. 일구가 위자료를 받아야 했지만 도리어 남은
재산을 정리해서 아내에게 건넸다. 평생을 모아 산 작은 아파트는

결혼한 지 반년도 되지 않아서 이미 날아가고 없었다.

"당신은 이 돈을 들고 다시 강원도로 가겠지만, 정말 당신에게 행운이 생기면 좋겠어."

일구가 짐을 싸는 아내에게 간절한 마음으로 마지막 인사를 했다. 아마도 그녀는 그 돈으로 마지막 희망과 의지를 다졌을 게 분명하지만 결과는 예상했던 것에서 벗어나지 않았을 것이다.

이혼을 했지만 여전히 감당할 수 없는 어마어마한 빚이 일구에게 있었다. 그가 동두천을 떠나 서울로 오게 된 이유이기도 했다.

일구는 속으로만 사정을 얘기했고 프랜시스에게는 한마디도 할 수 없었다. 아내가 생각나자 문득 안부가 궁금했다. 아주 가끔 연락이 오곤 했는데, 작년부터는 그마저도 아예 끊겼다. 아내의 전화번호는 바뀌어 있었다. 그는 아내가 이미 잘못됐을 수도 있겠다고 생각했다. 일구는 마음 한구석이 다시 쓸쓸해졌다.

"내가 영어를 정말 잘하는 사람이면 좋겠어. 아주 오랫동안 생각해온 거지만 나는 옛날 그대로야. 내 인생처럼 말이야."

"일구, 아니야. 가끔 너의 영어 실력이 나를 놀라게 할 때도 있어."

"아내는 좋은 여자였어. 내가 돈이 너무 없어서 그렇게 된 거야."

일구는 또박또박 진심으로 말했다.

"아내와 헤어진 게 겨우 돈 때문이라고?"

하지만 프랜시스의 말대로 겨우 돈 때문이었다. 그것을 이길 방법이 없었다. 평창의 고개를 넘으며 일구는 아내를 찾으러 강원랜드로 향하던 날들을 떠올렸다. 어떤 날은 햇살이 눈부시게 아름다웠고, 어떤 날은 바람과 비로 막막하던 시절이었다. 강원랜드에서 아내를 찾으면 그나마 다행이었지만 찾지 못하고 낙담해서 돌아오는 길에는 급경사 내리막길을 전속력으로 질주하던, 한없이 막다른 길로 곤두박질치던 그 몇 년 전이 그의 머릿속에서 천천히 흘러갔다. 그에겐 힘든 시간이었지만 일 년이라도 아내와 살았던 게 인생에서 가장 행복했던 시간으로 남아 있었다.

"넌 강원랜드에 가봤어?"

"카지노 말이야? 한 번? 그런데 외국인들은 굳이 거기까지 갈 필요가 없어. 서울에도 많거든."

일구가 처음 알았다는 듯이 눈이 휘둥그레졌다.

"응, 외국인들은 자유롭게 갈 수 있잖아. 몰랐어?"

일구는 조금 놀랐다.

두 사람이 강릉에 도착한 것은 저녁이 다 되어서였다. 대관령 너머로 해가 뉘엿뉘엿 사라지고 있었다. 일구와 프랜시스는 강릉 바닷가에서 잠시 숨을 돌렸다. 해수욕장은 이른 피서객들로 붐볐다. 맨발로 모래사장 위를 걷던 둘은 바닥에 털썩 주저앉아 멍하니 바다를 바라보았다.

"시간이 좀 남는데 뭘 좀 먹을까?"

강릉에 도착한 후로 일구의 표정은 어두웠다. 음성에도 힘이 없었다.

"그래, 맥도날드에 가자."

프랜시스는 일어서며 바지를 털었다.

"햄버거 먹으면 소화 안 돼."

일구가 앉은 채 중얼거렸다.

"뭐라는 거야?"

"누가 강릉까지 와서 햄버거를 먹어."

일구는 전에 없이 짜증이 섞인 투로 말했다. 언제나 프랜시스에게는 친절하기만 한 그여서 프랜시스는 조금 당황했다.

"일구, 화났어? 왜 그래?"

일구는 아무 말도 하지 않았다. 그대로 바다를 바라보며 앉아 있었다. 프랜시스도 가만히 선 채로 바다를 바라보았다.

"가자, 맥도날드."

얼마나 지났을까 일구가 벌떡 일어났다.

"일구, 햄버거 안 먹어도 돼."

프랜시스가 앞장서는 일구를 불러 세웠다.

"그래서 그런 거 아니야. 괜찮아."

"나는 네가 내게 뭔가를 팔 때가 마음 편했던 거 같아."

프랜시스가 아쉬운 표정을 지었다.

"너 때문이 아냐. 그냥, 옛날 생각이 나서 그래. 미안해. 맥도날드 가자."

두 사람은 한산한 맥도날드 매장에 나란히 앉아 더블쿼터파운
드치즈버거 세트를 먹었다.

어느새 어둠이 깔리고 뜨거운 열기에서 잠시 벗어난 사람들이
거리를 채우기 시작했다. 두 남자는 맥도날드로 약속 장소를 바꾸
었고 프랜시스의 가족일지도 모르는 사람들을 기다렸다. 조금 한
산한 듯했던 매장에 교복을 입은 학생들 몇 무리가 들이닥치자 금
방 소란스러워졌다. 두 사람은 창가에 나란히 앉아 얼굴 모르는
그들을 기다렸다. 일구도 프랜시스도 모두 말이 없었다.

삼십 분쯤 지나자 뒤에서 어떤 젊은 여자가 두 사람에게 말을
걸었다. 뒤돌아보니 한 중년의 여자가 멀찍이 떨어져 서 있었다.
대화는 젊은 여자와 나누고 있었지만 일구도 프랜시스도 중년의
여자에게서 눈을 떼지 못했다. 그녀는 수줍은 듯, 자꾸 시선에서
비껴 서려는 듯 고개를 떨구었다.

"이리 앉으세요. 이쪽은……"

"저는 프랜시스 스펜서입니다."

프랜시스가 어눌한 한국말로 인사를 건넸다. 긴장하는 쪽은 일
구였다. 프랜시스는 친절하게 두 여자를 자리로 안내했다. 적막한
것보다 약간 소란스러운 분위기가 그나마 서로에게 다행이었다.

"이쪽은 조팔삼이라고…… 미국 이름은 프랜시스 스펜서고요."

일구가 다시 프랜시스를 소개하자, 젊은 여자는 어쩌면 자기가

프랜시스의 누나일지도 모른다고 했다. 중년의 여자는 프랜시스를 똑바로 보지 못하고 자꾸 고개를 밑으로 떨어뜨렸다.

"얘기를 좀 나누어보시지요."

일구는 좀처럼 긴장이 풀리지 않았다.

"반갑습니다. 말한 대로 저는 한국 이름으로 조팔삼이라고 합니다. 네 살 때 미국으로 입양되었고요. 한국에서의 기억은 전혀 없어요. 남겨진 기록도 없고요. 어떻게 미국으로 가게 되었는지 알 수 없어요. 처음 저를 발견한 곳은 확실치 않고 처음 맡겨진 곳은 의정부의 한 시설이에요."

프랜시스가 간략하게 자신의 상황을 설명했지만 일구는 그것을 그대로 전해줄 수 없었다. 하지만 이미 알고 있는 내용이어서 그는 프랜시스의 말과는 상관없이 아는 대로 두 여자에게 프랜시스에 대해 설명했다.

중년의 여자도 더듬거리며 삼십 년 전의 일을 말하기 시작했다. 일구는 중년 여자와 프랜시스를, 젊은 여자와 프랜시스를 번갈아 유심히 바라보았다. 서로 닮은 것도 같고 아닌 것도 같았다. 시간이 지나자 중년의 여자도 찬찬히 프랜시스를 살폈다. 프랜시스는 연신 얼굴에 미소를 머금은 채 두 여자를 바라보았다.

"잘 떠올려봐. 이 사람들은 네가 분명 자기들의 가족이 맞대."

일구가 두 여자가 말하는 내용을 요약해 영어로 간단히 설명했다. 그들은 이미 기관의 도움을 받아 프랜시스의 신상이나 그간의 정보를 알고 온 터였다. 프랜시스가 중년의 여자를 꼼꼼하게 살펴보았다.

"엄마라기엔 너무 젊지 않아?"

프랜시스는 죽은 양부모를 떠올렸다.

"너랑 많이 닮은 거 같아, 정말."

미국의 양부모가 프랜시스를 입양할 당시 그들은 이미 육십대를 바라보던 나이였다. 친모가 있다면 실제로 이렇게 젊을 수도 있을 거란 생각을 그는 해본 적이 없었다.

"몇 살인지 물어봐줘."

중년의 여자는 오십대 중반이었고 딸은 1985년생이었다.

"너를 십대에 낳았다는데."

프랜시스가 웃음을 터뜨렸다.

"나를 낳았대?"

"그렇대."

"옆에 앉은 사람은 내 누나라고? 나보다도 나이가 두 살이나 어리잖아. 내가 1983년생인 걸 너도 알잖아."

"네가 맡겨질 때 착오가 있었던 모양이래. 잘 생각해봐. 너를 삼척터미널에서 잃어버렸다는데. 기억 안 나?"

"삼척? 거기가 어딘데?"

"강릉 밑이야."

"네 이름도 조팔삼이 아니라, 강태식이라고 하네."

"내가 조팔삼이 아니라 강태식이라고?"

"너라니까. 기억해봐."

"나 아니야."

"강태식, 기억 안 나? 태식아. 어때 느낌이. 그야 모르는 일이잖아. 네가 강태식일지도. 그나저나 너 혹시 엉덩이에 푸른 점이 있어?"

"푸른 점?"

"어렸을 적에 다른 애들보다 엉덩이가 엄청 파랬다네."

"엉덩이에 파란 점이 있는 사람이 어디 있어."

"애들한테는 있어. 몽고반점이라고."

"그건 또 뭐야."

긴장한 것이 역력한 중년의 여자가 갑자기 울음을 터뜨렸다.

"이분 갑자기 왜 이러는 거야?"

"아들 생각이 나서 그런대. 자기가 잘못했다고 그러네."

프랜시스가 다가가서 중년의 여자를 다독였다. 시끌벅적했던 매장 안이 순간 조용해졌다. 햄버거를 먹던 학생들이 무슨 일인가 싶어 잠시 숨죽이며 그들을 바라보았다가 금세 다시 떠들썩해졌다.

"잘 생각해봐, 엄마니까 기억이 날 수도 있잖아."

두 남자는 두 여자와 헤어진 뒤 바닷가를 향해 조금 걸었다.

"너 오늘 영어 잘하더라. 그동안은 일부러 못하는 척 그랬던 거야?"

두 사람은 바닷가에 앉아서 한가로이 바람을 쐤다. 프랜시스는 맥주를 마셨고 일구는 차가운 커피를 마셨다.

"월정사는 밤중에 왜 가자는 거야. 진짜 들렀다 갈 거야?"

"그랬으면 좋겠어. 다시 언제 올 수 있을지 몰라서 말이야."

"다시 오면 되지, 미국만큼 먼 곳도 아니고."

일구는 긴장이 풀려서인지 연신 하품을 했다. 일구는 휴대폰을 열어 월정사가 어디에 있는지 살펴보았다.

"진부에 있네. 들렀다 가려면 꽤 시간이 걸리겠는데."

그보다도 일구는 잠깐이라도 눈을 좀 붙이고 싶었다. 다시 서울로 돌아갈 일이 걱정이었다. 빌린 차를 돌려줘야 하고 내일 퀵서비스 일을 하러 나가야 하는 것도 걱정이었지만, 당장은 아무것도 하고 싶지가 않을 만큼 피곤했다.

"일구, 나 겨울에 고향으로 돌아가."

"고향으로 돌아가다니?"

일구가 무슨 말인지 모르겠다는 듯이 되물었다.

"노스캐롤라이나로 말이야. 그곳이 너무 그리워."

"네 고향이 어떻게 거기야?"

일구는 당황한 표정이 역력했다. 무심한 파도가 철썩거렸다.

"놀러와. 조금 심심하긴 하지만 멋진 곳이야. 여유 넘치고."

"내가 영어 못하는 거 알면서, 넌 꼭 그러더라. 내가 어떻게 미국엘 가."

일구는 이상한 낭패감이 들었다. 정확한 이유를 알 수 없었다.

"향수병이라는 게 진짜 있나봐. 외국으로 떠도는 게 이제 좀 지치네. 안정되게 살고 싶어. 결혼도 하고 아이도 낳고 말이야."

"거기 가서 뭘 할 건데?"

"뭘 하긴, 그냥 사는 거지."

"넌 한국이 고향이야, 강원도가 고향이라고. 착각하지 마. 넌 거기서도 이방인이야."

일구가 순간 화를 냈다. 버럭 큰소리를 내고 자신도 놀랐다. 그의 목소리는 때마침 밀려온 파도 소리에 묻혔다.

"난 가끔 널 잘 모르겠어. 이렇게 영어로 말을 잘할 때도 있고 말이야."

프랜시스가 시선을 바다 저멀리 두었다.

"돌아가면 네 생각이 많이 날 거야."

"무슨 소리야. 너, 부모와 가족을 찾아야지. 사람이 근원을 알아야 살 수 있는 건데."

"근원? 그게 뭔데?"

"그런 게 있어. 원래 있었던 거 말이야. 네가 있게 된 근거 말이야."

"내 부모님은 이미 돌아가셨어."

일구는 프랜시스에게 없는 엄마도 있고, 고향도 있고, 나고 자라 익숙한 이곳에 있는데, 왜 모든 것이 없는 프랜시스보다 외로운 것인지, 궁금해지기 시작했다. 이상하게 자신이 홀로 남겨지는 듯한 기분이 들었다. 왜 한국 사람이면서 한국말도 못하는 팔삼이보다 자기가 더 불쌍하게 느껴지는지 일구는 알 수 없었다.

일구는 갈 때와는 다르게 시원하게 뚫린 고속도로를 보면서 월정사에 들렀다 가야겠다고 마음먹었다. 그는 프랜시스를 위해서가 아니라 자신을 위해 그 전나무 숲길을 그냥 한번 걸어보아야겠다고 생각했다.

그   집

1.

우리는 집에 대한 애착이 아버지를 살게 하고 있다고 믿었다.

"작별도 길어지니 이제 지치는구나."

아버지가 혼수상태로 병원에 실려간 지 한 달째 되던 날이었을 것이다. 어머니는 막 떨어지기 시작하는 낙엽을 보며 중얼거렸다.

아버지는 의식이 없었지만 생에 대한 의지를 쉽게 놓지 않았다. 자기가 나고 자란, 당신의 아버지도 나고 자랐던 그 집을 떠날 수 없는 것이 분명했다. 그 집은 지은 지 백오십 년이 넘었다. 우리는 대대로 그 집에서 살아왔다. 아버지가 돌아가신다는 슬픔보다도 위태롭게 서 있던 그 집을 허물어버릴 수 있다는 것이 여간 속시원한 일이 아닐 수 없었다.

어머니와 아버지의 사이가 좋았다고는 말할 수 없었다. 그런데 아버지가 쓰러지자 어머니는 예상과는 달리 슬픔과 충격이 상당한 것 같았다. 우리는 예상했던 대로 담담했다. 형과 나, 우리는 솔직하게 아버지가 죽는 것이 그렇게 슬프지 않았다. 아버지 나이 여든셋, 살 만큼 살았다고 생각했기 때문이다.

"이제 어떻게 산다니."

어머니는 틈날 때마다 우릴 붙잡고 위안을 바랐지만 우리는 그런 것을 어머니에게 줄 수 없었다. 진심이 아니었기 때문이다. 형과 나는 그렇게 말하는 어머니가 어색해서 아버지를 잃는 슬픔보다 더 큰 슬픔을 느꼈다.

"어떻게 살긴요, 이제 우리끼리 잘살면 되지."

쉰넷의 형이 일흔넷이 된 어머니에게 퉁명스럽게 답했다. 형과 어머니의 사이도 그렇게 좋았다고 할 수는 없었다. 특별한 문제가 있어서는 아니었고 단지 형이 아버지를 너무나 쏙 빼닮았기 때문에 그랬다. 어머니는 형이 생김새고 성격이고 아버지를 너무 닮았다지만 내가 보기에 형은 생김새는 그렇다 쳐도 성격은 어머니를 더 닮았다. 아버지와 형은 사이가 나쁜 정도가 아니었다. 닮은 서로는 서로를 가장 싫어했다. 두 사람 사이에는 언제나 특별한 문제가 있었다.

형은 나만 좋아했다. 형은 평생 내 말만 듣고, 내가 하자는 대로만 했다. 형은 어머니의 말도 듣지 않고 아버지의 말도 듣지 않왔다. 세상 사람 누구의 말에도 순응하는 법이 없었다. 형은 언제나 두 사람의 인생을 부정하고 반대로 살기 위해 존재하는 사람 같았다.

"이제 어머니도 저도, 형수도 각자 인생을 살 때가 된 거라고요."

형이 내 등을 가볍게 툭 치며 말했다. 우리 셋은 나란히 병원 앞 벤치에 앉아 있곤 했다. 가을이 시작되고 있었고 점심으로 삼계탕을 자주 먹었다. 형은 이에 닭고기가 끼었는지 연신 잇새로 혓바람을 불며 쯥쯥댔다.

"형일아, 그러지 말고 이를 닦아."

일흔넷의 어머니가 쉰넷의 형에게 타이르듯 말했다. 형은 계속 앞니 사이로 침을 쏘아댔다. 형은 형일, 나는 형수다. 여전히 잘 상상이 되지 않는 일이 있다. 죽은 큰형이 살아 있었다면 올해 쉰 다섯이 되었을 것이다.

그랬다. 형일 형의 형이 있긴 했지만 다섯 살 때 죽었다. 그래서 형일 형이 맏형이 되었다. 형은 자기 인생이 이렇게 꼬여버린 게 죽은 큰형 때문이라고 했다. 사실인지도 몰랐다. 그가 둘째로 맏형과 나 사이에 끼어 온전하게 자랐다면, 그래서 아버지의 관심 밖에 있었다면, 큰형이 살아서 아버지의 면박을 모조리 받고 살았다면, 아버지와 닮았다는 얘기를 덜 들으며 어머니의 사랑을 듬뿍 받고 자랐다면, 그의 인생은 완전히 달랐을지도 모르겠다. 하지만 우리는 그것이 운명이라고 여겼다. 큰형이 죽은 후 형일 형을 향한 아버지의 집착은 병적이었다. 장손이니 하지 말아야 할 게 많았고, 장손이 됐으니 해야만 하는 일이 너무 많았다. 아마도 아버지가 형보다 더 힘들었을 것이다. 어쨌든 존재감 없고 기대감 없었던 둘째가 첫째가 되었다. 그 많은 논밭과 대대손손 살아온 그 집을 물려주기에 형은 모자람이 많았다. 이 모든 것을 망쳐버리고 말 것이라고 아버지는 오래전부터 확신했다. 형에 대한 아버지의 집착은 형에 대한 불안감에서 발로했다는 것을 우리는 잘 알고 있었다.

형은 그런 아버지를 못 견뎌했다. 형은 아버지를 피해 다니며 평생을 보냈다. 형은 아버지와 생김새나 성격만 닮은 것이 아니라 인생도 엇비슷했다. 둘은 평생 백수로 살았다. 다른 것이 있다면 아버지는 당신의 아버지 말에 순응했다는 것이다. 아버지는 일찍 결혼해서 죽은 아들을 포함 아들 셋을 두었지만, 형은 쉰네 살이 되도록 아직도 총각이었다. 그것 때문에 형은 거의 평생 아버지의 구박을 면치 못했다.

"못난 놈."

아버지는 형을 볼 때마다 추임새를 넣었다. 원래 이런 말의 시작을 기억해내기란 쉽지 않은 일이지만 형은 처음 아버지가 자신에게 '못난 놈'이라고 불렀던 순간을 분명하게 기억하고 있었다. 형이 처음으로 교도소에 가게 된 때였다.

"이순재가 아버지가 애용하는 그 말을 어떻게 알았을까."

"못난 놈이 형만 있는 건 아닌 거지."

"그렇겠지?"

형은 내 말이라면 생각할 거 없이 무조건 동의부터 했다. 내가 누구에게나 인기 없는 형을 좋아할 수밖에 없는 가장 중요한 이유였다.

2.

아버지는 곧 돌아가실 것처럼 숨이 희미해져서 병원에 실려갔지만 그뒤로 중환자실에서 반년을 더 살았다. 우리는 평생 아버지를 좋아하지 않았지만 그 반년간, 일생 아버지를 미워했던 것보다 더 아버지를 미워하게 되었다. 모든 게 다 돈 때문이었다. 돈 앞에 장사 없다, 우리는 깨닫게 되었다. 한 달쯤 지나자 우리는 아버지가 이제 그만 가셨으면 하는 바람마저 들었다. 우리는 꽤 부자였지만, 실제론 돈이 없었다. 우리는 땅이 많았지만 그걸 팔아야만 진짜 부자가 되는 것이었다. 아버지는 땅을 판 적이 없으니 우리는 언제나 가난했다.

"어차피 아버지 돌아가시면 다 팔아버릴 건데, 일단 집 담보로 빚을 낼까봐."

우리 중 누구도 그 나이 되도록 은행에 가본 적이 없었다. 어머니는 아버지가 병원에 들어간 뒤 자꾸 먼 곳을 바라보는 습관이 생겼다. 내가 선뜻 대답을 하지 않자 형은 내 눈치를 보았다.

"아버지가 알았으면 난리 났겠네. 하지만 아버지가 없으면 모두 형 거니까, 형 맘대로 해."

그런 식으로 말해주는 걸 형이 좋아한다는 걸 나는 알고 있다.

"그나저나 그렇다고 해도 문제가 있다. 아버지 인감을 어떻게 찾아낸다냐."

우리는 모두 침묵했다. 그건 정말 어려운 문제였기 때문이다.

"은행에서 대출받는 데 인감도장이 필요한 건가?"

"필요할걸?"

우리는 아무도 자신이 없었다. 우리는 누구도 은행에 가서 대출을 받은 적이 없었기 때문이다. 우리는 누구에게도 빚을 져본 적이 없었다. 아버지의 인생 철칙들 가운데 제일은 그 어떤 빚도 지지 않는다는 것이었다. 빚을 지면 집을 팔아야 할 수도 있고 땅을 팔아야 할 수도 있다고 여겼기 때문이다. 굶어죽을 지경이 되어도 빚지지 않았고 무엇도 팔지 않았다. 그래서 항상 우리는 가난했다.

"그런데 엄마, 우리 그렇게 돈 없이 어떻게 살았대?"

"그러게, 나도 그게 신기했다니까. 너네 아버지가 꼭 굶어 죽지 않을 만큼만 갖다줬으니. 정말, 뭘 할 수도 없이 딱, 우리가 굶지 않고 먹고살 수만 있을 정도로만 말이야."

아버지는 구두쇠였다. 그럴 수밖에 없었다. 일생 일정한 직업 없이 백수로 살았기 때문이었다. 논밭이 많았지만 그렇다고 농사꾼도 아니었다. 그 많은 땅을 모두 다른 사람들에게 세를 주고 쌀이나 얼마 되지 않는 돈을 받았는데, 그게 수입의 대부분이었다. 할아버지에게서 물려받은 집과 논과 밭을 악착같이 지키는 것이 아버지의 일생일대 목적이었고, 그것은 성공적이었다. 그렇게만 본다면 아버지는 스스로 성공한 삶을 살았다고 얘기할 수도 있었다. 단, 한 번의 실패를 빼곤 말이다. 아버지는 어쩔 수 없이 꼭 땅을 한 번 팔아야만 했는데, 그 사건은 형이 아버지로부터 쭉 '못난 놈'으로 불리게 된 시발점이 되었다.

형이 아버지의 인감도장을 찾아 집을 담보로 은행에서 대출을 받아왔다.

"아버지가 그럴 리가 없는데. 마치 보란듯이 놓여 있더라니깐. 벽장 열쇠도 아예 자물쇠 옆에 걸어놓았고 말야. 그게 원래 거기에 있었냐?"

"나야 모르지."

"아버지의 비밀이 쉬운 곳에 있었는데 우리 다 몰랐던 거지. 벽장을 열어봤더니 조금 슬프더라. 그게 뭐라고 꽁꽁 숨겨놓더니. 종이 몇 장이 가지런히 놓여 있더라고."

"편지 같은 건 없었어?"

"무슨 편지? 전부 등기부등본 같은 거야. 우리 땅이 어디에 얼마나 있는지 알려주는 것들. 참, 그리고 놀라운 것을 알게 됐다."

"뭔데?"

나는 형에게 한 뼘 더 다가앉았다.

"우리집 말이야. 엄마 앞으로 되어 있어."

"진짜? 형이 아니고?"

"그럴 리가 있겠냐? 이미 엄마 앞으로 해놓은 지 십 년도 넘었더라구."

"신기한 일이네, 정말."

"우리를 못 믿은 거지. 아니, 나를 못 믿은 거지."

"그런 게 아닐 거야."

"아니, 그런 거 맞아."

3.

형은 가끔, 정말 신기하다는 듯 얘기하곤 했다.

"진짜, 딱 한 대 쳤는데 말이야. 윽, 하고 엎어지더니 숨을 안 쉬더라니깐."

삼십 년이 더 지났지만 아직도 믿지 못하겠다는 듯 형은 자기 주먹을 이리저리 돌려보았다. 형은 고등학교 일학년 때 처음 소년원에 갔다. 형은 어렸을 적부터 도박에 소질이 있었다. 아니, 돈을 따야만 소질이 있는 것이라면 그 말은 잘못됐고 형은 아주 어렸을 적부터 도박을 좋아했다. 딱지치기, 구슬치기 그런 것들이 모두 도박이라고 한다면 말이다. 초등학교 고학년이 되면서부터 홀짝을 맞히는 승률 오십 퍼센트의 도박에 입문했다면 중학교에 입학하면서부터는 삼치기에 빠져 살았다. 셋 중 하나를 맞히는 고난도의 확률 게임에 접어든 것이다. 걸 때 승률은 33.3퍼센트, 대신 자신이 마스터가 됐을 때 이길 확률은 66.6퍼센트로 높아지는 게임에 형은 매일매일 인생 전부를 걸었다. 삼치기는 형의 유일한 취미이자 특기였다. 그리고 고등학교에 올라갔을 때 결국 삼치기로 말미암아 형의 인생은 사달이 났다.

형은 인문계 고등학교 입시에서 떨어져 우리가 사는 촌에서도 더 촌에 있는 고등학교에 가게 되었다. 아버지는 그때까지만 해도, 인문계 고등학교에 떨어졌다고 해서 '못난 놈'이라고 부르지는 않았다. 대놓고 공부를 하지 않아도 되는 이유가 생겨서 형은 더욱 좋아했다. 그건 마음놓고 삼치기에 몰두할 수 있었다는 말이기도 했다. 그 무렵 형은 내기 당구에도 입문하게 되었는데 삼치기로 돈을 따서 당구를 배우겠다는 야심찬 계획을 실행에 옮기는 중이었다. 담배도 피우기 시작했는데, 아버지는 전혀 용돈을 주지 않았기 때문에 형은 더욱 많은 돈이 필요해졌다. 그 학교에는 형과 비슷한 애들이 많아서 형은 정말 행복해했다. 도박은 혼자서는 할 수 없는 것이었기 때문에 더욱 그랬다. 형은 돈을 따면 예외 없이 삼 분의 일은 내게 주었다. 나는 형에게 받은 돈을 모아 여학생들에게 썼다. 도박 같은 것은 집에서 한 명만 해도 모자람이 없었다.

"나는 그런 거 취미 없어. 공부나 열심히 해서 예쁜 여자 만날 거야."

형이 나를 상대로 연습 삼아 삼치기를 하자고 할 때면 나는 거절하며 말했다.

"자식, 기특한데."

진심이었다. 나는 그런 것엔 관심이 없었다. 나는 나름 겉으로 보기엔 모범생이었다. 공부만 좀 하면 다들 그렇게 생각하던 시기였다.

그날도 형의 승전보가 예정된 날이었다. 아침부터 형은 큰 판이 있을 거라며 들떠 있었다. 나도 덩달아 기대가 컸다. 형은 학교에 가는 대신 뒷산에 있는 폐가로 향할 것이 분명했지만 나는 누구에게도 그런 것은 말하지 않았다. 하지만 학교에서 돌아와보니 기대했던 바와는 달리 형은 경찰서에 가 있었다. 형이 사람을 죽인 것이다.

"떨어진 동전을 줍느라 그애가 죽은 줄도 몰랐다니까."

형이 반년 만에 나를 봤을 때 처음 한 말이었다. 형은 육 개월 뒤 집으로 돌아왔다. 영영 보지 못할 줄 알았는데 어찌 된 일인지 생각보다 금방 집으로 돌아왔다. 아무리 형이지만 사람을 죽였는데도 육 개월 만에 출소하는 법이라는 것이 나는 굉장히 이상하게 생각되었다.

다니던 학교에서 퇴학을 당해 형은 다음해에 시험을 다시 치르고 고등학교에 입학해야 했다. 두 살 터울의 형은 나와 같은 학년이 되었다. 형의 성적은 이 년 전보다도 못했고, 이번에는 농업고등학교에 입학했다.

"못난 놈, 조용히 학교 마치고 농사나 지어라."

아버지는 남들보다 이 년 늦게 입학한 형의 입학식에 굳이 가서 면박을 주었다. 같은 날 내 입학식도 있었지만 아버지는 오지 않았다. 내 입학식에는 어머니 혼자 왔다. 형과 나의 입학식이 끝나고 아버지와 형, 어머니와 나는 한 중국집에서 만나 짜장면을 먹었다.

"못난 놈."

아버지가 젓가락질을 할 때마다 내뱉었다. 형도 나도 아버지의 말은 귀에 들어오지 않았다. 짜장면을 곱빼기로 먹고도 허기졌다. 아버지가 화가 나 있는 이유는 다른 데 있었다. 결국, 할아버지에게 물려받은 땅을 처음으로 팔아야만 했기 때문이었다. 아버지는 몇 날 며칠 앓아누웠다. 이 땅은 이래서 안 되고, 저 땅은 저래서 안 되었다. 결국 선산에 붙어 있는 밭을 꽤 많이 쪼개어 팔았다. 그 돈으로 피해자측과 합의를 보고 뇌물로 썼다. 형이 감방에서 금방 나올 수 있었던 이유였다.

농사는 아버지의 말대로 쉬운 일이 아니었다. 정말 쉬운 일이 아니었으니 아버지도 농사를 짓지 못했던 것이다. 어쨌든 고등학교를 졸업하고 형은 한동안 나름 노력했음에도 농사꾼이 되는 데 실패했다. 형은 아버지에게 농사도 못 짓는 더욱 못난 놈이 되었다. 형은 그냥 백수밖에 될 수 없는 사람이었다. 아버지와 마찬가지로 말이다.

"생각해보면 말도 안 되는 소리야. 부잣집 장손들이 아무것도 못하는 것은 당연한 거 아니냐고."

"못한다기보다 할 필요가 없는 거지."

"역시 내 동생은 똑똑해."

형은 나만 좋아했다. 내 말이라면 무조건 따르고, 동의했고, 감탄했다. 내가 형을 좋아할 수밖에 없는 이유였다.

아버지 장례식장에서 형은 과하다 싶을 정도로 신나했다. 모르는 사람들은 형이 상주일 거라고는 생각지도 못했을 것이다. 형은 문상 오는 사람마다 붙들고 술을 마셨고 고스톱판이 벌어지면 끼지 못해서 안달이 났다.

"굳이 면회까지 와서 딱, 그 한마디를 남기셨지. 못난 놈."

형이 장례식장에서 문상객들과 술을 마시며 키득거렸다. 문상 오는 사람마다 붙잡고 형은 그 말을 계속해서 했다.

"이제, 그 말 좀 그만해, 형."

하루 정도는 신나게 말할 수 있게 한 뒤 나는 형을 살짝 불러서 얘기했다.

"내가 좀 심했나?"

"완전 도돌이표, 반복 재생이야."

형이 아버지의 영정 사진을 바라보며 낄낄거렸다.

4.

형은 아버지가 혼수상태가 되자 마치 로또 맞은 사람처럼 굴었다. 형이 그랬기 때문에 나는 되도록 좀 과묵하고 슬퍼 보이는 얼굴을 하려고 노력했다.

그러던 중 우리는 생명연장장치와 연명치료를 할지 말지 결정해야 하는 난관에 봉착하게 되었다. 우리는 아버지를 위해 뭔가를 걱정해본 적이 없었고, 그래서 어머니도 형도 나도 무언가 결정을 내리지 못했다. 돈에 장사 없다고 말은 했지만 선뜻 아버지를 그냥 죽게 내버려둘 수도 없었다. 마음은 그냥 흘러가는 대로 두고 싶었던 것이 사실이었지만 누구도 진심을 말하지 않았다. 그런 일은 주로 내가 담당하던 것이었는데 내가 머뭇거리자 형이 내 눈치를 보았다.

"돈이 얼마나 들까?"

"그야, 얼마나 사시느냐에 달렸지. 중환자실 입원비가 꽤 될걸?"

"돈 때문에 그냥 마는 것도 그렇고. 또 인공호흡기로 연명하는 것도 무슨 의미가 있나 싶고."

형은 내 눈치를 보며 생각을 읽어내려고 애썼지만 나는 형에게만큼은 속마음을 들키지 않을 자신이 있었다.

"엄마가 결정하게 하자, 형."

"엄마가?"

나는 어머니에게 결정을 미루었다. 형은 놀란 듯이 나를 쳐다보았다.

"그래, 이런 일은 엄마가 결정하는 게 맞는 거겠지?"

형이 내 말에 동의하며 되물었다.

어머니는 예상과는 달리 적극적으로 연명치료를 하자고 했다. 아버지가 쓰러지자 어머니는 자신의 진심을 새로 발견한 듯했다.

아버지의 상태는 호전됐다가 악화되기를 반복했다. 굉장히 지루한 시간이 흘렀다. 형도 나도 백수였고, 어머니도 딱히 일이 없었기 때문에 우리는 주로 병원에 있었다. 중환자실에 입원중인 아버지를 면회할 수 있는 시간은 하루에 두 번, 우리는 그저 스윽 가서 둘러보고 나오는 게 전부였지만 어머니도 나도 형도 병원을 거의 떠나지 않았다. 우리는 주로 병원 마당 벤치에 앉아 옛날얘기를 하거나, 앞으로 어떻게 살 건지에 대한 의견을 나누곤 했다.

"아니, 엄마, 그게 무슨 말이에요? 집에서 계속 사시겠다니?"

어머니가 폭탄 발언을 했다.

"평생, 집을 허물고 다시 짓거나 다른 곳으로 이사가고 싶어했잖아요."

"그러니까 나도 그런 줄 알았는데, 그게 아니었나봐. 자신이 없네."

"평생을 그 문제 때문에 아버지하고 그렇게 싸웠으면서, 갑자기 왜 그래요. 무조건 팔아버려요, 그 집."

형은 조금 격앙돼서 떠들었다.

"형, 그러지 말고 엄마 말 좀 차근차근 들어봐."

우리가 평생 살아온 그 집은 대지 구백 평에 디근자로 된 기와
집이었다. 원래는 뒤꼍에 배밭이 있었고 세 칸짜리 곳간이 두 채,
창고가 한 채, 인부들이 머물던 세 칸짜리 별채, 그리고 안채만큼
큰 사랑채가 있었다. 사랑채에서는 작은할아버지 가족이 꽤 오랫
동안 살았다. 그런데 아버지의 사촌형제들이 미국으로 이민간 후
로는 폐가처럼 남아 있었다. 그걸 대충 수리해서 형과 내가 들어
가 살기 시작한 것이 벌써 삼십 년 전의 일이다. 일제 때 대대적인
개보수공사를 해서 창호지 창들을 모두 격자유리창으로 바꿨고,
이후 다다미방으로 남아 있던 사랑채를 온돌로 바꾸고 기와를 다
시 얹는 대대적인 공사가 마지막으로 이루어진 건 아버지가 결혼
한 직후, 육십년대 초였다. 그러니까 마지막으로 집을 손본 것이
벌써 육십여 년 전의 일이었다.

"네 아버지는 보수공사 하다가 혹시 집에 해라도 입힐까봐 전
전긍긍 잠도 못 잤었는데 말이다. 우리는 버릴 궁리만 하네."

"아주 지긋지긋하잖아요. 언제 무너질지도 모르고."

"그냥 두어도 백 년은 거뜬할걸. 사람이 계속 살아야만 그렇게
되겠지만 말이야."

"그렇지? 사람이 안 살면 그냥 무너지지?"

형은 생각이 다르고 맘에 들지 않더라도 일단 내 말에 동의를

하고 조심스럽게 물어본다. 하지만 어머니에게는 그러지 않았다. 평생 형은 어머니와 아버지와 싸웠고, 어머니는 아버지와 형과 싸웠고, 아버지는 형과 어머니와 싸웠다.

"그 집 진짜 안 팔 거예요? 그럼 대출금을 어떻게 갚아?"

형은 그새 집 파는 걸 단념한 모양이었다. 퉁명스럽게 어머니에게 대거리를 했다.

그곳에서 나고 자란 우리와 오십 년 넘게 그 집에서 살아온 어머니, 우리는 말이 쉽지 집을 팔고 다른 곳으로 이사가는 게 어려울 것임을 이미 오래전부터 짐작하고 있었는지도 모른다.

"다른 걸 팔자."

형이 벌써 포기한 듯 힘없이 얘기했다.

"그래도 구백 평이나 되는데, 그걸 그대로 두고 사는 건 비효율적인 일이긴 한데."

"그렇지? 내 말이 그 말이야."

형이 잠깐의 틈도 두지 않고 내 말에 동의를 했다.

"가격이라도 한번 알아볼까?"

형이 내 눈치를 보며 조심스럽게 말했다. 나는 어머니의 눈치를 보며 선뜻 대답하지 못했다.

"셋이 살긴 너무 크지?"

내가 슬쩍 운을 뗐지만 어머니는 반응이 없었다. 어머니는 위태롭게 떨어질 듯 말 듯 매달려 있는 나뭇잎을 멍하니 쳐다보기만 했다.

"낙엽이 떨어지는 데에도 순서가 있나봐. 뭔가 규칙적으로 그렇게, 떨어지네. 순서가 정해진 것처럼 말이야."

어머니가 시선을 멀리 두고 나지막이 읊조렸다.

"나는 요즘에서야 내가 뭘 원하는지 조금 알 거 같아. 어쩐다니, 평생을 내 마음이 아닌데 내 마음인 줄 알고 미워하고, 싸우고, 그러면서 살아왔는데."

어머니는 확실히 아버지가 병원에 입원한 뒤로 이상해졌다. 형도 마찬가지였다. 특히 결단을 내려야 할 때엔 평소의 그들 같지 않았다.

며칠이 지나고 형이 싱글벙글거리며 병원으로 들어섰다.

"형수야, 우리, 집 팔아버리자."

"왜? 산다는 사람이 있대?"

"아, 딱 주유소 할 자리라는 거야. 휴게소 같은 거 말이야."

"큰 도로에선 좀 떨어져 있잖아?"

"그게 더 좋단다."

형이 갑자기 주변을 살폈다.

"못해도 평당 칠십, 잘하면 백."

형은 웃음을 멈출 수 없는지 손으로 입을 가렸다.

"그럼, 최대 구억?"

"그렇지."

"셋이 집을 한 채씩 살 수도 있겠다."

내가 놀란 듯이 말하자, 형은 금세 시무룩한 표정을 지었다.

"우리 각자 따로 살게?"

"이제 그래야지. 각자 잘살아야지, 우리도."

"……그렇겠지?"

형이 가만히 내 어깨를 짚으며 말했다.

5.

어머니는 만석꾼은 아니고 천석꾼 집의 맏며느리로 열여덟에 시집와서 갖은 고생을 다 했다. 어머니 말로 처음 시집왔을 적에는 식구를 전부 헤아릴 수 없을 정도로 많았다고 한다. 증조할아버지, 증조할머니, 할아버지, 할머니에 시동생이 일곱이었고 할아버지 동생인 작은할아버지와 작은할머니 그리고 사촌시동생이 다섯, 아버지 어머니를 포함해 도합 스무 명이 그 집에 살았다고 했다. 별채에 기거하며 농사와 부엌일을 돕던 사람들은 뺀 숫자였다. 어머니는 요즘에도 가끔 그 시절 얘기를 한다.

"매 끼니 밥을 한 말은 한 것 같네. 열여덟밖에 안 된 내가, 뭘 알아서 그랬을까 싶어. 달랑 여자라고는 시어머니와 나, 작은시어머니뿐이니 매일매일 전쟁이었는데. 일주일이면 쌀 한 가마니로도 부족했어. 그렇게 한 살림을 내가 했었다니까."

어머니는 형도 나도 아무도 귀담아듣지 않는데 계속해서 옛날

얘기를 했다. 나는 그래도 가끔은 받아주는 시늉이라도 했지만, 형은 어머니가 옛날이야기를 하면 짜증부터 냈다.

"형일이가 태어나서 시부모가 얼마나 좋아하시던지."

"내가 아니라, 죽은 형 이야기겠죠. 아마도 할아버지, 할머니는 형이 죽은 다음에야 내가 있었다는 걸 알았을 걸요?"

어머니가 그런 얘기를 할 때면 형은 기다렸다는 듯이 어머니에게 대거리를 했다. 형의 말대로 어머니는 죽은 큰형과 형을 헷갈려할 때가 많다. 듣다보면 죽은 형이 독차지했던 사랑을 그대로 형이 이어받았다고 생각할 수 있지만 그것은 굉장히 큰 착각이다. 형일 형은 원망이 많다.

"너희 할아버지 살았을 적에 집을 한 번 고쳤지. 아마 결혼 직후였을 거야. 그뒤로 아버지는 꿈쩍도 안 했어. 겨우 설득해서 기와를 한 번 갈은 게 전부야. 오십칠 년 동안 말이야. 사는 게 너무 불편했어. 오래된 그 집을 멀쩡하게 보이도록 하려고 얼마나 애를 썼는지 모른다. 부엌이라도 입식이었으면 하고 바랐던 게 벌써 삼십 년도 넘었잖니. 아버지는 들은 척도 하지 않았잖아."

"그래도 엄마한테는 꽃밭이라도 있잖아요. 우리한테는 아무것도 없었다구요."

형이 불퉁거렸다. 얘기는 내가 들어주고 있었는데, 형은 불쑥불쑥 끼어들어 불평만 늘어놓았다.

그 집에서 어머니의 유일한 지분은 마당에 두 군데로 나뉘어 있는 꽃밭과 장독대였다. 어머니는 각종 나무와 꽃을 돌봤는데, 그 작은 두 꽃밭에 사시사철 꽃과 푸르름이 가시질 않았다. 어머니의 모든 감각과 노동이 그곳에 집중되어 있었다. 언뜻 그곳은 그 집과는 잘 어울리지 않아 보이기도 했다. 휑했던 마당에 어머니가 아버지의 반대를 무릅쓰고 만들었는데, 어머니와 아버지의 관계가 본격적으로 틀어지게 된 계기가 되었다.

"이제, 모두가 떠나고 우리만 이렇게 남았네."

"그러니 우리도 이제 떠나자구요."

"넌 어디 갈 데가 있어? 우리 어디로 가야 하니?"

어머니가 형에게 묻자 형은 대답 대신 자리를 떴다. 나는 잠자코 있었다. 형은 누군가를 설득하는 방법을 잘 모른다.

형이 두번째로 교도소에 가게 되었을 때 아버지는 아무것도 팔지 않았다. 어머니와 나의 설득에도 아버지는 요지부동이었다.

"그 못난 놈이 전부 날려먹을 거야. 이제 그놈은 이 재산에는 얼씬도 못하게 해야 돼. 그걸 잊으면 안 된다. 누차 얘기하지만 이집, 논밭은 내 것이 아니야. 잠시 맡아두는 거고 다시 물려줘야 하는 거라고. 그런데 못난 놈 하나 때문에 다 글렀어."

그나마 멀쩡한 내가 있었음에도 아버지는 꼭 그렇게 말했다. 서운한 적도 있었지만 이내 나는 모든 것을 이해하게 되었고, 별 욕심도 갖지 않았다.

형은 두번째 형기를 모두 마치고 출감했다. 형의 도박에 대한 열정은 시들 기미가 보이지 않았다. 일정한 직업도 없었는데 빚지지 않고 어디서 도박할 돈이 생기는지 나는 그게 항상 궁금했다. 형은 도박 때문에 사람을 패고, 도박 때문에 사기로 걸려들었다. 이후에도 형은 여러 번 전과를 더 새겨넣었는데 합이 다섯 번은 넘고 열 번은 안 되었다. 어머니도 나도 형이 교도소에 있는 동안 한 번도 면회를 간 적이 없었는데 아버지는 달랐다. 형이 별을 하나 달 때마다 꼭 교도소에 찾아가서 갖은 비난과 면박을 모조리 쏟아내곤 했다. 아무리 아버지를 말려도 소용없었다.

어쩌면 형을 포기하지 않은 사람은 아버지가 유일했는지도 모르겠다. 어머니도 나도 형은 원래 그런 사람인가보다 했는데, 아버지는 때마다 더 큰 화를 내곤 했으니 말이다. 팔십년대에 내가 시위에 나갔다가 경찰에 끌려갔을 때에도 아버지는 면회 한번 오지 않았고 연락 한번 하지 않았다. 내가 던진 화염병 때문에 종로의 한 금은방에 불이 났다. 전과자는 특별한 사람만 되는 건 줄 알았는데, 그러니까 형 같은 사람만 되는 건 줄 알았는데, 그런 게 아니라는 것을 알 수 있었다. 나는 징역 일 년 육 개월을 선고받고 만기 출소했다. 형이 교도소 문 앞에 두부를 들고 서 있었다.

"갈 만한 곳은 못되지?"

형이 키득거리며 두부를 내밀었고 나는 그것을 먹으면서 앞으로는 정말이지 아무 일도 하지 않고, 아무런 고민도 없이 살겠다고 다짐하고 결심했다. 그래서 결혼도 하지 않았고 직업도 구하지 않았다. 학교로 돌아가지도 않았다. 형은 도박이라도 했지만 나는 정말이지 삼십여 년간 아무 일도 하지 않았다. 내가 하는 일이란 아주 가끔 아버지를 도와 집을 손보거나 뒤꼍에 있는 배밭을 돌보는 게 전부였다. 그럼에도 나는 아주 잘살아왔다고 여긴다.

6.

아버지가 죽었다. 병원에 온 지 반년 만이었다. 오랫동안 아버지의 죽음을 준비한 우리였지만 막상 돌아가시자 우리는 우왕좌왕했다. 아버지의 다락에서 우리와 연관이 있는 사람들의 연락처와 관계에 대한 설명이 적혀 있는 수첩을 발견하지 못했다면 아버지 장례식에는 아무도 오지 않았을 수도 있었다. 다행스러운 일이었다.

"그걸 어떻게 찾았어?"

나는 신기해서 형에게 물었다.

"찾은 게 아니라, 이건 아버지가 남긴 게 맞는 거 같다. 저거하고 같이 있었거든."

"저게 뭔데?"

"수의더라. 아버지가 미리 준비해두었나봐. 엄마 것도 있어."

형은 별일 아니라는 듯 덤덤하게 말했지만 나는 꽤 큰 충격을 받았다. 얼른 고개를 돌려버렸으니 말이다. 아버지가 그런 것을 꼼꼼하게 준비했다는 게 놀라웠다. 그나마 아버지와는 별문제가 없었던 내가 그런 것도 모르고 있었다는 것에 조금 자존심이 상했다.

우리 중에 사회생활을 하는 사람이 없으니 문상객은 적을 수밖에 없었다. 내가 유일하게 대학도 다녀봤고, 아주 잠깐 직장생활도 했지만 너무 오래전의 일이었다. 지금껏 관계를 유지하고 있는 사람은 전무했다. 내겐 형밖에 없었다. 형은 나의 유일한 친구이자 동료였다. 형도 마찬가지일 거라고 생각했는데, 달랐다. 형에겐 같이 도박을 한 이들과, 교도소에서 만난 사람들이 있었다. 형은 정에 약한 사람임이 분명하다. 도움도 되지 않는 그들을 모두 불렀다. 하지만 그건 내가 잘못 생각한 것이었다. 다행스럽게도 그들 덕분에 장례를 치르는 내내 왁자지껄했다. 겉으로 보기엔 그저 평범한 문상객들처럼 보였다.

"형수야, 돈통 잘 지켜야 한다. 내 알기로 지금 여기에……"

장례식 첫날, 취기가 불콰하게 오른 형이 머릿수를 세며 말했다.

"도둑놈 일곱, 강도 넷, 사기가 일곱, 강간도 셋이나 되네."

형은 그 사람들을 손가락질하며 키득거렸다.

"저놈들이 모여서 고스톱을 치면 누가 따는지 알아?"

"그거 진짜 어려운 문제네."

"간단하지, 도둑놈은 훔치고, 사기꾼은 밑장 빼고, 강도는 빼앗잖아."

"강간범은?"

"고스톱판에 안 끼워주지."

형은 아버지 영정 사진 아래 앉아서 낄낄거렸다.

"아, 그래?"

"전과자들한테는 죄목이 벼슬이거든."

"그래서 누가 따?"

"당연히 아무도 못 따지. 계속 돌고 도는 거야. 돈을 훔치면 밑장 빼서 따고 그런 다음엔 강제로 빼앗고."

"그럼, 저걸 왜 하는 거야?"

"저거라도 하는 거지. 그나마 건전한."

"그나저나, 저 사람들을 왜 불렀어?"

"왜 부르긴, 내가 '저 사람'이야. 몰랐어?"

형이 환하게 웃었다. 뭐가 그렇게 웃긴지 형은 웃음을 멈추지 못했다. 이제 막 차려진 아버지의 영정 사진 앞에 앉아 슬픔이나 울음 대신 자신의 못난 친구들을 불러놓고 취한 채로 배가 째지게 웃고 웃었다.

다음날엔 친척들이 몰려들었다. 우리는 여전히 종갓집이고 집안 대대로 상속된 땅의 계승자였다. 뭐 먹을 거 없나 간을 보러 온 사람들부터 대놓고 땅을 쪼개어 내놓으라는 사람들까지 다양한 사람들이 문상을 왔다. 그러던 중 우리는 이제껏 가장 어려운 결정을 내려야 하는 일과 마주쳤다.

아버지가 돌아가셨다는 연락을 병원으로부터 받았을 때 우리는 쌈밥집에서 볼이 미어지도록 쌈을 싸서 먹고 있었다.

"아버지가 돌아가셨다네."

형이 쌈을 크게 싸서 입에 넣고 우물거리며 말했다. 어머니가 조용히 수저를 내려놓았다. 나는 얼핏 어머니 얼굴에 드리운 슬픔의 그림자를 보았다.

아버지의 얼굴은 모처럼 편안해 보였다. 피부가 백지장처럼 허옜다. 그게 조금 무섭게 보였다. 우리는 누구도 울지 않았다. 말없이 한동안 아버지를 내려다보기만 했다.

"이제 가서 장례 준비하자꾸나. 나는 집에 다녀오마."

어머니는 잠깐 집에 다녀온다고 간 뒤로 오지 않았다. 둘째 날 아침 일찍 어머니가 돌아왔다. 혼자가 아니었다. 장례식장은 아침까지 벌어진 고스톱판으로 어수선했다. 여느 장례식장과는 좀 달랐다. 우리는 모든 게 셀프였다. 식탁 위에는 산더미처럼 음식찌꺼기가 쌓여 있고 술병이 나뒹굴었다. 형과 나는 아버지 영정 사진 밑에서 쪽잠을 잤다. 어머니가 흔들어서 우리를 깨우지 않았다면 그렇게 오후까지 잤을 거였다.

잠결에 겨우 눈을 뜨고 보니 어머니 옆에 처음 보는 어떤 가족이 함께 앉아 있었다. 내가 먼저 일어나 형을 깨웠다. 형에게서 고약한 냄새가 났다. 형이 겨우 정신을 차리고 일어났다. 어머니 옆에 말없이 앉아 있는 사십대로 보이는 부부와 남자아이들을 보더니 형은 화들짝 놀랐다.

"왔구나."

형이 얼굴을 두 손으로 비비며 말했다. 나는 그들이 누구인지 눈으로 물었지만 형은 모르는 체했다.

"아버지한테 먼저 인사해야지."

형이 의젓하게 말했다. 어머니와 형은 알고 나는 모르는 사람이 있다는 게 이상했다. 순간 소외감 같은 것을 느꼈다.

"형수는 처음이지? 인사해."

남자가 꾸벅 인사하고 부인과 아이들이 연이어 인사를 했다. 나도 꾸벅 고개를 숙였다.

"네 동생네야."

"동생네라니?"

"다른 어머니네."

나는 무슨 말인지 한 번에 알아듣지를 못했다. 어머니는 가만히 아이들 머리를 쓰다듬었다.

"형님, 처음 뵙지요. 형우라고 합니다."

나는 내게 동생이 있었다는 것을 오십이 년 만에 처음 알았다. 너무 당황하고 놀라서 티를 내지 않을 수가 없었다.

"왜 나만 몰랐던 거야?"

"그렇게 됐다. 넌 어려서 말하기 그랬어."

"형하고 나하고 겨우 두 살 차이야."

형이 나를 억지로 끌고 밖으로 나왔다. 나는 배신감에 화가 나서 몸을 주체할 수 없었다.

"어떻게 이럴 수 있어?"

"기회가 없었어. 아버지가 절대로 너한테는 말하지 못하게 한 이유도 있고."

"왜? 왜, 나만?"

"아버지는 저 동생 때문에 자기와 어머니하고 나 사이가 틀어진 거라고 믿었던 거지. 어머니는 조금 그런 것 같기도 하고."

"그러니까 나한테는 왜 숨겼는데? 그건 이유가 안 되잖아."

"나 보면 모르겠냐? 너도 나처럼 될 거 같아서 그랬던 거야."

"형하고 나하고 뭐가 다른데?"

"다르지. 넌 어쨌든 좋은 대학에도 들어갔고, 전과자도 아니잖아. 아버지가 그랬으면 해서 그렇게 한 것뿐이니 너무 서운해하지 마. 이제라도 알았으니 됐잖아."

나는 오랫동안 피우지 않았던 담배를 피웠다. 마음이 헛헛했다. 우리는 우리가 아니었나보다. 생각할수록 서운하기만 했다.

"나 몰래 계속 왕래가 있었던 거야? 한집에 그렇게 붙어 살면서 어떻게 숨길 수가 있었대?"

"왕래가 없었지. 근데 작년에 저쪽 집 어머니가 돌아가셔서 연락이 아주 오랜만에 왔더라고."

"그래서?"

"아버지하고 둘이 다녀왔다."

"진짜 너무하네."

"기회가 없었어. 우리 모두. 부러 그걸 알리기도 쉽지 않았고. 이건 네가 이해해주라."

형의 말은 진심일 것이다. 그렇게 생각해도 서운한 감정이 사라지지는 않았다. 완전체 같았던 어떤 단단한 담벼락이 허물어진 느낌이었다.

"아버지가 전혀 도움을 줄 수 없었으니 고생을 이만저만 한 게 아니었나보더라."

"우리는 뭐 달랐나?"

형하고 마지막으로 싸웠던 게 수십 년 전이라 기억도 나지 않았다. 언제나 나는 무조건 형 편이었고, 형은 내 편이었다. 이제 우리는 같은 편이 아닌 것 같았다.

"그래서?"

"뭐가 그래서야."

"엄마가 직접 데려온 거야?"

"그래야겠다고 생각했나보지. 나는 모르는 일이야."

어머니가 아버지와 사이가 나빴던 것은 집 때문이 아니었나보다. 나만 모르고 있었던 것이다. 형이 아버지와 사이가 좋지 않았던 것도 꼭 죽은 큰형으로부터 물려받은 책임감 때문이 아니었는지도 모르겠다.

우리는 아버지의 장례 둘째 날, 넷이 되었다. 그리고 처음으로 아버지의 영정 사진 밑에서 가족회의를 했다.

7.

형우는 반듯하게 컸다. 우리와는 달랐다. 직업도 있었고 가정도 있었다. 형우의 어머니는 재가하여 형우 밑으로 아버지가 다른 여동생 둘을 더 두었다고 했다.

"형일 형님께서 저보고 형수 형을 많이 닮았다고 해서, 꼭 한 번 뵙고 싶었어요."

"저는 오늘 처음 안 일이라 조금 당황스럽네요."

"말씀 편하게 하세요."

"그게 잘 안 되네요. 차차 나아지겠지요."

형우는 원래부터 동생이었던 것처럼 내게 살갑게 굴었다. 그의 마음도 복잡할진대 애쓰는 모습이 짠했다. 나야 어머니만 괜찮다면 모든 게 괜찮다고 마음을 고쳐먹으려 했지만 잘 안 됐다. 어머니는 가만히 빈소를 지키며 앉아 있었다. 형우의 아내, 갑자기 알게 된 제수씨가 부엌일을 도맡아 했다. 혼자서 그 많은 일을 다 해냈다.

둘째 날, 많은 친척들이 들이닥쳤는데 워낙 왕래가 없던 터라 처음 보는 사람이 대부분이었다. 형이 아버지의 수첩을 들고 친척들에게 연락을 할 때만 해도 못 미더웠는데, 밀려드는 일가친척을 맞이하다보니 형이 대단해 보였다.

"어떻게 이렇게 많은 사람을 불러모은 거야?"

지난밤, 형의 전과자 친구들이 장례식장을 점령했던 것과는 대조적이었다.

"아버지의 수첩에 그냥 관계만 적혀 있던 게 아니라 어떤 경조사에 갔고, 부조를 얼마나 했는지 꼼꼼하게 쓰여 있더라구. 그래서 일일이 전화를 해서 알렸지. 그때 누구 결혼식에 갔었다, 누구 죽었을 때 갔었다. 그랬더니 다들 꼼짝 못하더라는 말이지."

"아."

나는 많이 감탄했다. 아버지가 남긴 흔적이 하나둘 나올 때마다 우리가 어떠할지를 알고 꼼꼼하게 준비한 게 느껴졌기 때문이었다. 그래서 생각지도 못한 부조금이 꽤 많이 들어왔다. 형은 싱글벙글했다. 부조함 옆에 찰싹 붙어서 떠나질 않았다.

염습을 하는 중에 제수씨가 울음을 터뜨렸다. 아버지가 죽고 처음으로 누군가 울었다. 곧이어 형우도 울기 시작했다. 우리는 그 광경이 굉장히 이상했다. 형우는 입관한 아버지를 붙들고 조용히 흐느꼈다. 우리는 멀뚱히 그 모습을 지켜보기만 했다. 어머니는 의자에 앉아서 모든 것을 가만히 지켜보기만 했고, 형과 나는 죽은 아버지가 원래 아버지 같지 않고 꼭 밀랍인형 같아서 조금 신기해하며 그 과정을 지켜보았다. 우리는 종교가 없었기 때문에 약식으로 염습과 입관을 했다. 그 과정이 생소하기도 했지만, 서럽게 우는 형우가 더욱 그랬다. 형도 훌쩍였다. 나는 전혀 슬프지 않았다. 잠깐 울컥했는데 그건 죽은 아버지 때문이 아니라 형우 때문이었다. 핏줄이라는 것은 무서운 것이 분명했다.

"형우가 그렇게 서럽게 우니까 마음이 좀 그렇더라."

"그러게 말이야."

형이 염습과 입관을 마치고 나오면서 말했다.

"그래도 우리는 우리로 살았지만 쟤는 아니잖아."

형우 식구들은 단란하게 둘러앉아 늦은 저녁을 먹었다.

"낯설고 또 익숙하지?"

"그러게 말이야."

우리는 형우 식구들이 밥 먹는 것을 지켜보았다.

"형우는 무슨 일을 한대?"

"회사 다니다가 그만두고 무슨 장사를 한다던데. 잘은 몰라."

"형우 아들들 이름이 뭐라고 했지?"

"재근, 민근. 열 살, 여덟 살."

"우리 다음은 근자 돌림이구나. 의젓하네, 아이들이."

8.

발인 새벽, 우리는 둘러앉았다. 문상객은 모두 돌아갔다. 아버지는 화장하기로 되어 있었다. 아침 일찍 발인할 예정이었다. 형은 얼른 부의금을 세어보고 싶어서 안달이었다. 물론 나도 마찬가지였다.

"몇 가지 상의를 좀 하자꾸나."

"뭔데요? 얼른 저거 세고, 내일 떠날 채비도 해야죠."

어머니는 형의 말을 무시하고 침착하게 자기 말을 이었다.

"형일아, 집은 안 팔기로 했다. 나 죽으면 니들 알아서 해."

놀란 것은 나였다. 나는 형을 바라보았다. 형은 이미 예상했다는 듯이 가만히 고개를 끄덕였다.

"그래도 그 집을 팔지 않고 그냥 산다는 것은 엄청난 손해인 거 같아요. 차라리 팔고……"

"형수야, 그냥 엄마 말대로 하자."

형이 내 말에 동의를 하지 않았다. 심지어 내 말을 자르고 나를 타일렀다. 나는 당황해서 말을 잇지 못했다.

"집을 좀 손보자꾸나. 안채와 사랑채 기와를 다시 얹고 보일러랑 벽을 새로 하면 괜찮을 거야. 원래 튼튼한 집이잖니."

우리의 오랜 꿈은 무산되었다. 우리가 함께 꾸었던 꿈이 아니었다니 나는 낭패감이 컸다. 싱글벙글 기분좋아 죽던 형의 모습이 사라진 것이 꼭 배신을 당한 기분이었다.

"저도 할말이 있는데, 그 집 있잖아요. 형우네 앞으로 하면 어때요?"

나는 카운터펀치를 얻어맞은 기분이었다. 나는 눈이 휘둥그레 져서 형을 바라보았다. 어머니는 고개를 끄덕였다. 무슨 말이라도 해야 했으나 너무 놀라서 아무 말도 나오지 않았다.

"너도 같은 생각이지? 우리는 술도 먹고 도박도 하니 불안하잖아. 또 우리는 자식도 없고 말이야. 어차피 대대로 내려온 집, 우리 것도 아니고. 아버지도 같은 생각일 거야."

형이 내 어깨를 쓰다듬었다. 나는 순간 떨어진 고개가 땅으로 꺼지는 줄 알았다. 이제껏 참았던 눈물이 쏟아질 것만 같았다.

"형님, 저희는 됐어요. 과분하고 이치에 맞지 않는 일이에요."

"아니야, 말했듯이 재산으로 남기는 거 아니야. 니 아이들이 또 자식 낳아 남기면 돼. 대신 조건이 있다. 우리 다 죽을 때까지는 그 집에서 살게 하면 돼."

"이제 생활비를 줄 아버지도 없잖아. 우리는 뭐 먹고 살 거야?"

너무 철없는 얘기인 줄 알지만 어쩔 수 없었다. 현실이 그랬다.

"이제 일을 해야지, 우리도."

이건 좀 반칙이란 생각이 들었다. 너무 많은 변화가 순식간에 일어나고 있었다. 형은 이 모든 일을 미리 준비한 것처럼 자연스러웠다.

"형일이 말대로 하자, 형우야."

어머니가 말하자 형우 내외가 고개를 끄덕였다.

"그 집 말고도 논밭이 꽤 된다. 아버지는 손도 못 대게 했지만 가지고 있으면 뭐할까 싶기도 하고. 처분해서 조그만 가게를 우리가 열어도 될 거 같고."

"당장은 그러지 말자고요, 엄마."

형은 어느새 진짜 장손이 되어 혼자 모든 결정을 내리고 있었다. 나는 억울한 마음마저 들었다. 더욱 야속한 것은 그렇게 사이가 나빴던 어머니마저도 형의 말에 수긍을 한다는 것이었다.

"그리고 하나 더 있다. 너희 아버지 화장하지 말고 선산에 매장했으면 해. 나도 죽으면 화장하지 말고 아버지 옆에 묻어주렴. 불에 태우고, 타는 게 싫구나."

나는 너무 큰 충격으로 놀라 말을 잊어버리는 증상이 일어났다. 그뒤로는 잘 기억도 나지 않았다. 나는 원래 막내였는데, 막내를 빼앗기고 갑자기 둘째가 되어 존재감 없이 그저 그런 식구가 된 것 같아 마음이 몹시 상했다. 더욱 이해할 수 없었던 것은 내가 형과 어머니 말에 수긍하고 있었다는 것이다.

어쨌든 장례를 무사히 마쳤다. 우리는 아버지를 선산에 묻었다. 우리말고는 아무도 장지까지 온 사람이 없었다. 조촐하고 경건하게 아버지는 땅에 묻혔다. 아버지는 내가 생각했던 것과는 달리 성공적인 인생을 산 것 같았다. 아버지는 구두쇠도 아니었다. 정말 많은 땅과 그 집을 당신이 받은 대로 우리에게 고스란히 물려주고 떠났다. 단, 선산에 붙어 있던 밭을 빼고는 말이다. 그렇게 생각하니 처음으로 아버지가 존경스러웠다. 형도 나와 같은 생각이었을까. 형은 아버지의 관이 땅속에 내려지자 무릎을 꿇고 오열했다. 너무 서럽게 울어서 하관하고 매장을 하던 인부들이 일을 중단하고 한참을 기다렸다. 어머니도 울고 형우네도 서럽게 울었다. 나만 한 걸음 뒤로 물러서서 멀뚱하게 그들을 바라보았다.

9.

아버지를 땅에 묻은 지 한 달이 지났다. 형우네는 우리만 괜찮다면 우리집으로 들어와 살겠다고 했다. 형은 신이 났다. 나는 도무지 이유를 알 수 없었다. 우리가 안채로 들어가 함께 살고 사랑채를 보수해서 형우네를 들이기로 했다. 안채를 내주자는 형의 말을 내가 박박 우겨서 반대했다.

우리집의 대대적인 보수공사를 시작하는 날이었다. 들어온 부의금 전부를 털어도 공사비가 부족했는데, 형우가 자기 집을 처분해 보태기로 했다. 공사는 기획했던 것보다 더 커졌다. 기둥과 대들보만 남기고 신식 한옥으로 리모델링하게 되었다. 곳간과 인부들이 쓰던 별채를 개조해 작은 카페를 열기로 했다. 형우가 제안한 것이었다. 형은 새로 생긴 동생이 좋아 죽을 지경이었다. 우리에게 일이 생긴다는 게 형에게는 여간 신나는 일이 아닐 수 없었다. 이미 우리 안에 형우도 들어와 있었다.

안채를 뜯던 날, 형우네도 일을 도우러 왔다. 많은 시간을 보내지 않았는데 그새 형우네와 꽤 친해졌다. 그것은 나도 마찬가지였다. 나라고 특별한 욕심이 있는 것도 아니어서 큰 불만은 없었다. 혼자 나가서 살 자신도 없었는데, 잘된 일이라고 여겼다.

공사가 개시됐다. 벽지와 장판을 뜯어내자 몇십 년 동안 묵은 먼지가 한꺼번에 날렸다. 자욱하게 일어난 먼지가 내려앉은 뒤 우리는 그만 땅바닥에 털썩 주저앉아버렸다. 장판 밑, 방바닥에 만원. 오만원권 지폐가 가득 깔려 있었다. 안방, 작은방 할 거 없이 그득했다. 아버지가 남긴 유일한 유산 앞에서 우리는 소리내어 울기 시작했다.

타 클 라 마 칸

1.

일문一問은 쿠처庫車의 수바시蘇巴什 성곽 문 앞에 며칠째 쪼그리고 앉아 있었다. 먹지도, 잠을 자지도 않았다. 사람들이 합장을 해도 그는 시선을 저멀리 둘 뿐 꼼짝하지 않았다. 머리가 덥수룩하게 자라나기 시작했지만 해지고 너덜너덜한 승복은 사람들에게 그가 스님일 거라는 확신을 주기에 충분했다. 그래서 누군가는 그가 참선을 하는 중이라 했고, 또 어떤 이는 고행을 시작한 것이라 했지만, 그 자신 말고는 성문 앞에 왜 그렇게 앉아 있는지 아무도 알지 못했다.

다섯째 날, 문지기가 다가가 물을 건네며 말을 걸어보았으나 그는 동쪽 멀리 어딘가에 시선을 둔 채 미동도 하지 않았다. 이제 성안이고 밖이고 성문 앞에 쪼그리고 앉아 있는 일문을 모르는 사람이 없었다. 일문이 며칠째 잠도 자지 않으며 무엇을 바라보는가, 하는 것이 쿠처의 수바시성 사람들에게는 화두였다. 성내에는 훠예산火焰山 근처에 짓고 있는 석굴 도량의 후원을 받기 위해 기행을 일삼는 스님들이 꽤 많았고, 귀족들과 상인들의 주의를 끌어 불사를 위한 후원을 받기 위해 갖은 애를 쓰던 때라, 일문이 하는 행동도 그런 일에 속할 것이라고 사람들은 추측했다. 헌데, 그런 궁금증도 열흘이 지나자 그가 그대로 열반에 들려는 게 아닌지 하는 걱정으로 바뀌었다.

그는 하루하루 눈에 띄게 말라갔다. 특히 아침나절은 그가 앉은 자리에 강렬한 햇빛이 포탄처럼 작렬하여 사람들은 잠시도 해를 이기기가 힘들었으나, 그는 송장처럼 꿈쩍도 하지 않았다. 가끔 눈을 끔뻑일 뿐 사막 쪽으로 멀리 둔 시선은 흔들리지 않았다. 사막의 햇빛은 땅에 있는 모든 것을 말려 죽이려 들었으나 그는 태양을 피하지 않고 그것을 온몸으로 고스란히 받아들이고 있었다. 그의 피부는 점점 검붉게 변해갔다. 성 안팎의 사람들은 일문을 보기 위해 모여들었고, 멀찍이 떨어져 앉아 일문이 바라보는 쪽을 함께 바라보는 몇몇도 생겨났다. 하지만 곧 뜨거운 햇빛을 이기지 못하고 그늘로 자리를 옮기거나 슬금슬금 자리를 뜨는 사람들이 대부분이었다.

2.

열이틀이 되었을 때에 일문 옆에 스님 하나가 자리를 깔고 앉았다. 일문이 무릎을 세운 채 쪼그리고 앉아 있었다면 그는 종일 그 늘진 곳에서 성벽을 베개 삼아 비스듬히 기대 누워 있었다. 그 앞에는 불경이 하나 있었고, 불경 위에는 발우와 염주가 놓여 있었다. 사람들은 그를 살아 있는 와불臥佛이라 불렀다.

그는 일문과는 다르게 잠이 오면 잠을 잤고, 누운 자리에 햇빛이 들어오면 자리를 조금씩 옮겼다. 사람들은 쪼그리고 앉아 있는 것만큼 계속 누워만 있는 것도 힘들 것이라 여겼다. 사람들은 궁금증이 일어 그에게 옆에 앉은 일문과는 어떤 관계가 있는지, 어떻게 같이 사막의 먼 곳을 바라보게 되었는지 물었지만, 그 또한 아무 말이 없기는 일문과 마찬가지였다. 일문은 그를 한 번도 돌아보지 않았고 멀리 둔 시선을 거두지도 않았다. 비스듬히 누워 있는 그도 다르지 않게 일문을 본체만체했다. 해가 지고 성문이 닫히면 그들을 구경하던 사람들도 물러가고, 문을 지키던 병사들도 사라졌다.

깊은 밤에도 일문은 깨어 있었다. 불경을 베고 코를 골며 자던 스님이 벌떡 일어나 앉았다. 그러고는 일문을 슬쩍 쳐다보더니 말을 걸었다.

"이보시오, 나는 중각中覺이라 하오."

일문의 굳게 다문 입술은 미동도 없었다.

"당신은 어디 사람이오?"

어둠 속에서 일문의 눈동자만 달빛을 받아 반짝였다.

"아무도 보는 사람이 없으니, 잠깐 눕지 그러오. 부처가 당신이 바라보는 그곳에 있겠소? 누우면 부처님이 그 자리로 오실 거요."

중각은 말은 그렇게 했지만 일문의 대답은 기대하지 않았던 듯 돌아누우며 혼잣말처럼 말했다.

"걸친 승복을 보니 동향인가 하여 물었소."

일문의 눈빛이 잠깐 흔들렸으나 아무도 알아채는 이가 없었다. 오아시스의 밤은 부지런히 흘러갔다. 성을 끼고 굽이치는 강물도 고요함을 깨기 싫은 듯 소리 없이 흘러갔다.

3.

동쪽 끝에서 서서히 태양이 떠올랐다. 이른새벽, 성벽에 기대고 누운 중각 옆에 또 한 스님이 자리를 잡고 앉았다. 일문이 성문 앞에 쪼그려앉은 지 열사흘 째였다.

새로 자리를 깐 스님은 가부좌를 틀고 합장한 채였는데, 사람들은 그가 한나절도 버티지 못할 것이라고 수군거렸다. 그 앞에는 놋으로 만든 발우와 사람 머리통만한 돌덩이가 놓여 있었다. 군데군데 푸른빛이 도는 청금석이었다.

"스님, 이 돌로 부처님을 만들려는 겁니까?"

사람들이 물었다. 돌 윗부분은 정으로 다져 둥그스름하게 생겼는데, 막 다듬기 시작한 돌이라는 것을 금방 알 수 있었다.

"이 돌은 스님이 직접 주운 겁니까, 시주받은 겁니까?"

그는 지그시 눈을 감은 채 아무 말이 없었다.

성문 앞은 구경꾼들로 이른아침부터 북적였다.

일문은 몸에서 모든 수분이 빠져나간 것처럼 홀쭉해졌다. 살아 있는 사람 같지가 않았다. 잘 말린 버드나무로 깎은 조각 같았다. 사람이 한결같은 자세로 그렇게 오래 있을 수 있다는 것을 사람들은 그를 보면서도 믿지 못했다.

합장을 한 스님도 결기 있게 버티고 있었다. 사람들이 두 스님의 발우에 은과 진귀한 돌을 담고 절을 올렸다. 겨우 한나절이 지났는데 발우에 제법 은과 돌이 쌓였다. 일문은 앞에 아무것도 두지 않았으니 아무것도 놓인 것이 없었다. 사람들은 점점 일문보다 옆에 앉은 스님들에게 관심이 많아졌다.

사람들 사이에 내기가 벌어졌다. 누가 가장 먼저 부동자세를 풀 것인가, 하는 것으로 사람들은 은을 걸었다. 가장 오래 버틸 것 같은 스님은 단연 중각이었는데 누워 있는 일이 가장 쉬워 보였기 때문이었다. 누워서 하는 수행은 자기들도 얼마든지 할 수 있다고 몇몇이 거들먹거렸다. 그러거나 말거나 한 사람은 쪼그려앉은 채로 먼 곳을 바라보며 앉아 있었고, 한 사람은 성벽에 기대고 누워 있었으며, 제일 마지막 스님은 불상처럼 가부좌를 틀고 합장한 모습으로 꿈쩍도 하지 않았다.

한나절이 금방 지나갔다. 한여름 한낮의 쿠처는 거리를 다닐 수 없을 만큼 태양이 강렬했다. 사람들은 일손을 놓고, 그늘을 찾아 집으로 돌아가 한가로운 오후를 보냈다. 스님들 앞에 모여 있던 사람들도 모두 사라졌다. 일문도 한계에 다다르고 있었다. 느닷없이 눈앞이 컴컴해졌다. 자꾸 정신이 나가려는 것을 겨우 붙들고 있었다.

4.

일문 앞에 성주 부인城主婦人이 찾아온 것은 한낮의 열기가 최고조에 이르렀을 때였다. 일문은 정신이 혼미해져서 눈앞의 모든 것이 환영처럼 몽롱했다. 그는 죽음이 오고 있음을 느꼈지만 그러한 상념마저도 떨치기 위해 애를 썼다. 그가 애초에 이렇게 쪼그리고 앉아 움직이지 않게 된 것은 생각을 멈추기 위함이었다. 하지만 한계에 이른 그의 몸이 상념을 몰고 왔다.

성주 부인은 쿤룬崑崙산맥 남쪽 사람으로 원래는 대대로 고산지대에 살던 사람이었다. 어찌하여 산맥을 넘고 타클라마칸 사막을 건너 북쪽까지 오게 되었는지 아는 이가 없었다. 노비로 팔려와 성주의 첫번째 부인이 되었다는 말도 있었고, 천축 귀족의 딸이라는 소문도 있었다. 성안에 신비로움을 지닌 소문들이 무성했지만 어떻게 해서 성주의 부인이 되었는지 그녀와 성주 말고는 정확하게 아는 사람이 없었다. 그녀에게는 아들이 하나 있었는데 장성하여 전쟁에 나가 죽었다. 그뒤로 그녀는 정성을 다해 불공을 드리러 다녔다. 석굴에 도량을 짓는 이 모두가 그녀의 눈에 들기 위해 안달이었다.

그녀는 일문에게 절을 하고는 데리고 온 한 여자아이를 일문 옆에 앉게 했다.

"이 아이는 아르파한이에요. 키질의 한 석굴도량에 기도를 갔는데 부처님께서 성문 앞 스님에게 여자애를 공양하랍니다. 원래는 딸을 스님께 내어드리라고 했지만 저는 딸이 없어요. 이 아이는 딸과 다름없는 아이랍니다. 갓난아이였을 때 제게 맡겨졌고 이제 열여섯이 되었답니다. 몸종이지만 딸처럼 키웠어요. 데려다 부처님의 은공으로 잘 보살펴주세요."

그녀가 조용히 한숨을 내쉬었다. 일문의 시선이 처음으로 부인을 좇았다. 그녀는 말을 마치더니 터덜터덜 사라져갔다. 뜨거운 태양이 고요함마저 모두 태우려는 듯했다. 일문 옆의 두 스님은 뭔가 기대했다가 실망한 표정이었다.

일문이 천천히 일어섰다. 그것은 정말이지 일어나서는 안 될 일 같았다. 옆의 두 스님은 눈이 휘둥그레져서 일문을 멍하니 쳐다보았다. 아주 작은 움직임이었지만 일문의 쿵쾅대는 심장 소리가 마치 태양의 강렬한 위엄이 땅을 반으로 쪼갠 것처럼 울렸다. 한낮의 고요함이 깨졌다. 오랜 시간 굳건히 놓여 있던 돌이 스스로 천천히 일어난 것 같았다. 그는 일어서서 부인을 부르려 했지만 목

소리가 나오지 않았다. 손만 허공에 휘이휘이 저었다. 여자아이가
얼른 달려가 부인을 붙들었다. 부인이 서둘러 돌아오는 것을 보자
일문은 현기증이 일어, 털썩 바닥에 다시 주저앉았다.

"수행이 끝나신 겁니까?"

부인이 놀란 듯 그 곁에 바짝 붙으며 물었다. 일문은 입술을 달
싹거리다가 곧 정신을 잃었다.

5.

일문은 정신을 잃고 이레 만에 깨어났다. 아무도 그가 다시 정
신을 차릴 거라 믿지 않았으나 성주 부인과 아르파한은 포기하지
않고 지극으로 그를 돌보았다. 그녀들은 이레 동안 일문이 누운
자리 옆에서 양귀비 뿌리와 유황을 태우고, 틈틈이 삼을 달인 물
을 일문에게 먹였다. 그 덕분인지 자리에서 일어난 일문은 더이상
이 세상의 사람이 아닌 것처럼 몸이 더할 나위 없이 가벼웠고, 정
신은 물처럼 맑았다. 일문이 신라의 계림鷄林을 떠난 뒤로 처음 맛
보는 기분이었다.

"다시 태어난다는 게 이런 기분인가보다."

창밖을 바라보며 일문이 중얼거렸다. 곁에 있던 아르파한이 신
기하다는 듯이 그를 올려다보았다.

"네가 있는지 몰랐구나. 그런데 너는 누구고, 여긴 어디더냐."

"스님, 아무것도 기억 안 나세요?"

그는 그녀와 눈이 마주치자 모든 것이 떠올랐고 도망치듯 성주의 집을 빠져나왔다. 기억이 곧 번뇌다. 그는 아르파한을 남겨두고 나오며 생각했다.

사람들이 그를 알아보고 합장했지만, 그는 그들을 못 보고 그냥 지나쳤다. 사람들이 수군거리며 손가락질했다. 그는 누군가 자기를 알아볼 것이라고는 생각지 못했다. 사람들이 힐끔거리는 것을 알지 못했다. 목이 타는 듯해서 우물가에서 물을 마실 때도, 시장을 지나치며 가축들을 구경할 때도 그는 남들의 시선을 전혀 알아채지 못했다. 혼자만 세상의 모든 것이 새로우면서 정다워 보였다. 그는 가벼운 몸으로 성큼성큼 걸었다. 그 많았던 고민과 마음의 괴로움이 씻은듯이 사라져 있었다.

그는 성문을 나서다 여전히 그 자리에 누워 있는 중각을 발견했다. 그는 누워서 수행을 하고 있다기보다 힘이 없어 몸을 가누지 못하는 것처럼 보였다. 일문이 중각에게 다가가 옆에 앉았다.

"며칠째 이러고 있는 거요?"

중각은 실눈을 뜨고 일문을 슬쩍 보더니 도로 감고는 말이 없었다.

"……그걸 왜 내게 묻는 거요? 스님이 더 잘 알 거 아니오."

한참 후에 그가 일문에게 신경질적으로 말했다.

"한잠 자고 일어났더니 시간이 얼마나 지났는지 알 수가 없어서 말이오. 저 옆에 있던 스님은 어디로 간 거요?"

"며칠 전부터는 오전에만 나와 있습디다. 장사가 오전에만 나와도 잘되는 모양이오."

중각은 일문에게 퉁명스러웠다.

"신라인이오?"

"당신은 신라 사람인가보오. 나는 할아버지가 백제인이었소."

"이 먼 곳에서 동향을 만나니 반갑소, 정말. 그보다 말이 이렇게 시원하게 통한다는 게 여간 기쁜 게 아니오. 혼잣말 말고 대화를 나눈 지가 십 년은 넘은 것 같소. 그때 인사 나누고 싶었지만 그럴 상황이 아니어서…… 그런데 언제까지 이렇게 있을 생각이오?"

"백제와 신라가 가까이 있긴 했지만 동향은 아닌 듯하오. 신라와 백제를 한 나라로 보긴 무리가 있지 않소? 하여튼 누가 볼까 두렵소. 배고프니 이제 말 시키지 마시오."

"하지만 이제 모두가 신라인이 아니오."

"그런데 스님은 원래 이렇게 말이 많은 사람이었소?"

일문은 조금 머쓱해져서 자리를 뜨려고 엉거주춤 일어섰다.

"……당신이 그랬던 것처럼 나도 잘 모르겠소. 계속 누워 있었더니 자꾸 일어서고 싶은 것을 참느라 여간 곤혹스러운 게 아니오. 아무도 없는 새벽에 용변을 보려고 일어나서 몇 걸음 걷고 쭈그려앉는 게 하루 중 가장 행복한 시간이 되었소. 중생의 마음이 이리 어지럽고 변덕스러우니, 참으로 괴롭소."

중각이 조금 누그러진 기색으로 말했다.

"방해해서 미안하구려. 혹시 수행을 마치면 내 토굴에 한번 들러주시오. 무찰트渭千강가 밍우타거明屋達格산에 내가 파고 있는 석굴이 있소."

"역시 후원자를 얻기 위해 그리 쪼그리고 앉아 있었던 게구만."

중각이 비아냥거리자 일문은 다시 말문이 막혀 어찌할 바를 몰랐다.

"……바삐 걸으면 사흘이면 닿을 거리요. 그럼, 성불하시오."

일문은 합장을 한 뒤 한낮의 태양 한가운데로 성큼성큼 걸음을 옮겼다. 열사흘을 굶고, 이레 동안 정신을 잃고 누워 있었던 사람이라고는 믿을 수 없을 정도로 그의 걸음은 씩씩하고 가벼웠다.

6.

일문은 석굴로 돌아가기 위해 사흘 밤낮을 쉬지 않고 걸었다. 도중에 쉴 수 있는 그늘이라곤 없었다. 그는 해가 지면 아무데나 쓰러져 잠이 들었다가 해가 뜨면 일어났다. 그는 사막에 버려진 것 같았다.

살 수 있으면 살아보아라, 사막에서 부처님이 말하고 있었다. 집으로 돌아가는 것이 아니라 새로이 시작된 고행이었다. 집으로 가자, 그는 혼미해진 정신으로 중얼거렸다. 석굴이 집이라고 생각했던 적이 없었는데, 막상 길을 나서니 그런 생각이 들었다. 나의 집은 동쪽으로, 동쪽으로 한없이 움직여야 하지 않는가. 그는 떠나온 신라를 잊지 않으려 무던히 애를 썼다.

맑았던 정신은 흐려졌고, 몸은 그간 힘들었던 스무 날을 그대로 기억하는 듯 천근만근 무겁기만 했다. 그는 한발, 한발 사막 쪽으로 겨우 발을 내디뎠다. 아무것도 생각하지 않으려 했고, 어떤 것도 보지 않으려 애썼으나, 자꾸 걸어온 길과 앞으로 걸어야 할 거리를 가늠했다. 그는 신라에서 여기까지 오는 여정과 시간을 되돌리고 있었다. 찬란한 햇빛과 멀리 환영처럼 보이는 푸른 숲의 실루엣이 그의 정신을 어지럽게 했다. 그것들은 가까워지면 가까워질수록 멀어졌다.

그는 눈을 가늘게 뜨고 밍우타거산이 있는 쪽을 바라보며 천천히 발을 내디뎠다. 성문에 앉아 있을 때와는 완전히 달랐다. 어떤 목표가 있다는 것이 괴로움의 원인이었다. 무언가를 이루고자 하는 것이 번뇌의 이유가 아닌가, 그는 뜨거운 모래에 발을 담그며 깨달았다. 하나의 목표는 곧 하나의 욕심으로 번지고, 욕심은 번뇌를 낳는 게 아닌가. 번뇌는 괴로움을 부르고 마음은 곧 고통에 사로잡히기 마련이었다. 그는 그저 사막 한가운데 주저앉고 싶었으나 그럴 수 없었다.

그는 꼬박 사흘 만에 초주검이 되어 무잘트강가에 도착했다. 그는 허우적허우적 걸어가 강에 그대로 몸을 처박았다. 강물에 그의 몸이 완전히 잠겼다. 센 물살에 그가 떠내려갔다. 이대로 어디

로든 떠내려갔으면 좋겠다, 그는 생각했다. 톈산天山산맥에서 내려오는 강물은 겨울처럼 차가웠다. 순간 떠오른 겨울이 마치 환상 속에나 있는 것 같았다. 겨울이라는 것이 언젠가 꿈속에서 보았던 기분좋은 풍경처럼 막연했다. 그러자 당장이라도 신라로 돌아가고 싶은 마음이 간절해졌다. 천지에 욕심뿐이다. 그는 물속으로 가라앉으며 생각했다. 하나의 욕심이 또다른 욕심으로 번지는 것을 깨닫고는 그는 강가로 헤엄쳐나왔다.

7.

일문이 파고 있는 석굴은 거의 완성 단계에 다다랐지만 후원이 전혀 없어 굴 안을 꾸밀 수 없었다. 다른 석굴들은 엄청난 돈을 들여 화려한 색과 다채로운 이야기로 벽화를 만들고, 웅장하면서도 자기 굴만의 독특한 자태를 뽐낼 수 있는 불상을 굴 안에 앉혔다. 하지만 그의 굴에는 아무것도 없었다. 그는 신라인으로 쿠처에 아는 이가 없었고 후원자를 구할 수가 없었다. 신라까지 간다는 상인을 어렵게 수소문하여 신라의 왕에게 그런 사정을 넣은 지도 오년이 넘었지만 아직까지 기별이 없었다. 신라는 가고 오는 데 이년이 꼬박 걸리는 거리였지만 그는 자꾸 조바심이 일었다.

절을 꾸밀 수 없다는 것에 상심한 시간이 꽤 길었다. 꼬박 십 년 동안 그는 작은 손망치와 정으로 사방 세 칸, 높이가 두 칸이나 되는, 밍우타거산에서 가장 웅장한 굴을 팠다. 하지만 절을 꾸미지 못한다면 무슨 의미가 있겠는가. 그는 절망에 **빠져** 지냈다.

일문은 십 년 전 혜초스님을 만나러 쿠처로 왔다. 신라 계림에서 배를 타고 출발하여 광저우廣州에 닿은 뒤, 육로로 걸어서 창안長安, 둔황敦煌을 거쳐 쿠처에 이르기까지, 오는 데에만 꼬박 일 년이 걸렸다. 계림을 떠난 지는 햇수로 십오 년이 되었다. 신라의 왕은 병세가 심하여 죽기 전, 오래전 천축으로 떠난 혜초를 만나 영생에 대한 조언을 듣기를 원했다.

혜초는 어디에도 없었다. 일문은 혜초를 찾아 그가 지났다는 길을 오 년 동안 떠돌았다. 간혹 혜초를 안다는 사람이 있었으나 그를 본 지 너무 오래였고, 어디 있는지 알고 있다는 사람들의 말도 모두 달랐다. 파미르고원을 넘어 다시 천축으로 돌아갔다는 사람도 있었고, 텐산산맥을 넘어 알타이 쪽으로 갔다는 사람도 있었다. 대부분의 사람들은 일문에게 그를 만나려면 동쪽으로 가라고 했지만, 그는 쿠처에서 걸음을 멈추었다. 혜초를 찾아나서고 오 년이 지났을 때였다. 그리고 이후. 십 년째 그는 굴만 파고 있었다.

혜초스님을 만나러 왔지만 만나고 싶지 않았다. 솔직히 그는 자신의 마음이 무엇인지 알지 못했다. 신라로부터 소식을 기다리고 있었지만 기약 없는 일이었다. 그가 보낸 서신이 신라에 당도했는지조차 알 수 없었다.

그는 신라로 돌아가고 싶었지만 돌아가고 싶지 않았고, 혜초스님을 만나러 동쪽으로 가고 싶었지만 가고 싶지 않았다. 혜초스님이 걸었던 길을 되짚어 자신도 천축으로 가고 싶었으나 사막이나 산맥을 넘을 엄두가 나지 않았다. 그렇게 갈팡질팡하던 어느 날, 그는 그저 돌산 가장 높은 곳에 매달려 굴을 파기 시작했고, 십 년 내내 굴 파는 일에 매진했다. 그렇게 제법 널찍한 토굴을 갖게 되었다. 근사한 도량을 짓기 위해서 시작한 것은 아니었으나 파다보니 욕심이 생겼고, 그냥 한 일이었으나 목표가 만들어졌다. 시간이 지날수록 그런 것들이 그를 절망에 빠뜨렸다.

일문은 토굴로 돌아온 뒤로 다시 마음이 복잡해졌다. 그는 생각을 몰아낼 수가 없었다. 단 한순간도 생각은 멈춘 적이 없어서 그는 괴로웠다. 그는 석굴 입구에 앉아 이런저런 고민으로 또 괴로워하고 있었다. 생각은 끊임없이 다른 생각을 불러왔고, 고통은 그로부터 시작됐다.

8.

토굴로 돌아온 지 이레가 지났다. 망치를 놓은 지는 여러 달이 넘었다. 그는 굴 입구에 앉아 넋을 놓은 채 산밑이나 바라보는 게 일과가 되었다. 어둠이 완연하게 내려앉은 한밤중, 가까이서 이는 인기척에 깜짝 놀랐다. 어두워서 잘 보이지가 않았다. 달도 없는 밤이었다. 무잘트강이 굽이치는 소리만 멀리서 들려왔다. 그는 한참 후에야 어떤 이가 돌산을 기어오르고 있는 것을 보았다. 사람의 형상은 점점 그에게로 가까워지고 있었다. 한참 후에 한 남자가 엉금엉금 기어서 그에게 다가왔다. 보통은 굴과 굴을 이어 난간을 만들고 층을 이루는데, 가장 높은 곳에 위치한 일문의 석굴은 비슷한 높이에 다른 굴이 없었다. 일문이 파놓은 굴에 가기 위해서는 밑에서부터 기어오르든지, 산 정상으로 가서 내려오든지 해야 했다. 가장 오르기 힘든 곳에 그는 굴을 파놓았다. 후원이 없는 이유 중 하나이기도 했다.

"돌아왔다는 얘기를 듣고, 내일까지 기다릴 수가 없어서 올라왔다."

사내가 숨을 헐떡이며 말했다.

일문이 벌떡 일어나 합장을 했다. 그는 산밑 쪽에 큰 굴을 세 개나 가지고 있는 인요涇窈라는 스님이었다. 한족인 그는 밍우타거산에서 가장 부유한 스님 중 하나였다.

"스님께서 이 밤중에 어인 일인가요?"

"긴히 할말이 있어서 왔지. 여긴 초도 없는 모양이지?"

인요가 시커먼 굴 쪽을 힐끔거렸다.

"제게 무슨 볼일이……"

"저기 말이야. 스님, 토굴을 좀 팔라고 왔어. 이 굴을 내게 파는 게 어떻겠나. 어차피 후원자도 없어서 절을 꾸밀 수도 없는데."

"아니, 도량을 팔라니요? 그게 무슨 말인지……"

"아직은 그저 굴이잖은가. 내가 자네 대신 부처님을 모셔주겠다는 말이지. 자기, 문수보살을 모실 거라고 입버릇처럼 말했잖은가."

"아, 그렇긴 하지만…… 헌데, 이미 스님은 여러 석굴에 부처
님을 모시지 않았습니까."

인요가 진짜 뭘 몰라서 묻느냐는 듯 일문을 툭 치더니 소리내어
껄껄 웃었다.

"부처님이나 절이나 많으면 많을수록 좋은 게 아닌가. 신라에
선 아직 소식 없잖은가. 마냥 기다릴 수만도 없고 말이야."

일문이 절레절레 고개를 흔들었다. 그는 인요의 갑작스러운 제
안에 어찌할 바를 몰랐다. 밤하늘을 등지고 선 인요의 깜깜한 얼
굴을 그저 바라보기만 했다.

9.

일문이 석굴로 돌아오고 열이틀 날, 아르파한이 일문의 석굴로
올라왔다. 일문은 그녀를 까맣게 잊고 있었던 터라 놀라서 아무
말도 하지 못했다. 그저 그녀를 바라보기만 했다. 사나흘을 꼬박
걸었을 텐데 그녀는 힘든 기색 하나 없었다.

"어찌하려고 이곳까지 온 것이냐."

아르파한이 슬쩍 석굴 안을 들여다보았다.

"스님, 굴을 엄청 크게 파셨네요. 이렇게 큰 굴은 본 적이 없어
요. 부처님을 모시면 진짜 근사한 절이 되겠어요."

"여긴 보다시피 아무것도 없단다. 아무것도 없어서 아무것도

놓지 않을 생각이란다. 나는 아무것도 가진 게 없어. 먹을 것도 없고 벽화를 그릴 돌가루도 없고 물론, 부처님도 없단다."

"차차 생기겠지요. 부인께서 그럴 때까지 스님을 돌봐주라고 했어요."

"그런 욕심 때문에 괴로운 거란다. 사람이 사람을 돌본다는 건 이치에 맞지 않은 일이야. 나도 너를 돌볼 수 없고, 너도 나를 돌볼 수 없어. 이제, 그만 내려가거라."

"돌아갈 수 없어요. 부인께서 받아주시지 않을 거예요. 부인은 아드님을 잃은 뒤엔 오로지 부처님 말씀만 들어요. 그게 아드님의 영혼을 평안하게 하는 유일한 길이라고 믿거든요."

"부처님의 말씀이 아니라, 어떤 욕심 많은 땡중의 말이겠지."

"어쨌든요."

"네가 있겠다면 그렇게 해야겠지만, 나와는 상관없는 일이니, 알아서 하거라."

일문은 휑하니 굴 안으로 들어가버렸다. 그는 이제껏 놓았던 망치와 정을 들고 맥없이 굴을 파기 시작했다. 굴 안을 꾸밀 것이 없으니 하염없이 굴을 파기만 했다. 석굴이 그렇게 커진 이유이기도 했다. 그는 불상을 올려놓을 중앙 단상 양옆으로 다른 굴들을 파고 있었다. 왼쪽의 것은 깊이가 이미 한 칸이 넘었고, 오른쪽 작은 굴도 반 칸이나 파놓았다.

"스님, 궁금한 것이 있어요."

굴 안에 일문의 쇠망치질 소리가 쩌렁쩌렁 울렸다. 천장도 깊고 둥글게 파놓아 안 그래도 넓은 굴 안이 더욱 웅장했다.

"정말 대단해요, 스님. 그런데 여기에서 파낸 돌은 전부 어떻게 한 거예요?"

일문은 아무 말도 하지 않았다.

"여기서 지낼 생각이면 내게 말 걸지 않았으면 좋겠구나."

한참 후에 그가 대답하더니, 다시 신경질적으로 망치질을 했다.

아르파한이 일문의 석굴로 온 지 보름이 되었다. 그녀는 있는 듯 없는 듯 지냈다. 그녀는 모든 것을 알아서 했다. 가끔 산을 내려가 먹을 것을 구해왔고, 강가에 가서 빨래도 했으며, 조용히 돌무더기를 날랐다. 그녀가 궁금했던 것은 자연스럽게 알게 되었다. 일문은 한밤중에 돌무더기를 이고 정상으로 올라가 반대편에 버렸다. 그녀는 그가 하는 것을 보아두었다가 그대로 했다. 한밤, 말없이 돌조각을 치우는 아르파한을 그가 막아섰다.

"위험하니 이 일은 하지 말거라."

밍우타거산은 뾰족한 돌산으로 사방에 절벽 아닌 곳이 없었다. 발이라도 잘못 디디면 낭떠러지로 떨어지는 것은 순식간이었다. 보름 만에 일문이 그녀에게 말을 했다.

"아르파한, 너도 나만큼 고집이 세구나."

"스님이 하라는 대로 한 것뿐이에요."

"하지만 여자아이가 살기에 이곳은 좋은 곳이 아니야. 내일 당장 성으로 돌아가거라."

"제 대답은 한결같아요, 스님."

일문은 결국 아르파한을 받아들일 수밖에 없었다. 자신이 깔고 자던 양털을 그녀의 자리에 깔아주었다.

"나도 궁금한 게 있는데, 네 이름은 무슨 뜻을 가지고 있는 거냐?"

"페르시아의 한 마을 이름이래요. 저도 궁금한 게 또 있어요. 스님은 그런데 어디서 오셨어요? 스님 말투가 이상해요."

"난 신라인이란다. 동쪽 끝에 있는 작은 나라야."

"들어본 적 있어요. 해가 거기서 떠오른다죠?"

일문은 쉬 잠에 들지 못했다. 그는 고민이 하나 더 늘었고 다시 괴로워졌다. 냉정하지 못한 마음을 자책했다. 얼마 지나지 않아 아르파한의 숨소리가 작게 들려왔고, 그는 마음이 평안해졌다. 그녀의 새근거리는 숨소리가 살 수 있으면 살아보아라, 하는 부처님의 말처럼 들렸다.

10.

아르파한이 석굴에 온 지 스무 날, 동트기 전 한새벽, 중각이 석굴로 올라왔다. 그의 모습도 많이 달라져 있었다. 몸이 많이 상하고 야위었지만 눈빛만은 건강하고 생명력 넘쳤다.

"오라니 와보았소."

이미 깨어 있던 일문이 그를 맞았다. 아르파한은 잠에서 쉽게 빠져나오지 못했다. 잠깐 일어나 합장을 하고는 다시 곤한 잠에 들었다. 중각이 잠든 아르파한을 힐끔 쳐다보더니 불상을 모시려고 만든 단상 위로 올라가 자리를 잡고 앉았다.

"그렇게 있으니 꼭 부처님 같소."

일문이 말하자 중각은 비스듬히 누웠다.

"내가 이리 올 줄 알고 스님이 이런 자리를 만들었나보오."

중각의 말에 일문이 배시시 웃었다.

"사막을 사흘만 걸어도 이리 죽음 문턱에 다다르는데 타클라마칸을 건너 천축으로 가는 길은 어떨까 싶었소."

"오는 길이 고행이지요. 그런데 뭘 좀 드셨소? 미안하게도 드릴게 아무것도 없소."

"기대하지도 않았소. 중요하지도 않고."

"특별한 거처가 없으면 이곳에 오래 머물러도 좋소. 이 돌산에 석굴도량이 엄청 많은데 날이 밝으면 아마 일을 찾을 수 있을 거요. 굴을 파거나, 벽화를 그리기도 하고, 기도를 대신 드려주는 일도 꽤 많은 편이오."

"당신도 그런 일을 하면서 사는 거요?"

"아니, 그런 것은 아니지만."

"나는 아직 스님 이름도 모르오."

"아, 나는 일문이오. 신라 삭주가 고향이오."

"그날은 내가 좀 예민하게 굴어서 미안했소. 누워만 있는 게 이만저만한 고행이 아니었던지라."

"이해했소."

"그런데, 내가 또 한 사람을 이리 불렀소. 올지 안 올지는 알 수 없지만."

"누구를."

"그 있잖소, 장사 잘하던 스님 말이오. 이름이 현장인가 그랬소. 건방지게도 큰스님 이름을 따라 짓다니 재미있지 않소? 그가 밤마다 내게 먹을 것을 몰래 갖다주는데, 어쨌든 인정이 남다른 스님이었소."

중각이 껄껄 웃었지만 일문은 웃지 않았다. 토굴에 한 사람이 더 느는 것이 그로서는 여간 부담스러운 일이 아니었다.

"어째 표정이 좋지가 않소."

"그런 건 아니오. 그냥 좀 걱정이 돼서."

"일문스님이 걱정할 일은 없을 듯한데. 말했잖소, 현장이 제일 장사를 잘하는 사람이라고."

중각이 말하더니 다시 호탕하게 웃었다. 천천히 동이 트고 있었다. 동쪽 지평선 끝에서 번쩍, 빛이 발하더니 서서히 세상이 밝아졌다. 태양이 지표면을 뚫고 올라올 때 굴 안이 환해졌다.

"그런데 어쩌다가 여기서 도량을 짓고 있는 거요?"

"어쩌다보니 그렇게 되었소. ……실은 혜초스님을 만나러 왔

다가 여기 멈춰 있소. 쉬지 않고 움직이는 불佛을 잡으러 온 것이
잘못된 일이었나 싶기도 하고. 여기서 기다리면 만나게 되겠지,
싶었소. ……솔직히 그보다는 다들 굴을 파니, 나도 그냥, 한번 파
보았소."

"혜초스님은 왜 찾으러 온 거요?"

"신라의 왕이 그를 데려오라 하여서. 돌아오기로 한 혜초스님
은 돌아오지 않았소. 헌데 의미 없어졌소. 욕심 많은 왕은 이미 죽
었소."

11.

중각이 일문의 토굴로 올라온 뒤 다시 보름이 지났다. 중각은
종일 굴 중앙의 단상에 누워 지냈다. 옆으로 목을 괴고 누워 굴 밖
을 내다보는 게 일과였다. 그의 말대로 그런 자세로 아무것도 하
지 않고 지내는 것도 고역일 수 있겠다고 일문은 생각했다. 일문
과 아르파한은 쉬지 않고 열심히 단상의 오른쪽 굴을 팠다. 일문
이 혼자 일할 때보다 훨씬 일과가 빨랐다. 낮에 아르파한은 지게
로 돌무더기를 날라 산 정상 뒤편에 버렸고, 일문은 종일 쉬지 않
고 망치질을 했다. 아르파한은 틈틈이 산을 내려가 먹을 것을 얻
어오고 빨래를 했다.

"너에게 너무 많은 업을 쌓는 것 같아 마음이 편치가 않구나."

아르파한이 구해 온 옥수수를 받으며 일문이 말했다.

"이게 제 일이고 운명인걸요. 스님은 굴을 파고, 저는 돌을 나르고. 스님은 먹고, 저는 먹을 것을 구해오고."

"스님 망치질 소리가 언젠가부터는 목탁 소리로 들리니 이 도량이 터가 좋은 모양이오."

중각이 누워서 옥수수를 씹으며 말했다. 일문은 대답하지 않고 멋쩍은 웃음만 지었다.

"스님은 그렇게 누워서만 지내니 힘드시겠어요."

아르파한이 볼멘소리를 하자 일문이 눈치를 주었다.

"그런데 망치질은 언제쯤이나 끝날 거 같소? 내 보기엔 그만해도 될 거 같은데."

"이쪽 굴은 아주 깊이 파볼까 하오."

"깊게?"

"반대편까지 길을 내어볼까 생각중이오."

"왜 그렇게까지 한단 말이오? 그게 무슨 의미가 있다고."

중각이 벌떡 일어나 앉으며 말했고, 그를 등지고 앉은 아르파한이 피식 웃음을 터뜨렸다.

"굴을 판다는 게 원래 의미 없는 일이잖소. 의미 없는 일도 오래 해보면 의미가 생길 듯하여."

중각이 놀라서 입을 다물지 못했다. 아르파한은 자꾸 웃음이 터져 입을 가렸다. 일문이 망치질을 다시 시작했다. 쩡, 쩡 석굴 안에 쇠목탁 소리가 울리기 시작했다.

해질 무렵, 인요가 일문의 석굴에 올라왔다. 손에는 음식이 가득 들려 있었다. 아르파한이 반가워하며 인요가 건네는 음식을 받아들자 일문이 눈짓을 했다.

"괜찮다. 절밥이니 받아도 돼. 그런데 식구가 하나 더 있는지 몰랐소."

인요가 중각을 보며 말했다.

"앉은뱅이 수행중이라. 무례함을 용서하시오."

누워 있던 중각이 일어나 앉으며 인요에게 인사를 건넸다.

"아, 별 수행을 다 하시오."

인요가 껄껄 웃었지만 일문은 그저 쓴웃음만을 지었다.

"스님, 뒤로 기별이 없어서 내가 또 올라와봤네. 저기, 어찌 고민은 해보았는가."

중각과 아르파한이 무슨 일인가 눈으로 일문에게 물었다. 일문이 미적거리더니 슬그머니 굴 밖으로 나갔다. 인요가 뒤따라 나왔다.

"여기서 갈 곳이 어디 있다고 그렇게 나가는가."

일문이 기어서 산을 오르기 시작했다. 인요가 따라오는가 싶더니 금세 포기하고 일문의 뒷모습만 쫓았다.

산 정상에서 바라보는 반대편의 풍경은 굴 앞쪽의 풍경과는 상이했다. 해가 지는 쪽으로 아주 멀리 수바시성이 희미하게 서 있었다. 도시를 똑바로 바라보면 바라볼수록 그 풍경은 흔들렸다.

환영인 듯, 실재인 듯 뜨거운 땅의 열기로 그 경계가 흐릿해지며 사막의 모든 것이 흔들려 보였다. 일문의 마음이 그와 같았다.

일문은 밤새 산 정상에서 서쪽을 바라보며 앉아 있었다. 신라가 있는 방향 반대쪽을 보고 있자면 마음이 편안해지는 것 같았다. 동틀 무렵이 다 되어 그는 굴로 돌아왔다. 돌아와보니 아르파한이 굴 입구에 앉아서 울고 있었다.

"무슨 일이냐."

일문이 놀라서 물었지만 아르파한은 아무 말도 하지 않았다. 그녀는 슬그머니 일어서더니 시커먼 굴 안으로 들어가버렸다. 중각의 코고는 소리가 굴 밖까지 울렸다. 심란한 마음은 더욱 어지러워 종잡을 수 없게 되었다. 그는 마음이 쓰여 한숨도 자지 못했다. 아르파한이 소리 죽여 우는 소리가, 몸을 뒤척이는 소리가 그의 마음을 가만히 두지 않았다.

일문이 아침이 다 되어 잠깐 잠에 들었다 깼을 때 아르파한은 이미 나가고 없었다. 일문은 중각에게 무슨 일이 있었는지 물었지만 그는 별일 없었고 아르파한이 왜 그러는지 자기도 모르겠다고 했다.

"그럼 어제, 인요스님이 무슨 말을 하였소?"

"그도 별말을 하지 않았소. 자기 자랑이 심한 스님이더이다. 조금 부럽기도 했소. 부유한 것도 고역이고 고행이랍디다."

중각이 그렇게 말하더니 자리를 털고 일어섰다. 단상에서 천천히 내려왔다. 그러더니 굴 입구에 쪼그리고 앉아 똥을 누었다.

"민망하지도 않소?"

마음이 상한 일문이 퉁명스럽게 말을 내뱉었다.

"저멀리 가서 누면 똥이 다른 것이 된답니까? 나는 똥을 누며 바라보는 이 광경이 보기 좋소. 누워 있다보면 용변을 보는 일이 참으로 귀하게 느껴질 때가 많소. 그러니, 방해하지 마오."

일문은 입을 다물고 쇠망치를 들었다. 사람과 사람 사이에 있을 때 번뇌는 커지기 마련이었다. 생각이 많아지고, 고통의 크기도 커졌다. 그는 있는 힘을 다해 돌을 깼다. 돌의 결을 헤아리지 않으면 아무리 큰 힘을 주어 정을 때려도 돌은 잘 깨지지 않았다. 마음이 어지러우면 돌의 결을 읽을 수 없었다. 들이는 힘에 비해 일의 결과는 보잘것없었다. 일문은 그럼에도 쉬지 않고 쇠망치질을 했다. 그렇게라도 하지 않으면 어지러운 마음을 잠시도 잡을 수 없을 듯했다.

12.

해질녘이 다 되어도 아르파한은 석굴로 돌아오지 않았다.

"이 아이는 온종일 우리를 쫄쫄 굶기고 도대체 어디를 간 거요?"

중각이 인요가 주고 간 옥수수를 마저 먹으며 중얼거렸다.

"그 아이가 그래야만 하는 법이라도 있소? 어린아이가 탁발을

다니는 게 쉬운 일 같소? 정 그러면 수행 그만하고 내일부터 스님
이 좀 다녀오시오."

좀체 화를 내지 않는 일문이 버럭 화를 내고 굴 밖으로 나왔다.
해는 이미 돌산 뒤로 넘어갔고 사위는 어둑어둑해지기 시작했다.
그는 아르파한을 찾아 나섰다. 산을 내려가기 시작했다. 석굴에
돌아온 지 쉰닷새 만이었다.

아르파한은 강가에 앉아 있었다. 달빛에 비친 그녀의 얼굴에 그
늘이 가득했다.

"무슨 일인지 말해보거라."

"무슨 일은요."

"그러게 내가 성으로 돌아가라 하지 않았더냐. 여긴 여자애가
지내기엔 너무 척박한 곳이라니까."

아르파한이 갑자기 울음을 터뜨렸다. 일문은 너무 놀라 어찌할
바를 모르고 당황했다.

"무슨 일인지 내게 말하지 못할 일이더냐."

일문의 말이 굽이치는 강물에 섞여 흘러갔다. 아르파한은 고개
를 흔들며 소리내어 울었다. 일문은 영문을 몰라 길게 한숨만 내
쉬었다.

"나 때문이더냐?"

그녀가 고개를 세차게 흔들었다.

"인요스님이 어제 무슨 말을 해서 그러더냐?"

역시 그녀가 고개를 저었다.

"그럼, 중각스님이 꾸중이라도 해서 그러더냐?"

그녀가 무릎에 얼굴을 파묻고 더욱 서럽게 울기 시작했다.

"혹시, 중각이 네게⋯⋯"

일문은 차마 끝까지 말을 잇지 못했다. 엄청난 분노와 절망이 함께 몰려왔다. 달빛은 둘을 환하게 비추었다. 달빛을 받은 밍우타거산 곳곳에 도랑을 짓기 위해 파놓은 구멍이 깊어 보였다. 일문은 아르파한을 위로하고 싶었으나 방법도 할말도 알지 못했다. 그저 그녀가 맘껏 울 수 있도록 옆에 가만히 앉아 있는 게 전부였다. 그것이 더욱 화가 나서 참을 수가 없었다. 그는 기차게 흘러가는 강물을 바라보고 앉아 있었다. 시간이 지나자 그녀의 흐느낌도 잦아들었다.

"성으로 돌아가거라."

"싫어요. 한나절 지나면 괜찮아질 거예요. 스님, 걱정할 일이 아니에요. 신경쓰지 마세요."

"그건 나도 싫구나."

"스님, 저는 진짜 괜찮아요. 벌써 괜찮아졌어요."

"그게 괜찮아질 일이더냐."

애써 웃음 지어 보이는 아르파한의 얼굴을 보고 일문은 살면서 느낀 가장 큰 절망을 맛보았다. 분노가 커지면 다른 생각이 낄 자리가 없어졌다. 그래서 마음은 도리어 평정을 찾아갔다. 아르파한이 자리를 털고 일어서자 일문도 따라 일어섰다.

"······어디를 가려고?"

"어디긴요, 집으로 가야지요. 밤이 깊었는데."

아르파한이 앞장섰고 일문이 뒤를 따라 산을 올랐다. 걸음은 무거워 산을 오르면 오를수록 낭떠러지 쪽으로 자꾸 발이 미끄러졌다. 중각이 깊이 잠들어 코고는 소리가 굴 밖까지 울렸다. 잠시 평정을 되찾았던 마음에 분노가 치밀어올랐다. 불상을 모시려고 만든 단상에 누워 깊이 잠든 중각을 노려보았다. 아르파한이 슬쩍 그의 옷깃을 잡아끌었다. 둘은 각자의 자리에 누웠지만 쉬이 잠들지 못하고 뒤척였다.

13.

일문은 새벽녘 잠에 들었다. 꿈속에서 그는 오랜만에 고향인 신라의 삭주에 다녀왔다. 우거진 숲속의 오솔길을 그는 거닐었다. 개울물 소리는 잔잔히, 평화롭게 그에게 다가왔고, 길 끝 고향집에 다다라 잠에서 깼다.

일어나보니 아르파한은 나가고 없었고 중각은 굴 입구에 쭈그려 앉아서 똥을 누고 있었다. 그가 천천히 굴 입구 쪽으로 다가갔다. 끙끙대며 일을 보고 있는 중각을 뒤에서 일문이 발로 슬쩍 밀었다. 중각이 내지른 외마디 비명이 순식간에 멀어지며 절벽 밑으로 사라졌다.

일문은 중각이 똥 누던 자리에 앉아서 사막 저편을 바라보았다. 꿈속에서 보았던 풍경과 너무나 이질적이었으나 어느새 그것이 고향의 풍경처럼 느껴졌다. 마음은 평온했고, 분노는 가라앉았다. 반나절이 지났을 때 인요와 아르파한이 함께 올라왔다. 아르파한은 울먹이고 있었고 인요는 상기된 표정을 감추지 못했다.

"아니, 이게 어찌된 일이오? 그, 누워 있던 스님 말이오."

"무슨 일 말입니까? 중각스님이 왜요? 일어나보니 어디 가고 없더이다. 똥 누러 갔나 했는데, 반나절이 지나도 돌아오지 않고 있소. 누워만 지내는 이가 어디 산책을 간 것도 아닐 터인데."

일문은 태연하게 얘기했고, 인요는 말을 쉬이 잇지 못하고 더듬거렸다. 일문은 인요 뒤에 어찌할 바를 모르고 서 있는 아르파한을 넌지시 바라보았다.

"그 누워 있던 스님이 밑으로 떨어졌소. 엉덩이를 깐 채로 말이오. 목이 부러지고 머리통이 떨어져나가서 다른 곳에서 우리 기도스님이 찾아왔단 말이지."

인요는 아직도 마음이 진정되지 않는지 식은땀까지 흘리고 있었다.

"쯧쯧, 그러게 조심하라 그렇게 말했는데. 평소에 그렇게 걷지 않으니 다리에 힘이 빠졌나, 발을 잘못 디뎠나. 안타깝기 그지 없는 일이오, 정말. 밑에 계신 사람들이 많이 놀랐겠습니다."

일문은 놀란 표정도 없이 차분히 말을 이었다. 인요는 놀란 마음을 진정시키기 위해 마른침을 계속 삼켰다.

"그나저나 장사지내려면 나뭇값이 꽤 들 텐데."

인요가 걱정스러운 듯 일문에게 말했다.

"중각스님은 평소에도 열반에 들면 자기를 새들에게 던져줄 것이라 입버릇처럼 말해왔소. 잘 토막내어 산 뒤편에 던져놓으면 독수리들이 스님을 극락으로 인도하지 않을까요? 말씀대로 화장은 나뭇값이 많이 들기도 하고, 그만큼 제가 친분이 두텁다 말할 수도 없고."

"그거 좋은 생각이오, 스님. 그럼 내가 가축 다루는 이를 수소문해 오겠소."

인요가 서둘러 굴을 나섰다.

"저기, 스님."

일문이 인요를 붙잡았다.

"제 굴을 사가시지요. 고민해보니 여기 너무 오래 머물렀나 싶습니다."

인요의 얼굴에 당황하고 놀랐던 표정이 사라지고 갑자기 화색이 돌았다.

"아, 그거 참 반가운 말이오. 잘 생각했소. 내가 값은 후하게 쳐드리리다."

"낙타 다섯 마리와 말린 고기와 말린 옥수수를 구해주실 수 있겠는지요? 나머지는 십 년 굴을 팠으니 은 열 냥은 받아야겠습니다."

"알고 보니 셈이 좋은 스님이었소."

인요가 껄껄 웃으면서도 씁쓸한 뒷맛을 남겼다. 돈에는 셈이 뚜렷한 사람이었다.

"좋소, 그리 준비하겠소. 그런데, 어디 먼길 가시려오?"

"고향으로 가지 싶습니다."

"그 먼 곳으로?"

아르파한의 눈빛이 흔들렸다. 일문은 굴 밖에 아직도 겁먹은 표정으로 앉아 있는 아르파한을 넌지시 바라보았다.

14.

중각이 낭떠러지로 떨어져 죽은 지 닷새, 일문은 굴을 떠날 채비를 하고 있었다. 아르파한은 안절부절못하고 굴 안을 서성였다. 일문은 인요에게 받을 은 열 냥을 그녀에게 줄 참이었다.

"포도농사를 짓고 싶다 하지 않았느냐. 내겐 있어도 없는 것이니 부담 갖지 말거라."

아르파한은 눈물이 그렁그렁 맺혔고 아무 말도 하지 못했다. 일문은 승복을 벗고 평범한 옷으로 갈아입었다. 일문은 중각이 남긴 걸망을 짊어지고 굴을 나섰다. 그때 낯선 스님 하나가 기어서 산을 오르고 있었다. 일문은 가만히 서서 그를 지켜보았다.

"무슨 일이오?"

헐떡이며 숨을 고르는 스님에게 일문이 물었다. 어딘가 낯이 익었는데, 돌덩이를 바랑에 지고 있는 모습을 보자 그가 누구인지 생각이 났다.

"나는 현장이라고 하오. 그때 성문에서……"

일문은 조금 당황스러웠다.

"그런데 어찌하오. 중각스님은 이곳에 없소."

현장이 낭패라는 듯 바닥에 털썩 주저앉았다.

"나는 막 이 굴을 떠나려는 참이오."

"언제 돌아오시렵니까?"

"그게, 스님에게 달린 것 같소. 저기, 이 굴을 내게서 사면 어떻소?"

아르파한이 놀란 눈으로 일문을 바라보았다.

"도량을 팔다니 그게 무슨 말이오?"

"아직 아무것도 없으니, 그냥 굴이지 않소. 스님, 들고 다니는 그 돌을 내게 주면 어떻소? 아무것도 없어서 그렇지 벽화도 넣고 불상도 앉히면 꽤 근사할 거요. 수완이 좋은 분이니 잘될 거라 믿소만."

현장이 잠깐 망설이는가 싶더니, 바랑에서 사람 머리통만한 청금석을 내주었다. 일문과 아르파한은 현장을 굴에 남겨두고 서둘러 산을 내려왔다.

산밑에서 일문은 인요에게 은 다섯 냥을 돌려주었다.

"내가 간사하여 굴을 두 번이나 팔았습니다. 그를 내치치 말고 도량을 맡기면 좋을 겁니다. 장사 하나는 잘하는 스님이니."

인요도 일문의 제안을 받아들였다.

"이거 밑지는 장사인데, 스님과의 우정을 생각해서 그러는 거요. 그럼, 성불하시게."

인요가 작별인사도 없이 냉정하게 돌아서 갔다.

"네게 줄 은이 반으로 줄었구나. 포도밭이 반으로 줄었으니 이 낙타들도 가져가거라. 나도 갖고 싶은 게 생기는 걸 보니, 중질도 이제 끝인가 싶구나. 나는 오늘부터 부처님 대신 이 돌을 믿기로 했다."

일문이 멋쩍게 웃더니 낙타 한 마리만을 남기고 네 마리를 아르파한에게 주었다. 아르파한은 계속 우느라 말을 꺼내지 못했다. 일문은 아르파한을 뒤로 하고 길을 나섰다.

막상 길을 나서니 어디로 가야 할지 막연해졌다. 그는 어디로 가야 할지 알 수 없어 그렇게 한참을 서 있었다. 한번 들어서면 이곳으로는 돌아올 수 없다는 것을 알기에 망설여졌다. 신라로 돌아간다는 말은 거짓이었다. 그는 드디어 마음 가는 쪽으로 걷기 시작했다. 어느새 낙타를 끌고 아르파한이 그의 뒤로 따라붙었다.

"어찌 이리로 오느냐. 수바시성과 반대쪽이 아니냐."

"스님, 저도 함께 가겠어요. 수바시성에는 아무것도 없어요."

"내가 가는 길이 어디라고 같이 가겠다는 말이냐."

"어디든요. 어딘가에 다다르면 스님은 굴을 파세요. 저는 빨래를 하고 먹을 것을 구해올게요."

아르파한이 낙타를 이끌고 앞장서기 시작했다.

"그쪽으로 갈 생각이더냐."

아르파한이 우뚝 멈춰 섰다.

"그쪽은 타클라마칸 사막이 있는 곳이 아니냐. 나도 그쪽을 넘어볼까 생각중이었다."

아르파한이 살짝 미소 짓더니 돌아섰다. 일문은 죽음의 사막 쪽으로 걷기 시작했다. 그는 오래전 떠나온 신라와 더 멀어지는 쪽으로 움직이기 시작했다.

같　　앉　　다

장마 같은 봄비였다. 봄비라기엔 너무 오래 많이 내렸다. 여자는 탁상달력을 넘겨보며 날짜를 가늠해보았다. 며칠 전부터 비가 내리고 있었다. 지난번에 처방받은 약 때문에 여자는 더 자주 기억을 잃고 무기력해지는 것 같았다.

일어나보면 뭔가를 먹은 흔적들이 남아 있었다. 냄비를 태워먹은 일도 여러 번이었다. 여자는 싱크대 밑에서 깨어났다. 누군가 초인종을 계속 누르고 있었다.

"903호에 불이 났다고 신고가 들어왔어요."

문밖에 경비원이 소화기를 들고 서 있었다. 고개를 안으로 들이밀며 집안을 흘끔거렸다. 집안에 꽉 찬 연기가 그쪽으로 몰려갔다.

"죄송해요. 깜빡 잠이 들었나봐요."

"네에, 물론 이해하죠. 그런데 사모님, 조금만 신경써주세요.
여러 번 이러다보니 이웃집에서 불안해해서요."

문을 닫고 돌아서니 눈물이 났다. 여자는 집안의 창을 모두 열
어놓고 재로 남은 자국을 바라보았다. 프라이팬에 꽝꽝 얼린 돼지
고기를 올려놓고 그대로 잠이 든 것 같았다. 남편은 깊이 잠이 들
어 그런 소동이 있어도 나와보지 않았다.

"병원에 좀 가봐."

다음날 아침, 남편이 여자에게 말했다.

"병원 다녀왔어."

아주 가끔, 여자는 남편과 그렇게 마주쳤다.

"이게 무슨 냄새야? 어디서 탄내 나지 않아? 당신은 어때?"

남편이 무심하게 묻곤 했다.

"내가 어딘가가 아프대. 병원에서는 낫고 있는 중이랬어."

"나아지고 있대?"

"그만 좀 물어봐. 할말이 없으면 아무 말도 하지 말아줘. 왜 맨
날 같은 걸 물어?"

남편은 대화가 길어질 것 같으면 슬그머니 자리를 피했다. 둘은
서로가 서로를 건드리지 않고 그간 잘 살아온 편이었다. 아이가
있었다면 모든 게 괜찮았을까, 여자는 그런 생각을 한 적도 있었
지만, 일어나지 않은 일은 뭐든 모를 일이었다.

불면증은 점점 심해졌다. 여자는 약 한 봉지를 깔끔하게 다 삼

켜도 도통 잠을 이룰 수 없었다. 약을 먹고 누우면 오히려 정신이 더 또렷하고 맑아지는 것 같았다. 그녀는 취침용 약봉지에 점심용 약을 더해 삼켰다. 여자가 복용량을 지키는 능동성은 거기까지였다. 취침용 약과 점심용 약에 저녁용 양까지 한꺼번에 더해 먹고 난 뒤면 그녀는 한계치로부터 언제나 수동적인 자세를 취해야 했다. 중독은 여자로 하여금 약에 술을 더하는 일이었다. 약 한 봉지에 소주 두 잔으로 시작된 습관은 약 세 봉지에 소주 두 병으로까지 그 양이 폭발적으로 늘어났다. 잠을 잘 수만 있다면, 여자는 무엇이든 나쁘지 않을 것 같았다.

여자가 다시 깼을 땐 밖이 깜깜했다. 여전히 비가 내리고 있는 것 같았다. 집안에도 견디기 힘든 암흑이 자리잡고 있었다. 적막이 무거운 몸을 더 짓누르는 것 같았다. 시간을 보니 새벽 세시를 지나고 있었다. 여자는 습관적으로 발코니에 나가 창을 열고 한참을 서 있었다. 발코니 난간에 매달려 손을 길게 하늘로 뻗었다. 가는 비가 내리고 있었다. 하늘을 올려다보니 어지러웠다. 여자는 그냥, 이대로 비처럼 떨어져내렸으면 좋겠다고 생각했다. 여자는 발끝을 세워 허공 쪽으로 더 몸을 밀었다.

무심코 안방 문을 열었다가 조용히 닫았다. 곤히 자고 있는 남편을 보니 미운 마음이 들었다. 여자는 거실을 서성였다. 그것 말고는 적막한 집에서 여자가 할 수 있는 일이 없는 것 같았다. 그러다 소주를 들고 건넛방으로 갔다. 불을 켜지 않고 구석에 쪼그려

앉았다. 쪼르륵, 여자는 어둠 속에서도 잔이 넘치지 않게 술을 따랐다.

여자는 침대에 반듯하게 누운 채 잠에서 깼다. 남편 옆에서 잠들었던 걸까, 잃어버렸던 민망함이 몰려왔다. 모처럼 배가 고팠다. 여자는 냉장고 문을 열고 쭈그려앉아서 안을 멍하니 바라보았다. 냉장고는 무엇인가로 빈틈없이 꽉 차 있었다. 많은 것들이 안에서 썩어가고 있었다. 꼭 자기 몸뚱이 같았다.

"생각 안 나는 게 좋아지고 있는 거예요."

얼마 전 의사가 여자에게 말했다.

"정말 제가 좋아지고 있는 건가요?"

"술을 좀 줄여보세요. 더 좋아질 테니."

"그럼 약을 더 먹어야 되잖아요."

"약도 좀 줄여보시고요."

의사의 말대로 여자는 그렇게, 하나씩 잊어가고 있는 게 맞는 것 같았다. 시간이 흐르고, 아무것도 기억나지 않을 때 상처는 치유된다고 했다. 하지만 그녀는 이해할 수 없었다. 여자는 그저 모르는 척하고 있는 것뿐이었다. 자신을 못 본 척, 스스로를 알은체하지 않는 것일 뿐 그 어떤 것도 사라지거나 나아진 것은 없는 것 같았다. 여자가 점점 잊어가는 것은 그녀 자신뿐인 것 같았다. 자기를 완전히 잊게 되면 모든 것이 제자리로 돌아가게 되는 걸까, 생각할 때마다 공허함이 돌아왔다.

냉장고 안을 들여다보다 여자는 마시고 남은 소주를 한 모금 마셨다. 술은 맛보다도 소리를 마시는 일 같았다. 술이 잔에 채워지는 소리, 처음 딴 술병에서 술이 잔에 떨어질 때 공기와 자리를 맞바꾸며 나는 소리, 술이 목을 타고 넘어가는 소리 같은 것을 여자는 마셨다. 두번째 잔부터는 한 봉지 약을 같이 삼켰다. 그뒤로 또 기억이 사라진 것 같았다.

몸이 무거웠다. 온몸이 쑤시고 아팠다. 욕실에 들어갔다가 깜짝 놀랐다. 눈밑에 아이라이너가 검게 번져 있었다. 밖에 나갔다 온 것이 얼핏 기억났다. 여자는 양치를 하면서 거울 안의 그녀를 오랫동안 바라보았다. 눈물이 그렁그렁 맺혔다. 주르륵, 검은 물이 볼을 타고 떨어졌다. 눈물 맛이 소주처럼 썼다. 여자는 자신이 낯설고 멀게 느껴졌다.

*

그는 아무리 생각해도 갈 만한 곳이 없었다. 그는 도주중이었다. 그는 지쳐가고 있었다. 모든 것을 포기하고 싶었다.

그는 국도를 따라 남쪽으로 밤새 차를 몰았다. 아침녘 한적한 농로에 차를 세워 잠깐 자고 일어나보니 점심때였다. 그는 꿈에서 엄마를 만났다. 내용은 잘 기억이 나지 않았다. 긴 한숨만 나왔다.

그는 더이상 몸도 마음도 도망갈 곳이 없었다. 하지만 그는 멈추지 않고 계속 움직이고 있었다. 그는 경찰에게 쫓기고 있었다. 아마도 그럴 것이라고 그는 생각했다. 원래부터 나쁜 놈이었는데, 이젠 더 나쁜 놈이 되었다. 엄마 말이 맞았다. 그는 차라리 오래전에 죽는 게 나았다. 그랬다면 그는 덜 나쁜 놈으로 죽었을 수도 있었을 것이다. 하지만 후회해도 소용없었다. 이번엔 정말, 큰 사고를 쳤다. 후회가 되는 것은 이렇게 된 상황뿐이다. 이 상황이 지나가면 그는 또 나쁜 짓을 저지를 게 뻔했다. 그는 좋은 쪽과는 이미 너무 멀어져 있다는 것을 잘 알고 있었다.

그는 사람을 죽였다. 정말이지 멍청한 짓을 저질렀다. 그간 별별 사건에 휘말렸지만 어쩌다가 이렇게까지 되었는지, 그는 답답하기만 했다. 그는 아무것도 알 수 없었다. 꼭 뭐에 홀린 기분이었다. 그는 언제나 일을 저지르고 나서야 깨달았다. 아니, 잡힐 경우에만 가끔 그랬다. 그리고 금방 다시 잊어버렸다. 그랬으니 그의 인생이 이렇게 된 것이다.

그에게 새 출발이라는 것은 새로운 범행 계획을 뜻했다.

"차라리, 그만, 죽어라."

엄마가 스물아홉의 그에게 말했다. 엄마는 남동생과 함께 마지막 면회를 왔다. 그렇게 싸늘한 엄마의 표정은 처음이었고, 여느 때처럼 그를 보며 웃지도, 울지도 않았다.

"그러니까 없는 셈 치라고 해도 왜 자꾸 쫓아다니면서 잔소리야. 이제 다시는 오지 마, 이렇게 살다 교도소에서 죽게 내버려 둬."

그는 엄마와 남동생에게 소리를 질렀다. 이상하게도 엄마를 보면 화가 났다. 그는 평생 엄마에게 화를 냈다. 교도소에서 교회에 가끔 나갔는데 그가 목사님에게 이런 사실을 고백했더니, 아들들은 원래 그런 거라고 했다. 남동생은 그렇지 않다고 했더니 남동생은 동생이어서 그렇지 않은 것이라고 했다. 그때는 맞는 말 같아서 고개를 끄덕였는데 아무리 생각해도 그는 목사의 말을 이해할 수 없었다.

"형, 엄마 많이 아파. 제발 정신 좀 차려."

남동생이 말했고, 그는 면회소를 나설 때 뒤돌아보지 않았다. 그것이 엄마의 마지막 모습이었다.

그는 언젠가는 이렇게 될 줄 알고 있었다. 결국, 인생이 이렇게 결말지어지게 되어 있었다는 것을 오래전부터 알고 있었다. 나쁜 놈은 나쁜 짓만 하다가 결국 인생이 망하게 되어 있다는 것을 알고 있었다. 그러니 도망치는 것밖에는 도리가 없었다. 살면서 단 한순간도 그는 나쁜 짓을 멈추지 않았다. 그러니 그는 더 많은 죗값을 치러야 한다. 그는 더 큰 벌을 받아야 한다. 하지만 이젠 그런 반성도 소용없는 일이다. 그는 여전히 도망칠 궁리만 하고 있다. 어디로 가면 잡히지 않을까, 어떻게 하면 이 땅을 벗어날 수 있을까, 그 생각뿐이다. 엄마의 말대로 그는 차라리 진작 죽었어야 했다. 그랬다면 누군가는 죽지 않았을 테니까.

그런데 그는 도망치는 주제에도 긴장감이 없었다. 그렇게 잤는데도 여전히 졸려서 죽을 지경이었다.

*

완연한 봄, 여자는 이유 없이 녹초가 되곤 했다. 환자들에겐 겨울이 지옥이었다. 봄이 오면 약으로 겨우내 눌러놓았던 우울이 다시 기지개를 켠다고 했다. 우울은 겨울에 시작되어 지난한 시간을 거쳐 봄에 완성되는 것 같았다.

여자는 약과 술에 취해 외출을 시작했고, 그를 만나게 되었다. 여자는 집으로 돌아온 뒤엔 그를 숨겼다. 그를 찾을 수 없도록 의식적으로 휴대폰을 숨기고, 흔적들을 지우곤 했다. 여자의 봄은 겨울보다 나아졌지만 술과의 관계는 더욱 치열한 관계로 발전했다. 술을 마시면 깨어 있던 그녀는 잠들고, 잠자던 그녀는 깨어났다.

부작용이 있다면 꿈을 너무 많이 꾼다는 것이었다. 사월, 여자는 반복해서 같은 꿈을 꾸었다. 남편이 죽어서 장례를 치르는 꿈이었는데, 그게 현실처럼 생생했다. 꿈인 줄 알았는데 꿈이 아니라 현실이었다. 남편이 실제로 죽었다. 현실이 꿈처럼 몽롱했다. 남편은 자살한 것으로 처리됐다. 여자는 그날의 일이 드문드문 떠올랐다. 그와 함께 집으로 온 것 같았다. 그는 어디로 사라진 것일까. 여자는 그를 찾아 나설 엄두가 나지 않았다. 여자는 그날 약에 너무 취해 있었다. 무엇이든 확신할 수가 없었다. 술과 약이 여자가 견딜 수 있는 한계를 넘어선 날의 기억은 흐릿하기만 했다. 어느새 봄도 지나가고 있었다. 봄의 저편이 여자를 붙들고 놓지 않았다.

"당신이 무서워 죽겠다. 나도 너무 힘들어."

어느 봄날, 남편이 여자에게 말했다.

"내가 무서워? 힘들어? 뭐가?"

남편과의 마지막 대화였나, 정확하게 기억나지 않았다.

"다른 두 여자랑 사는 것 같다. 병원에서는 뭐래?"

"나아지고 있대. 약을 바꿨어."

"약은 언제까지 먹어야 한다는 거야?"

"글쎄, 그런 것은 안 알려주던데. 갑자기 웬 관심이야?"

"어젯밤 기억 안 나?"

남편이 말하는 톤이 높아졌다. 여자가 남편을 올려다보았다. 남편과 눈이 마주치자 지난밤이 기억나는 것 같았다.

"어떤 남자를 집으로 데리고 왔었잖아. 처음 보는 사람을 말이야."

"남자? 누구를?"

여자는 시치미를 뗐다.

"그야 나는 모르지."

"몰라, 기억 안 나."

"아파트 상가에서 만났다며. 걱정돼서 집에 데려다준 거라고 하더라."

남편이 무심하게 말했다.

"아무것도 기억 안 나."

"전에도 만난 적 있다며."

"……"

"도대체 어쩌려고 그래, 정말."

"뭘 어쩌긴 어째. 누가 이렇게 만들었는데."

여자는 약 한 봉지를 털어넣었다.

"칠 년이나 지난 일이야. 이제 좀 잊고, 그냥 좀 살 수 없어?"

"내겐 조금 전이고 지금 일어나고 있는 일이야."

"……당신, 나아지고 있는 거 맞아? 기다리는 거 지친다."

"누가, 누굴, 뭘 기다린다는 거야."

여자는 냉장고에서 소주를 꺼내 머그컵에 따라 마셨다. 남편은
그런 그녀를 바라보더니 그대로 밖으로 나가버렸다.

일찍 시작된 술은 그날도 길게 이어졌다. 약을 먹지 않으려고
하면 할수록 망각의 저편이 너무 매력적이었다. 그리고 블랙아웃.

여자는 남편이 죽었다는 사실이 실감나지 않았다. 여자는 의식
적으로 안방 문을 열지 않았다. 하지만 무의식은 자꾸 남편 주변
을 서성였다. 그곳에 들어서면 술을 마시게 되고 약을 먹게 됐다.

찬란한 봄의 햇빛은 정신을 망가뜨린다. 따뜻한 온기가 분노를
만들어낸다. 화려한 꽃의 향기가 잊고 있던 기억을 되살린다. 그

리하여 봄에는 돌이킬 수 없는 것들만 되돌아왔다.

남편은 여자를 만나기 훨씬 전부터 다른 여자가 있었다. 여자는 화가 나는 것이 아니라, 남의 남자를 가로챈 나쁜 여자가 된 느낌이 들었다. 여자는 그 일이 떠오를 때면 수동적이었던 자신이 후회됐다. 여자는 자신을 속인 남편을 용서하기로 했다. 그렇게 하면 어긋난 것들이 제자리로 돌아갈 줄 알았다. 그뒤로 칠 년을 별일 없이 지냈다. 모든 것을 모르는 척하면 괜찮아질 줄 알았다. 그러나 평범했던 어느 하루, 여자는 깨닫게 되었다.

그날, 여자는 빨래를 개고 있었는데, 아무런 일도 없었는데, 순간 목 밑에서 다른 사람의 주먹 같은 것이 속을 뚫고 올라오는 것 같았다. 숨을 쉬기 힘들었다. 맥없이 눈물이 터져나왔다.

"넌, 왜 나랑 결혼했어? 그 여자랑 하지."

"갑자기 무슨 말이야? 물론, 너도 사랑하니까, 했지."

막 집에 들어서던 남편이 어리둥절 대답했다.

"너도 사랑하니까?"

"당신, 왜 그래. 다 지난 일을 꺼내고."

남편이 현관을 막고 서 있는 여자를 피해 집안으로 들어섰다.

"아무 문제 없었잖아. 다 잊고 잘살았잖아."

"나는 아무 문제 없었던 적이 한순간도 없었어."

"병원에 좀 가봐. 당신, 요즘 이상해."

"뭐야, 내가 미치기라도 했다는 거야?"

여자의 주정은 꽤 오래, 술에 완전히 곯아떨어질 때까지 계속됐다. 여자는 남편의 말대로 정신과 상담을 받기 시작했다. 하지만 남편과의 관계는 하나도 나아지지 않았다. 여자는 상담을 받으며 남편과의 관계나 그로부터 받은 상처, 감정 같은 게 중요하지 않다는 것을 알게 되었다. 여자는 망가져버린 자신을 바라보게 되었다. 자기 자신을 회복시켜야만 했다. 그 일은 정말이지 돌이킬 수 없고 되돌릴 수 없는 일 같았다. 여자는 자신을 자책하며 지낸 시간을 되돌리고 싶었다. 하지만 그러면 그럴수록 절망에 빠졌다. 여자의 우울은 깊어지고 넓어졌다. 여자는 옷 정리를 해야겠다고 생각했다. 벌써 사월이 다 지나가고 있었다. 오월 달력을 한참 들여다보았다. 여자는 아직도 겨울옷을 입고 있었다. 하지만 안방 문을 열 자신이 없었다.

"약 부작용 중에 오한이 있어요. 유의하시고요."

"오한이요?"

"네에. 몸 따뜻하게 하시고요."

의사가 그녀에게 새 처방을 내리며 말했다. 그녀는 의사의 사무적인 말투에 주눅이 들곤 했다. 그녀에게는 계절도 거꾸로 흘렀다. 다시 겨울이 온 것 같았다. 자꾸 술을 마시는 이유가 추워서인 것 같았다. 여자는 안방 문 앞에서 한참을 망설이며 서 있었다. 여자가 똑똑, 노크를 했다. 다시 똑똑, 똑똑 문을 두드렸다. 그러곤 문을 슬며시 밀었다. 방안에서 컴컴한 어둠이 밀려나왔다. 방안은 썰렁했다. 어디에도 온기는 없었다.

*

그는 차에 시동을 걸었다가 다시 껐다. 무심결에 대구로 가야 겠다는 생각이 들어서였는데 동시에 그러지 말아야겠다는 생각도 들었기 때문이다. 잡히지 않으려면 전라도로 가야 한다는 것을 알 고 있었지만 그곳은 정말 낯선 곳이라 내키지가 않았다. 그는 자 신에게 남은 시간이 얼마나 될까, 그때까지 뭘 할 수 있을까, 잠깐 눈을 감고 생각했다. 결국, 그는 다시 남쪽으로 달리고 있었다. 이 렇게 가다보면 대구 언저리가 나올 것이다. 이제 그만 우회전해야 했지만, 서쪽으로 핸들을 꺾어야 했지만 그는 계속 남쪽으로만 차 를 몰았다. 그는 엄마의 고향으로 향하고 있었다. 하지만 그곳에 도 그를 반겨줄 이는 없었다. 차라리 내일 자수할 거라고 말하고 마음 편하게 하루라도 시간을 벌어볼까, 그는 고민스러웠다. 엄마 는 죽었다. 그는 엄마가 죽었다는 것을 삼 년이나 지나고 나서야 알게 되었다. 여섯번째 출소 직후, 뭐라도 훔칠까, 사기를 칠까 궁 리하다가 외삼촌 가게를 떠올렸다. 외삼촌은 대구에서 카센터를 운영했는데, 당장 도둑질하기에 안성맞춤이었다. 그는 렌터카를 빌려 외삼촌의 카센터를 털기 위해 대구로 향했다.

대구는 그의 고향이고, 엄마의 고향이었다. 외가 친척들이 대구에 살고 있었다. 그는 도둑질 솜씨가 좀처럼 늘지 않았다. 언제나 계획했던 것과는 상황이 다르게 흘러갔다. 그러니 매번 경찰에게 잡히는 것이었다. 그러면 그만두고 다른 일을 찾아야 했는데, 변명하자면 그게 쉽지 않았다. 도둑놈은 도둑으로 살다 본인의 인생과 가족들의 인생을 도둑맞은 후에 쓸쓸하게 죽기 마련이다. 지금의 그처럼 말이다.

외삼촌의 카센터에서 훔친 것은 사만팔천원이 다였다. 렌트한 비용은커녕 기름값도 되지 않는 돈이었다. 서울로 향하는 길에 남동생으로부터 전화가 걸려왔다.

"내 번호 어떻게 알았어?"

"그게 중요한 게 아니잖아."

"왜 전화했어?"

"출소는 언제 했어?"

"갑자기 웬 관심이야?"

"외삼촌한테 전화왔어. 대구 다녀갔다며."

"무슨 말이야? 나 서울이야."

순간, 그는 당황했다.

"외삼촌이 미안하다더라. 형 왔다 갈 줄 알았으면 돈 좀 두둑하게 남겨놓을 걸 그랬다고."

"너 자꾸 무슨 말을 하는 거야?"

그가 정말 나쁜 놈인 이유는 뻔뻔하지도 못하기 때문이었다.

"CCTV에 다 찍혔대. 얼굴이 많이 상했다고 걱정하더라. 삼촌이 다음에 올 때는 그냥, 전화하고 오래. 멀쩡한 자물쇠 부수지 말고."

그는 할말이 없었다. 언제나 그랬지만 동생에게 뭐라 변명할 거리가 없었다.

"그리고 형 …… 엄마 삼 년 전에 돌아가셨어. 이젠 알아야 할 것 같아서 말하는 거야. 엄마가 죽은 뒤에도 형에게는 말하지 말래서 안 한 거야. 그러니 서운해하지 마."

그는 여전히 할말이 없었다.

"나중에 내가 다시 전화할게."

그는 황급히 전화를 끊었다. 남동생과 마지막 통화였다. 곧 남동생에게서 문자가 하나 왔다. 엄마가 있는 곳 주소였지만 그는 대수롭지 않게 잊어버렸다. 그리고 그는 지금, 당시 대수롭지 않게, 쉽게 잊어버린 엄마가 있는 곳이 궁금해 죽을 판이었다. 하지만 그는 휴대폰을 켤 수 없었다. 전원을 켜면 경찰에 들킬 테니 그럴 수 없었다. 그는 그렇게 쉽게 잊어버렸던 엄마가 있을 만한 곳을 찾기 위해 무턱대고 찍어보기 시작했다. 생각하다보면 생각이 날 것만 같았다. 수원, 그곳은 너무 낯설다. 용인, 거긴 너무 생소한데. 분당, 그럴 리가 없다. 파주, 파주? 거기에는 뭐가 있더라. 그가 생각해낸 곳은 엄마가 있는 곳과 아무 상관이 없는 곳이었다. 그가 되짚어본 곳은 대부분 그가 범죄를 저질렀거나, 한

때 지나쳤던 곳이었다. 그러다보니 그는 대구에 더 가까워지고
있었다.

*

그러니까 그가 여자를 만난 것은 결과적으로 필연적인 일이 되
었다. 엄마가 죽었다는 것을 알고 다르게 살기로 마음먹었다. 그
렇게 해야만 할 것 같았다. 대리기사를 시작한 지 한 달쯤 되었을
무렵이었다. 그러니까 지난 십일월, 한밤중에 그는 포장마차에서
그녀를 만났다. 여자는 술에 잔뜩 취해서 어묵을 먹고 있었다. 그
녀는 준수한 외모에 옷도 잘 차려입고 있었는데, 맨발에 슬리퍼를
신고 있었다. 그는 여자가 자기와 닮았다고 생각했다. 그녀의 발
이 추워 보였다. 그는 그녀가 조금 이상한 여자라고만 생각했다.
  겨울이 가고 봄이 왔다. 몇 달 만에 그는 여자를 다시 보았다. 여
자가 먹고 내려놓은 어묵 꼬챙이가 십수 개는 되어 보였다. 그녀는
겨울이 시작될 때보다 더 야위어 있었다. 봄이 되었지만 그녀는 겨
울과 같은 차림이었다. 그녀는 몸을 덜덜 떨며 어묵을 먹고 있었
다. 그는 휴대폰을 보는 척, 그녀의 새하얀 맨발을 힐끔거렸다.
  "인제 그만 먹어요. 배 안 불러?"
  포장마차 주인이 여자를 만류했다.
  "아주머니, 저 돈 많아요."

160

여자가 비틀거리다 주저앉았다. 그는 비틀거리는 그녀의 맨발이 자꾸 마음에 걸렸다. 지금도 그는 이해할 수가 없었다. 그녀에게 왜 그런 연민이 생겼는지 알 수가 없었다. 살면서 한 번도 느껴보지 못한 감정이었다.

그는 결국 대구에 도착했다. 그는 공단의 한적한 도로에 차를 세우고 이제 어디로 가야 할지 고민했다. 대구에는 외삼촌 말고 아는 사람도 없었고, 그를 도와줄 이도 없었다. 그에게 유일하게 상냥했던 그 여자가 보고 싶었다. 그녀는 지금 어디서 무엇을 하고 있을까, 궁금했다. 착한 그녀이니 경찰서에 가서 모든 것을 말해버렸을 것이다. 그는 아니, 잘 모르겠다는 생각이 들었다. 막상 일이 터지자 그는 여자를 믿지 못했다. 그녀에 대해 아는 것이 없다는 사실을 깨달았다.

그는 며칠 뒤 포장마차에서 여자를 다시 만났다. 여자는 어묵에 소주를 마시고 있었다. 날은 그새 더 따뜻해졌지만 그녀의 맨발은 여전히 추워 보였다. 하얗고 작은 발이 그를 자꾸 잡아끄는 것 같았다.

"배가 많이 고픈가봐요?"

그가 그녀에게 말을 걸었고, 그녀는 그를 똑바로 쳐다보며 어묵을 한 입 베어물었다.

"같이 드실래요? 제가 하나 사드릴게요."

"인정이 많은 분이네요. 감사히 먹겠습니다."

그가 그녀에게 꾸벅 인사를 했다. 둘은 마주앉아 술을 마셨다. 주인이 둘을 슬쩍 쳐다보았다. 그를 바라보는 여자의 시선이 이리저리 흔들렸다. 여자는 많이 취해 있었다. 별다른 대화를 나누지도 않았는데 그는 여자에 대해 많은 것을 알아버린 것 같은 착각이 들었다.

"우리 내일도 만날래요?"

여자가 그에게 말했다. 그는 여자의 말에 설렜다. 다음날 그는 일도 포기하고 기다렸지만 여자는 나오지 않았다. 그가 여자를 다시 만난 것은 몇 주 뒤였다. 여자는 그를 기억하지 못했지만, 그는 상관없었다. 반가운 마음이 서운한 마음보다 컸기 때문이다. 여자는 여전히 취해 있었다. 그녀는 아직도 겨울을 나고 있는 것 같았다. 두 사람은 카페로 자리를 옮겼다. 여자는 계속 술을 마시고 싶어했지만 그가 말렸다. 그는 자신을 믿지 못했다. 여자가 자리에 앉으며 그에게 카드를 내밀었다.

"저, 돈 많아요."

혀가 꼬부라진 말투로 여자가 말했다. 여자는 위태로워 보였다. 순간 그는 조금 당황했다. 그녀가 건네는 카드를 받아들며 그는 움찔했다. 그길로 신용카드를 들고 사라지는 것이 그다운 행동이었지만, 얼마 전의 그였다면 분명 그랬겠지만 그는 그렇게 하지 않았다. 그는 그 순간이 가장 후회스러웠다. 그 찰나가 더더욱 꼬이게 된 자기 인생의 전환점이었다는 생각이 들었다. 그는 원래

하던 대로 나쁜 놈으로 살았어야 했지만, 그날은 그렇게 하지 않았다. 그 신용카드를 도둑질하지 않았기 때문에 결국, 그는 더 나쁜 놈이 되어버렸다.

그는 그녀와 마주앉았다. 먼길을 돌고 돌아 그녀 앞에 앉은 기분이었다.

"그런데 이 새벽에, 무슨 이유라도 있어요?"

그가 조심스럽게 그녀에게 물었다.

"저는 시도 쓰고, 소설도 써요."

여자는 턱을 괸 채 흔들렸다. 횡설수설했다.

"그래서 그렇게 배가 고픈 건가. 작가님이에요?"

남자는 웃기지도 않는데 기분이 좋아서 연신 웃었다.

"아니요. 학생이에요."

"학생? 아, 예전에요?"

"아, 네. 지금. 아니, 옛날에요. 지금은 남편이랑 살아요. 저는 아무것도 안 해요. 남편은 나쁜 놈이거든요."

그녀의 말은 두서없었다. 그가 껄껄 웃었다. 근처에서 대리기사를 부르는 알림이 떴지만 그는 일을 받지 않았다.

"저도 나쁜 놈이에요. 남자들이 다 나쁜 놈이죠."

"네. 그런데 남편은 특히 더 그렇죠. 죽어야 마땅하죠."

"남편이 죽었으면 좋겠어요?"

"네. 저는 매일 남편을 잘 죽일 수 있는 무기들을 모으고 있어요. 어제는 호미를 샀어요."

"호미? 밭 갈 때 쓰는?"

그는 그녀의 말이 웃겨서 숨이 넘어갈 것만 같았다.

"남편, 제가 죽여줄까요? 제가 더 나쁜 놈인데."

그가 그렇게 말하고는 목이 뒤로 꺾이도록 웃었다. 여자는 조금 놀란 표정을 지었다. 그러다가 천천히 차를 마셨다. 여자는 당돌하면서 숨길 수 없는 솔직함이 있었다. 그는 여자의 그런 모습이 귀여웠는데 그래서 조금 슬퍼졌다. 그는 여자에게 금세 빠져버렸다.

그는 매일 포장마차에서 여자를 기다렸다. 그녀가 오지 않는 날이 더 많았지만 그는 매일 여자를 기다렸다.

"낮에는 왜 전화를 안 받아요?"

"낮에는 자야 해요. 우리집 구경 갈래요? 우리집 냉장고에 먹을게 엄청 많아요. 제가 매일 남편을 위해 신선한 재료들을 준비하거든요."

대뜸 여자가 말했다. 오랜만에 만난 터라 그는 반가운 마음뿐이었는데 조금 당황했다.

"지난번에는 남편이 죽었으면 좋겠다면서요."

주인이 힐끔 그를 쳐다보았다.

"제가요? 아니, 왜요?"

그뒤로 그는 여자를 자주 만났지만 그때마다 그녀는 그를 기억하지 못했다. 자기가 했던 말도 기억하지 못했다. 그래서 그는 여자가 했던 말을 그녀에게 다시 해줘야만 했는데, 그렇게 해도 여자는 자기가 했던 말을 받아들이지 못했다.

*

그는 어느새 외삼촌의 카센터 근처를 맴돌고 있었다. 경찰은 보이지 않았다. 하지만 그는 경계를 늦추지 않고 해가 질 때까지 기다렸다. 퇴근하는 외삼촌의 뒤를 천천히 따라갔다.

"깜짝이야. 당신 뭐요?"

"외삼촌, 저예요."

막상 외삼촌과 얼굴을 마주하자 작년에 도둑질을 했던 게 떠올랐다. 그가 할말을 잃고 고개를 숙였다.

"아이고, 누군가 했네. 갑자기 웬일이냐."

외삼촌은 말로는 반갑게 그를 맞고 있었지만 경계하는 낯빛이 역력했다. 그는 연신 두리번거리기만 하면서 우물쭈물 말을 못했다.

"저기, 엄마 모신 곳 좀 아실까 해서요. 작년에 도둑질한 거는 여기……"

그가 오만원을 외삼촌에게 내밀었다. 외삼촌이 그가 내민 손을 밀어냈다.

"에이, 그럴 수도 있지. 요즘은 어디서 지내냐. 엄마가 끝까지 네 걱정을 많이 했어. 엄마는 우리 선산에 모셨고. 엄마 보고 싶어서 여기까지 왔구나?"

외삼촌이 그를 보며 웃음을 지었다. 그가 멋쩍은 듯 고개를 숙였다. 외삼촌은 경북 성주에 있는 선산 위치와 엄마 묏자리를 상세하게 일러주었다.

"잘 찾아야 돼, 그 산에 묘가 엄청 많다. 위에서부터 다섯번째 줄, 맨 왼쪽에 있는 게 네 엄마야. 다른 묘들은 정남쪽을 바라보고 있는데, 네 엄마는 남서쪽으로 살짝 틀어져 있을 거다. 출가한 사람이라 어쩔 수가 없었다. 얼마 전에 내가 자그마한 백일홍을 심고 왔는데 자리를 아주 잘 잡았더라."

외삼촌은 뭐가 미안한지 머쓱한 표정을 지었다. 그러고는 그림까지 그려주며 설명한 메모지를 그에게 건넸다.

"밥이라도 먹고 가지 그러냐."

돌아서 가는 그를 외삼촌이 붙잡았다. 그가 꾸벅 고개를 숙이더니 황급히 발걸음을 옮겼다. 외삼촌이 얼른 그를 쫓아와 뒷주머니에 돈을 넣어주곤 서둘러 멀어져갔다.

*

옷장 안에 남편의 옷이 하나도 없어서 여자는 이상한 허전함에 휩싸였다. 하지만 잠깐이었고, 남편은 정말 그렇게 사라져버렸구나, 나를 버렸구나 생각하니 오히려 후련한 마음이 들었다.

여자가 겨울옷을 개다가 갑자기 큰 소리로 웃었다. 맥주컵에 소주를 채워 원샷을 했다. 빨래를 개며 마시는 술이 제일 맛있었다. 빈방에 들어오니 모처럼 기분이 좋았다. 우울도 저만치 물러나서 여자를 지켜보는 것 같았다. 기분이 좋은 다른 이유도 있었다. 평생 써도 다 쓰지 못할 만큼 큰돈이 그녀의 통장에 들어 있었다. 남편이 죽고 남긴 돈이었다.

며칠 전, 여자는 냉장고에 붙어 있는 메모를 발견했다. 여자가 자신에게 보내는 메시지였다. '돈을 찾아서 그 사람과 그리스로 떠나자. 남쪽의 예쁜 섬에 집을 사고 거기서 빈둥거리며 생을 허비해보자. 내겐 돈이 있다. 너는 돈이 많다.' 술에 취해 쓴 것 같았다. 메모를 쓴 기억이 없었으니 언제부터 그 메모가 냉장고에 붙어 있었는지도 알 수 없었다. 여자가 메모를 확인한 것은 며칠 전이었다. 아니, 어제였던가, 잘 생각이 나지 않았다. 진짜로 통장에 많은 돈이 있다는 사실이 중요했다. 여자는 술에 취한 자신과 마주하고 싶었다. 서로 다른 자신이 서로에게는 가장 좋은 친구가 될 수 있을 것만 같았다.

그가 여자를 따라 처음 그녀의 집으로 향하던 날이었다. 둘이 자주 가는 카페를 나서자마자 갑자기 여자가 그를 와락 껴안았다. 그의 심장은 요동쳤다. 그보다 여자는 일곱 살이 많았다. 그에게 그런 것은 중요하지 않았다. 그도 천천히 여자의 허리에 손을 둘렀다.

"근원씨는 좋은 사람 같아요."

여자가 그의 귀에 대고 작게 속삭였다.

"내가요?"

그는 간지러워서 몸을 살짝 웅크렸다. 귓불에 닿은 그녀의 입김에 몸이 녹아 없어질 것만 같았다.

"좋은 사람 맞죠?"

여자는 어딘지 아이 같았다. 어른들은 이미 잃어버린 한없이 맑은 마음을 여자는 간직하고 있는 것 같았다.

"나 좋은 사람 아닌데……"

그가 말끝을 흐렸다.

그는 여자를 따라 그녀의 아파트로 갔다. 집안으로 들어서자 여자의 남편이 기다리고 있었다. 그녀와 함께 들어온 그를 보고 남편이 놀랐다.

"누구세요?"

"아, 저, 저는 대리기사인데요. 정문에 있는 포장마차에서 가끔 마주쳤는데, 사모님이 오늘 좀 많이 취한 거 같아서 집에 모셔다 드리려고……"

놀란 것은 그도 마찬가지였다. 멍청하게도 남편이 있을 거라곤 생각지 못한 터였다.

"둘이 술을 마셨어요?"

남편이 신경질적으로 물었다.

"그건 아닌데요."

남편의 말투에 그는 조금 빈정이 상했다. 그녀는 보이지 않았다. 그는 자리를 서둘러 피하고 싶었다. 집안까지 따라들어오는 것은 아니었는데, 후회됐다.

"그만 가보겠습니다."

그가 돌아서려고 하자 남편이 그를 불러 세웠다. 그러더니 오만 원권 지폐 한 장을 내밀었다.

"고생했어요."

얼떨결에 돈을 쥔 채 밖으로 떠밀렸고 현관문이 닫혔다. 그는 두고두고 그 순간을 후회했다. 완강하게 돈을 거절했다면 그가 살인까지는 저지르지 않았을지 모른다는 생각이 들었기 때문이다. 돈을 돌려줬다면 모욕감을 덜 수 있었을까.

*

그는 엄마를 만나러 가는 길이었다. 초행이고 밤중이라 어디가 어딘지 분간이 가질 않았다. 막상 주소지에 도착하자 더 난감해졌다. 스마트폰 없이는 어떤 확인도 어려웠기 때문이다. 그는 농로에 차를 대고 의자를 뒤로 젖혔다. 몸을 누이자 기다렸다는 듯이 금세 잠에 빠져들었다. 지난 며칠의 피로가 한꺼번에 몰려들었다.

남편이 죽은 뒤 여자는 많은 부분이 호전되는 것 같았다. 술이 조금 줄었고, 먹던 약도 줄어들었다. 깨어 있는 것을 견디지 못해서 술과 약을 털어넣던 것에 비하면 근 이 년 만에 가장 상태가 좋았다. 술과 약은 견디기 힘들어서라기보다 어쩔 수 없는, 습관적인 것에 불과했다. 여자는 진즉에 남편과 헤어졌어야 했다는 것을 그래서 깨달았다.

여자는 점점 깨어 있는 시간이 많아졌다. 며칠 전에는 낮에 오랜 시간 외출을 했다. 약을 타러 몇 주에 한 번 병원에 급하게 다녀오던 것에 비하면 비약적인 발전이었다.

언젠가는 냉장고가 싹 비워져 있었다. 생수 말고는 아무것도 없었다. 그러고 보니 술에 취해 냉장고를 청소한 것 같았다. 기억이 가물가물했다. 새삼 여자는 또다른 자기에게 고마움을 느꼈다. 이렇게 치료가 되어가는구나, 생각했다. 의사가 나아지고 있다고 말한 것이 이런 거로구나, 확신이 들었다.

그날 밤, 그는 여자와 그녀의 아파트로 향했다. 맥도날드에서 함께 햄버거 세트메뉴를 먹은 뒤였다. 문득 여자는 남편도 정신과 약을 처방받아 먹고 있다는 것을 알게 되었다. 깨어 있는 여자가 그 사실을 알아차렸다. 무의식 상태의 그녀는 여자가 기억하지 못하는 것까지도 모두 꿰고 있었다. 기억은 무의식의 편에 서 있었다.

남편이 매일 밤 그렇게 깊은 잠에 빠질 수밖에 없었던 이유였다. 남편은 무엇이 힘들어서 약을 먹는 것일까, 여자는 화가 났다. 이유가 궁금했지만 곧, 그런 것은 그녀에게 중요하지 않다는 사실을 여자는 알 것 같았다.

"어떻게 해줄까요?"

깊은 잠에 빠진 남편을 그와 여자가 함께 내려다보고 있었다.

"당신은 정말 좋은 사람 같아요. 우리 함께 그리스로 떠나요. 거기엔 인생을 낭비할 만큼 아름다운 바다가 있대요. 저 돈 많아요."

여자가 비틀거리며 소리를 죽여 말했다. 그가 흔들거리는 그녀를 붙잡았다.

"그런 건 이제 중요하지 않아요."

집안에는 모든 불이 꺼져 있었고, 아파트 단지에는 적막하고 고요한 침묵이 넘쳐흘렀다. 여자가 갑자기 거실로 나가더니 뭔가가 잔뜩 담긴 바구니를 들고 왔다. 거기에는 가위, 호미, 모종삽, 쇠톱, 와인따개, 놋숟가락 같은 것들이 들어 있었다. 칼이나 뾰족한 흉기 같은 것은 없었다. 그는 바구니를 들고 서 있는 여자가 사랑스러웠다. 그가 잠든 남편을 힘들게 둘러업으려다 그만두었다. 축 늘어진 남편이 무거웠다. 그는 남편의 양팔을 잡고 질질 끌기 시작했다. 남편은 깊은 잠에서 헤어나지 못했다. 여자는 거실 구석으로 가더니 쪼그리고 앉았다. 소주에 약 한 봉지를 삼켰다. 여자는 그가 하는 양을 우두커니 바라보았다. 그가 발코니로 가더니 남편을 다시 둘러업었다. 그가 서서 여자를 돌아보았다. 여자는 소주에 약 한 봉지를 더 먹었다. 순간, 그가 여자의 남편을 창밖으로 휙 던져버렸다. 쿵, 남편이 바닥에 떨어지는 소리가 밤을 울렸다.

그가 여자 옆으로 와서 무릎을 세우고 쪼그려앉았다. 여자가 그의 어깨에 머리를 기대었다. 여자는 곧 잠들었다. 한참을 그는 그렇게 앉아 있었다. 여자가 내쉬는 가는 숨소리만 듣고 있었다. 그가 잠든 여자를 안아서 침대에 뉘였다. 여자는 약봉지를 손에 꼭 쥐고 깊은 잠에 들었다.

그는 약과 술에 취한 여자에게 취했다. 정말이지 멍청한 짓을 저질렀다. 다음날 모든 것이 확연해졌다. 그는 여자가 걱정돼서 아파트 단지를 떠나지 못했다. 아침이 밝자 아파트 주민들이 몰려들고, 구급차가 오고, 경찰이 출동해서 아수라장이 되어버린 현장에 그는 구경꾼처럼 서 있었다. 여자도 그와 마찬가지로 구경꾼들 사이에 섞여 있었다. 그는 내내 멀리 떨어져서 여자를 바라보았고 몇 번은 그녀와 눈이 마주쳤다. 하지만 여자는 별다른 표정을 짓지 않았다. 마치 그를 모르는 사람 같았다. 사람들이 여자를 두고 수군거렸지만 그것을 아는지 모르는지 여자는 죽은 남편을, 그를 바라보던 그 무심한 눈빛으로 쳐다만 보고 서 있었다.

"바깥분도 우울증이 심했어요. 그 집이 단지에서 조금 유명했어요. 부인도 그렇고…… 맨날 새벽에 뭘 태워먹어서 신고도 여러 번 들어왔고."

경비원이 형사로 보이는 사람에게 말하고 있었다. 생각해보니 그는 여자에 대해 아는 게 별로 없었다.

"제가 새벽에 죽은 남자의 부인이 어떤 남자랑 맥도날드에 있는 것을 봤어요."

한 주민이 경찰을 붙들고 얘기하는 것을 그가 들었다. 여자는 한결같은 표정으로 죽은 남편을 바라보고 서 있었다. 그러다 여자는 자기 집을 올려다보았다. 유일하게 발코니 창이 활짝 열려 있었다. 그는 조용히 무리에서 벗어나 그길로 도망을 쳤다. 정말 멍청한 짓을 저질렀다는 것을 깨달았다.

죽은 엄마를 찾는 것은 그에게는 너무나 어려운 일이었다. 하루종일 외삼촌이 일러준 주소 근처의 이산 저산을 헤매고 다녔다. 그리고 해질 무렵 그는 작은 비석에서 엄마의 이름을 발견했다. 엄마의 무덤은 그가 세워놓은 차에서 얼마 떨어지지 않은 곳에 있었다. 그는 너무 먼 곳을 헤매다 돌아온 것 같았다. 그는 엄마를 등지고 앉자 눈물이 났다.

"엄마, 잘 있어? 나는 잘 못 있네."

눈물이 쏟아졌고 그는 내버려두었다. 한참을 그렇게 앉아 있었다. 해가 뉘엿뉘엿 가라앉고 있었다.

그는 그날, 그녀가 자면서도 손에 꼭 쥐고 있던 약봉지를 들고 나왔다. 수십 알, 아니 수백 알은 되어 보였다. 한 번에 삼킬 수가 없어서 소주에 여러 번을 나누어 삼켰다. 해가 아직 건너편 산꼭대기에 걸려 있었다. 그는 지는 해를 바라보며 잠에 빠졌다. 운이 좋으면 며칠 푹 자고 깨어날 것이고, 더 운이 좋다면 엄마를 만나게 될 것이 분명했다.

나를 데려다줘

아파트 곳곳에 붙은 그를 찾는 전단지를 볼 때마다 나는 햇빛 좋은 지중해에 있는 그를 떠올리곤 했다. 가만히 생각해보면 그가 사라지기 전에 징후가 있었던 것 같다. 그는 누군가에게 앞으로 일어날 자신의 실종이 자연스럽고 자의적인 일이라는 것을 암시 하고 싶었는지도 모른다. 그런데 그런 비밀을 맡아줄 사람이 나라 는 데 문제가 있었다. 나는 아무 말도 안 할 것이고, 무엇이든 모 르는 체할 것이다. 어떤 일에도 상관하지 않을 것이다. 그가 사라 진 뒤, 나는 내가 아주 가끔 그와 얘기를 나누던 사이라는 것을 누 군가가 알까봐 전전긍긍했다. 그와 나눈 대화가 떠올랐다.

"돈이 많으면 뭐해요, 쓰지를 못하는데."

"왜 못 쓰는데요?"

"돈이 없으니까요."

"돈 많다면서요."

"집을 팔아야 돈이 생기지. 집을 안 팔면 난 거지나 다름없어요."

"집 팔아서 돈이 생기면 어디에 쓸 건데요?"

그가 뜸을 들이며 잔에 막걸리를 채웠다.

"요트를 살 거예요."

그의 말에 나는 피식 웃음이 나왔다.

"웃겨요?"

"네, 조금."

우리는 항상 이런 식이었고, 의미 없는 대화를 나누다가 헤어지곤 했다. 그게 전부였다.

오래전 어느 날 아침, 깨어보니 아파트 뒷산이었다. 그때가 처음이었다. 아니, 어쩌면 그보다 더 전부터, 기억나지 않는 망각의 밤이 나를 지배하기 시작했는지도 모르겠다. 정신이 들고 보면 나는 어리둥절 앉아 있곤 했다.

그런 일은 자주 일어났고, 집에서의 거리도 점점 멀어졌다. 나는 이제 걸어서는 도저히 갈 수 없는 곳에서 깨어났다. 낯설고 이질적인 공간에서 깨어날 때마다 땅바닥에, 혹은 벤치에 앉은 채 아주 오랫동안 생각을 모아봐도 알 수 없었다. 금방 동이 트곤 했다. 출근하는 사람들에 섞여 집으로 돌아왔다. 회사를 그만두고부터는 부쩍 그런 일이 더 잦았다.

엄마는 죽으면서 내게 강남의 낡은 아파트 두 채와 수많은 화분을 남겼다. 엄마의 사망신고를 차일피일 미루다보니 삼 년이 지났다. 경비원 한 사람이 엄마의 안부를 자주 물었는데, 그때마다 나는 건성으로 대답하곤 했다. 처음 했던 대답이 생각이 나지 않아서 나는 매번 얼버무릴 수밖에 없었다. 그 처음이 엄마가 살아 있을 때였는지, 죽은 후였는지조차 기억이 나지 않았다. 그래서 아프지만 잘 계신다고 말했다가, 돌아가셨다고 말했었던 것 같기도 하고, 상황이 그리 좋지 않아서 곧 돌아가실 것 같다고 말했던 것 같기도 했다. 내가 대충 대답을 얼버무리면 그가 하는 말은 언제나 비슷했는데, 말이라기보다 어떤 감탄사 같은 것이었다. 아이쿠, 같은 느낌의 아푸, 어쿠, 뭐 그런 것이었다.

엄마의 안부를 묻던 그 경비원이 얼마 전부터 보이지 않았다. 궁금해서 다른 경비원에게 물었더니 그는 많이 아프고 곧 죽을지도 모른다고 했다. 하지만 그의 아들이 서울에서 가장 큰 대학 병원 의사라서 다행이라고 했다. 그런데 그가 입원한 곳은 동네의 작은 병원이어서 병세가 생각보다 대수롭지 않을지도 모른다고 덧붙였다. 그의 소식을 전해주던 경비원은 아들이 그렇게 대단한 병원 의사인데 왜 동네 병원에 입원했는지 이해할 수 없다고 비아냥거렸다. 나는 무심하게 고개를 끄덕여주었다.

전단지 속 남자가 없어지고 알게 된 것이지만, 우리 아파트에서 사라진 사람은 그 하나만이 아니었다. 단지 내에 사라진 사람이 여럿인데, 그 사내도 그중 하나였다.

엄마가 병원에 갔을 땐 담낭암 3기였다. 의사는 4기로 진행중이라고, 담낭에서 시작된 암이 폐, 위, 간까지 전이했다고 했다.

"암세포가 먹어치울 세포가 많이 남아 있을 때 경쟁하듯이 퍼지거든요. 서로 살고 있는 곳이 다르니까 경쟁의식이 없다가, 저 옆 마을에 살고 있는 큰 경쟁 세력을 알게 되면 혹시 자기네 먹을 것이 없어질까 세력이 작은 놈들이 갑자기 열심히 번식을 시작해. 암 치료라는 게 결국 자기들끼리 서로의 존재를 모르도록 관리하는 게 다예요. 남은 시간이라는 건 그렇게 버는 시간을 의미하는 거지."

존대와 하대 사이, 의사의 말이 멈추었다.

그럼에도 엄마는 내가 짐작했던 것보다 꽤 오랜 시간을 견뎠다.

엄마는 점점 말라갔다. 피부는 유리처럼 맑아졌다. 온몸의 근육은 조금씩 서서히, 결국엔 모두 사라졌다. 엄마의 투명해지는 피부를 들여다보고 있으면 암세포들이 이 장기에서 저 장기로 옮겨가는 것이 보이는 것 같았다. 죽기 전, 엄마는 내가 엄마라고 부르기 전에는 엄마 같지가 않았다. 아프기 전의 어떤 모습도 남아 있지 않았다.

회사에서 잘리고 일찍 집에 온 날이었다. 나는 언제나 텔레비전을 켜놓았는데 외출을 할 때도 마찬가지였다. 그냥 그래야만 할 것 같았다. 무심코 본 텔레비전에서는 중년 남자 네댓이 여행지에 가서 자기 아는 것을 뽐내는 프로그램이 방영되고 있었다. 문득 나도 통영에나 한번 가볼까, 그런 생각을 했다. 텔레비전의 그들은 '다찌집'이라고 불리는 한 상 거하게 차려 내는 식당에서 이런저런 얘기를 나누고 있었는데, 그런 식당에 한번 가보고 싶어졌기 때문이다. 평생 나는 뭔가를 제대로 먹어본 기억이 없었다. 끼니때마다 뭔가를 먹긴 했는데, 뭔가를 먹었다는 기분이 들지 않았다. 회사도 잘렸는데 통영에 가야지, 그런 생각 때문인지 그날은 일찍 잠에 들었다.

"너한테 번거롭지 않아야 할 텐데. 장례식 같은 것도 하지 마. 알릴 사람도 없으니."

엄마는 의식이 돌아올 때마다 같은 말을 반복했다. 그게 내게 한 마지막 말이었는지는 잘 기억이 나지 않는다. 이른아침, 병원에서 집으로 막 돌아온 참인데 병원에서 전화가 왔다. 회사에 휴가를 내야 하는 것이 좀 번거로웠을 뿐, 엄마는 내게 마지막까지 부담을 주지 않았다. 엄마가 의식을 잃은 지 이 주째였고, 끝내 의식을 회복하지 못한 채였다. 그날도 내가 왜 병원에 갔는지 모르겠다. 깨어보니 병실 복도였다. 내가 나를 발견한 곳이 단지 거기였을 뿐이다. 나는 엄마를 보지 않고 곧장 집으로 돌아왔다. 집에 도착하자마자 엄마가 죽었다는 전화가 걸려왔다.

엄마는 온종일 집에서 식물 가꾸는 일에만 몰두했다. 엄마가 죽은 뒤로는 내가 그것에 매달리고 있다. 하루종일 식물들을 돌보는데 시간을 쏟아도 벅차다. 엄마가 온종일 화분에만 매달렸던 게 이해되었다. 우리집은 식물들의 것이다. 풀기 어려운 문제의 해결은 문제가 발생한 이유가 자의인가 타의인가 하는 것에 따라 달라지기 마련인데 나는 언젠가부터 알 수 없는 누군가가 나를 그곳까지 데려다놓았다고 믿기 시작했다.

텔레비전에서 아는 얼굴을 보았다. 전에 다니던 직장의 상사였는데, 방송에 나와 너그러운 얼굴로 좋은 말만 하고 있었다. 나쁜 놈이었는데 말이다.

"이제 그만 꺼져라, 너."

그가 그렇게 말하는데도 나는 어정쩡하게 서서 우물쭈물 말 한마디 하지 못했다.

"왜? 뭐, 할말 있어?"

"아, 아니요. 그동안 감사했습니다."

나는 꾸벅 고개를 숙이고 돌아섰다. 감사했다니, 그 앞에서는 기분이나 감정과는 정반대의 말이 나도 모르게 흘러나왔다.

"등신 같은 자식."

나는 잠깐 멈춰섰다. 완벽한 적막이 아주 짧게 그와 나 사이에 놓였다.

"왜? 할말 있어?"

나는 조용히 자리로 돌아와 짐을 쌌다. 짐이랄 것도 없었다. 작은 가습기를 옆자리 후배에게 주고 나니 아침에 들고 나온 가방이 전부였다. 이직할 때마다 그랬던 것처럼 아무도 위로나 마지막 인사를 하지 않았다. 육 년이나 다닌 회사였다. 조금 두려워졌는데 돈 때문은 아니었다. 나는 부자였다. 하지만 앞으로 매일매일 할 일이 없다는 것이 무서웠다.

나는 어딘가를 다니는 것 말고는 다른 일을 해본 적이 없었다.

사라진 그 남자를 알게 된 것은 일 년 전쯤이다. 엄마가 죽은 후 집에서 밥을 먹은 적이 없었다. 대부분 편의점에서 대충 때웠다. 그러다 단지 후문 쪽에서 한 식당을 발견했다.

그는 내가 들를 때마다 그곳에 있었다. 우리가 식당에서 자주 만나게 된 이유는 밥때를 피해, 사람들을 피해 식당에 들렀기 때문이다. 그는 언제나 막걸리를 마시고 있었다. 그것은 그와 내가 합석하게 된 이유이기도 했다. 그는 밥에는 손도 대지 않았고, 나는 술을 마시지 않았다. 우리 둘이 합석을 하자 그도 나도 식사비가 반으로 줄었다. 이상한 사람인 줄 알았는데 짐작과는 달리 꽤 멀쩡한 사람이었다.

언젠가부터 그는 나를 기다렸고, 나는 그를 기다렸다. 회사를 그만둔 뒤부터는 그를 식당에서 만나는 것이 중요한 일과가 되었다. 우리는 몇 시간씩 별로 중요하지 않은 이런저런 얘기를 주고받았다.

"여기 자주 들르는 모양을 보니 돈 많고 할일은 없는, 나와 비슷한 처지인가봅니다."

그의 음성은 언제나 나직했다.

"네, 할일 없는 건 맞는데, 저는 돈도 없어요. 아저씨와는 다르죠."

그가 때마다 막걸리를 권했지만 나는 매번 거절했다. 그는 예의 없는 사람이 아니어서 그런 나를 언짢아하지는 않았다. 그를 만나고 반년쯤 지났을까, 아무 생각 없이 그에게 물었다.

"그런데 뭐하시던 분이세요?"

그가 내 말을 듣더니 자지러지게 웃었다.

"보통 그런 건 가장 먼저 묻잖아요. 왜 그런 걸 안 묻나 해서 나와 비슷하거나, 이상한 사람일 거라고 생각했지."

그때까지 우리는 서로 이름도 묻지 않았다. 알 필요가 없었기 때문이다. 거의 매일 식당에서 만나 나는 밥을 먹고, 그는 막걸리 한두 병을 마셨다. 그러고는 식당에서 나와 각자의 집으로 가는 게 전부였으므로 우리는 서로에 대해 알 필요도 없었다. 물론 서로가 몇 동에 사는지도 알지 못했다.

"왜 갑자기 그게 궁금해졌는데요?"

"꼭 궁금한 것은 아니고요. 무심코 나온 말이에요."

"나 교수였어요. 경제학을 가르쳤지."

나는 무심하게 고개를 끄덕였다.

"압구정동 만들어질 때 아파트를 몇 채 샀는데 그게 나를 부자로 만들어줘서 그만뒀어요. 학교는 귀찮은 일이 너무 많아."

묻지도 않은 말에 스스로 말을 붙여서 나는 기분이 좀 상했다. 이상했다. 나는 웬만해서는 누군가에게 화가 나거나 하는 사람이 아니었는데 말이다. 그가 나를 빤히 쳐다보았다. 나는 괜한 것을 물었다고 후회했다. 그도 내게 같은 질문을 했다.

"전공하곤 상관없는 회사를 십 년 넘게 다니고 있지만 딱히 제가 무슨 일을 하는 사람이라고는 말할 수 없을 거 같고요. 어머니가 아버지와 이혼하면서 여기 아파트 두 채를 받았거든요. 한 채에는 엄마와 제가 살고 있고, 한 채는 전세를 놓아 배불리 먹고살고 있어요. 너무 웃긴 게 해마다 전세금이 너무 올라서 엄마와 나는 벌어들인 만큼의 돈을 다 쓰질 못해요. 엄마와 나는 화분을 사는 데 돈을 가장 많이 쓰는 거 같아요."

솔직하게 말해주지 않으면 그도 마음이 상할 것이므로 나는 최대한 상세하게 말해주었다. 이미 죽고 없는 엄마를 살아 있는 사람처럼 말해서 나는 스스로 좀 놀랐다.

"역시, 비슷했어. 우리 모두 돈이 너무 많군요, 정말. 그래서 심심한 거고."

"뭐 꼭 그게 나쁜 건 아니죠."

"뭘 하고 싶은 것도 없고. 이렇게 가끔 당신하고 수다를 떠는 게 내 유일한 욕망이에요."

우리는 한참 이런 식의 대화를 나누다 각자의 집으로 돌아갔다.

그런데 얼마 전 그가 사라졌다. 아마 그의 가족보다도 내가 먼저 알았을 것이다. 지난 일 년 동안 단 한 주도 식당에서 그를 보지 못한 적이 없었는데, 이 주 연속 그를 볼 수 없었기 때문이다. 그가 식당에 오지 않자 나도 그 식당에 가지 않게 되었다.

지난밤 오랜만에 외출을 했다. 회사를 나온 뒤 누군가에게 처음으로 받은 연락이었다. 나는 꽤 오랫동안 누군가를 만난 적도 없었고, 어딘가를 다녀온 적도 없었다. 통영이라도 다녀왔어야 하는데, 그 일은 예능 프로그램처럼 쉬운 것이 아니었다.

한 선배 어머니가 돌아가셔서 문상을 갔다. 전 회사 동료들이 으레 반갑게 맞아주었지만 잠깐이었다. 그곳에서 나는 또 혼자가 되었다.

화장하러 가기 전, 짧았던 엄마의 장례가 떠올랐다. 영정 사진은 엄마가 죽기 얼마 전 휴대전화로 무심코 찍은 것이었다. 그 사진에는 내가 기억하고 있는 엄마의 모습이 하나도 남아 있지 않았다. 모르는 사람 장례식에 와 있는 듯한 기분이 들었다. 멍하니 앉아 있는데, 옆 호실의 가족이 와서 향 한 박스와 향로를 주었다. 나는 향 한 묶음에 불을 붙여 엄마의 이상한 영정 사진 앞에 연기를 피웠다. 자욱해진 연기 속에, 나와 엄마 같지 않은 엄마 단둘이었다.

어제 술자리에서 술을 마시다가 한 선배가 없어졌다. 그가 사라졌다는 것을 나만 알아차렸다. 그와는 십 년 만이었다. 그런 우연도, 인연도 있는 법이다. 그는 전, 전, 전에 다니던 회사 선배였는데, 전혀 연이 없을 것 같았던 장례식장에서 오랜만에 만나게 된 것이었다.

그와의 마지막이 또렷한 이유는 그날, 전 대통령 한 분이 죽었기 때문이었다. 햇빛은 찬란했고 그 위엄은 무엇도 두렵지 않을 만큼 눈부신 날이었다. 그뒤로 도통 그를 만난 기억이 없었다. 어쨌든 일부러 연락해서 볼 것이라고는 상상도 할 수 없는 그와 다른 여럿과 함께 장례식장에서 나와 호프집으로 향했다.

나는 테이블 구석에 찌그러져 있었는데 둘러보니 그의 모습이 보이지 않았다. 시간이 꽤 지나도 돌아오지 않아 나는 사람들에게 그가 어디에 갔느냐고 물었다. 아무도 대꾸하는 이가 없었다.

"그 사람이 누군데?"

몇 개월 전 내 목을 자른 팀장이 되물었다. 얼마 전 텔레비전에 나와 아름다운 말로 떠들던 그였다.

"지금까지 여기 앉아 있던 사람이요."

"그니까, 그 사람이 누구냐구. 우리는 모르는 사람인데. 그 사람, 지금까지 너하고만 얘기했잖아."

나는 머쓱해졌다. 생각해보니 그런 것도 같았다.

"그런데 넌 뭘 그렇게 먹냐, 먹으러 왔냐?"

내 손은 쉼 없이 뭔가를 집어먹고 있었다.

"널 보면 말이야, 그런 걸 느껴. 사람 참 안 변한다는 거 말이야."

이상한 일이었는데, 그는 육 년 넘게 내 직장 상사로 있으면서 처음부터 나를 싫어했고 언제나 비아냥대는 말만 해댔지만, 나는 화가 나지 않았다. 나는 그에게 아무런 감정이 없었다. 슬그머니 땅콩을 한 줌 쥐었다.

"저도 그래요. 팀장님을 볼 때마다 저도 같은 걸 느껴요. 사람 참 안 변한다."

나는 땅콩을 우두둑 소리내어 씹었다. 일순 자리에서 웃음이 터졌다.

"뭐야?"

팀장이 버럭 소리를 질렀다. 나는 그에게 혼나기 위해서 손에 쥐고 있던 땅콩을 내려놓았다.

"그런데, 너 많이 변했다? 나한테 말대답도 다 하고?"

"좀전에는 사람 참 안 변한다고……"

내가 대답하자 팀장의 언성이 높아졌다.

"나는 얘 그게 싫어. 다 알면서 모르는 척하는 거 말이야. 근데 그게 수가 낮아요. 그래서 자꾸 미움을 사는 거야."

팀장이 다른 이들에게 동의를 구하듯이 말했다. 다들 시선을 피했다.

"그러지 말고, 어서, 사과드려."

자리가 좀 불편해지자 한 선배가 타이르듯이 내게 말했다.

"죄송합니다. 그런데 저는 정말 팀장님께 어떤 감정도 없어요."

사실이었다. 화가 났다면 화를 냈을 것이지만, 그 말은 나도 모르는 새 터져나온 진심만 오롯이 담긴 말이어서 사과를 하고 말고 할 것이 없었다. 하지만 사과는 했다. 회식 자리도 아닌데, 못 올 곳에 왔나 싶었다. 나는 자리에서 벌떡 일어섰다.

"너 삐쳤냐? 속은 좁아가지고."

"아니요, 그런 게 아니라, 아까 그 선배를 좀 찾아봐야겠다는 생각이 들어서요."

"넌 솔직하지도 못해. 그걸 핑계라고 대니 참, 내가 화딱지가 나는 거야. 아휴, 안 맞아."

나는 전 직장 동료들에게 인사도 하지 않고 황급히 호프집을 빠져나왔다. 사라진 그 선배에게 전화를 걸어볼 요량으로 전화번호를 검색해보았더니, 용케 있었다. 앞자리가 018로 시작하는 번호였다. 한참 그것을 내려다보다 다시 호프집으로 갔다.

"왜 다시 왔어?"

팀장이 당황한 듯 물었고 사람들이 일제히 나를 쳐다보았다.

"저기 아까 나간 그 선배 전화번호를 좀 물으려고요."

나는 팀장에게 따지러 온 게 아니라는 것을 알려주기 위해 깍듯하게 대답했다.

"내가 그걸 어떻게 알아? 모르는 사람이라고 했잖아."

"팀장님께 물으려는 게 아니라 여기 선배는 알 거 같아서요."

인사차 호프집에 들른, 상을 당한 선배를 손가락으로 가리켰다. 사람들이 웃음을 터뜨렸다.

"그런데 왜 나를 보고 말을 하는 거야?"

"팀장님께서 먼저 물으셔서요."

어머니를 잃은 슬픔에 젖어 있던 그 선배가 웃으며 자리에서 일어났다.

"휴대전화에 연락처 있을 거야."

나는 조금 전보다 더 예의바르게 팀장에게 고개를 숙였다. 손으로 입을 가리고 웃음을 참는 전 직장 동료들에게 하지 못했던 눈인사를 했다.

어렵게 번호를 알아낸 그 선배에게 전화를 걸어보았지만 받지 않았다. 어차피 만날 생각 같은 것은 없었으므로 나는 집으로 돌아왔다. 집에 막 들어서는데 그 선배에게서 전화가 왔다. 이번에는 내가 받지 않았다.

일어나서 창밖을 보니 안개가 안개다웠다. 안개라는 단어를 처음 알게 된, 그 뜻을 이해하게 된 시절의 그 안개다운 안개가 창밖에 다가와 있었다. 하지만 내게는 다른 날과 다르지 않은, 할일 없는 그저 그런 하루의 시작이었다.

나는 이제 겨우 삼십대 중반을 막 벗어났는데 이미 다 산 것 같은 느낌이 들곤 했다. 결혼이라도 했으면 좀 달라졌을까, 그런 생각이 부쩍 들었다. 내게는 잊지 못하는 한 여자가 있었다. 오직 그녀 한 명뿐이었다. 나는 소리내서 선희야, 하고 불러보았다. 그녀가 생각날 때면 하는 버릇이었다.

선희는 내가 유일하게 사귀었던 여자였다. 그녀는 내가 아는 모든 사람 중에서 가장 착한 사람이었다. 그녀와 왜 헤어졌는지 잘 모르겠다. 어쩌다보니 자연스럽게 그렇게 됐다. 지금은 어디서 어떻게 사는지도 알지 못했다. 대학 시절 알던 사람 누구도 만나지 않으니 소식을 전해들을 수도 없었다.

그녀는 홍대 뒤쪽에 살았었는데 지금 그곳은 모두 재개발되어 아파트가 들어서 있었다. 나는 가끔 그곳에서 깬 나를 발견하곤 했다. 동네가 완전히 바뀌어서 처음에는 그곳이 그곳인지를 알기까지 한참이나 걸렸다. 오래된 은행나무 한 그루는 베이지 않고 그대로였다. 어쩐지 무의식은 내 몸에 너무 가까이 있고 의식은 저멀리 닿을 수 없는 곳에 있는 것처럼 모든 게 낯설었다.

정신이 번쩍 들면서 잠에서 깨어보면 나는 잠들 때 차림새가 아니라 말쑥하게 차려입고 있었고, 휴대전화며 지갑도 가지고 있었다. 꼭 일부러 외출나온 사람 같았다. 내 무의식은 어디를 헤매다 오는 걸까. 궁금하였으나 확인을 하거나 알아본 적은 없었다.

"잘 돌아왔으니 됐다."

엄마는 아침에 들어와서 출근 준비를 하는 내 어깨를 토닥이곤 했다.

"일이 있었어요."

나는 대충 얼버무렸지만 그때마다 엄마는 아무것도 묻지 않았다. 물었다 한들 대답할 수 있는 게 없었다. 언젠가부터 일상이 되어버린 일이었다.

아버지가 사라진 것은 십 년쯤 전이다. 새엄마가 아버지를 찾으러 우리집에 왔던 날은 내 스물일곱 생일날이었다. 엄마와 단둘이 미역국을 먹던 아침이었다. 오랜만에 보는 새엄마였다. 그녀도 세월을 비껴가지 못한 듯 마지막으로 보았을 때와는 달리 나이가 꽤 들어 보였다. 열 살 때까지 그녀와 함께 살았으니까 대략 십칠 년 만이었다. 그녀는 성정이 나쁘지 않은 사람이었다.

"그 사람이 일주일 전에 없어졌어요."

"그런데 왜 여기 와서 그 사람을 찾아요."

엄마는 식탁에서 꼼짝하지 않았다. 나는 새엄마에게 소파에 앉으라고 권했다. 하지만 그녀는 어정쩡하게 선 채로 집안 여기저기를 둘러보기만 했다.

"집이 식물원 같네요."

그녀는 엄마보다 열 살쯤 어렸는데 실제 모습은 더 어려 보였다.

"사라지기 전, 그이가 누군가에게 여기로 간다고 했대요."

"그 사람 못 본 지, 이십 년이 넘었어요."

엄마가 냉정하게 말했다.

"어떻게 지내셨어요? 동생들은 잘 지내죠?"

나는 멋쩍게 웃으며 새엄마에게 물었다.

"안 그래도, 널 보러 왔단다."

새엄마는 내 물음엔 답하지 않았다.

"너를 보러 간다고 그랬다는데, 혹시 못 만났니?"

"그게 연락이 오긴 했는데, 만나진 못했어요. 다시 연락한다고 하고 연락이 없으셔서……"

엄마가 나를 물끄러미 바라보았다.

"그게 언제니?"

나는 엄마의 시선을 피하며 새엄마를 바라보았다.

"한 이 주 된 거 같은데요."

"그전에도 가끔 봤던 거니?"

"아니요, 마지막으로 본 게 입대하기 전이니까 사오 년은 된 거 같은데요."

새엄마의 얼굴에 검은 그늘이 가득했다.

"아버지가 사라진 지 일주일 됐다구요?"

"실은 정확히 알지 못한다. 훨씬 전일 수도 있고."

"집에서 안 지내셨어요?"

"문제가 조금 있었어. 중요한 것은 아니고. 어쨌든 잘 알았다."

새엄마가 돌아설 때까지 엄마는 꼼짝하지 않고 우리 둘이 나누는 대화를 지켜보고 있었다.

"연락처가 없어서 직접 찾아올 수밖에 없었어요. 실례 많았어요."

새엄마가 엄마에게 인사를 할 때도 엄마는 그녀를 그저 물끄러미 바라보기만 했다. 내가 새엄마를 배웅하고 돌아온 뒤에도 엄마는 그 모습 그대로였다. 우리는 먹던 아침을 마저 먹었다.

그뒤로 아버지에 대한 소식은 없었다. 아직도 실종된 상태인지, 무사히 돌아왔는지, 무슨 일이 있었던 건지 알 수 없었다. 알아보려고 하지 않았다.

한낮에 경찰들이 집으로 들이닥쳤다. 나는 아주 깊이 잠들어 있어 밖에서 문을 두드리는 소리를 듣지 못했다. 경찰들은 문을 부수고 쳐들어왔다. 잠에서 깨보니 한 무리의 사람들이 나를 내려다보고 있었다.

"김순례씨 어딨어?"

나는 어안이 벙벙해진 채로 멀뚱히 사람들을 올려다보았다. 그들 가운데에는 아주 오랜만에 보는, 그 아프다는, 매번 엄마의 안부를 묻곤 했던 경비원이 섞여 있었다. 사복 입은 것을 처음 보는 터라 나는 그를 단번에 알아보지 못했다.

엄마의 방은 삼 년 전 엄마가 죽던 그날 그 모습 그대로였다. 아니, 그럴 것이다. 경찰들은 나를 앞세워 방문을 열게 했는데, 이상하게 몸이 부들부들 떨렸다. 삼 년 동안 한 번도 들어가 본 적이 없었다. 자물쇠를 채운 것도 아닌데 나는 문손잡이를 잡고 어쩔 줄을 몰랐다. 누군가가 나를 밀치고 방문을 열어젖혔다. 나는 놀라서 한 발 성큼 뒤로 물러섰다.

"뭐야, 어딨어? 어디에 감춘 거야?"

"뭘, 뭘 말입니까?"

"김순례씨 어디 감췄어?"

"김순례씨라뇨, 엄마 말입니까?"

그때서야 한동안 안 보이던 경비원이 사복을 입고 그들 속에 섞여 서 있는 이유를 알 것만 같았다. 처음 보는 광경 앞에 선 듯, 나는 대답은 하지 않고 방안 이곳저곳을 신기한 듯 그들과 함께 둘러보았다. 여기저기 먼지가 수북하게 앉아 있었다. 침대에는 엄마가 삼 년 전 벗어놓은 잠옷이 아무렇게나 던져져 있었고, 이불은 엄마가 마지막으로 병원을 갔던 날의 다급했던 상황을 고스란히 간직하며 흐트러진 채였다.

"네가 죽인 거 아냐? 엄마 어딨어?"

건장한 체격의 한 사내가 나를 벽 쪽으로 밀어붙였다. 숨이 막혔다. 나는 그의 어깨 너머 화장대에 가지런히 놓여 있는 화장품과 화장대 거울 틈에 꽂아놓은 여러 장의 사진에 시선이 멈췄다.

"어, 엄마, 거실에 있습니다."

목이 조여와 나는 겨우 말했다. 그럴 줄 알았다는 듯 사내가 천

천히 손에 힘을 풀었다. 멱살을 놓은 대신 그는 내 목덜미를 움켜
쥐고 거칠게 거실로 밀어붙였다. 사람들이 우르르 뒤로 물러섰다.

"어딨어?"

나는 텔레비전 옆, 엄마가 있는 유골함을 가리켰다.

"이게 뭐야? 죽여서 화장까지 한 거야?"

"화장을 한 건 제가 맞지만 제가 죽인 것은 아닙니다."

"니가 죽인 거 아냐?"

"많이 아프셨습니다."

사람들의 시선이 일제히 사복을 입은 경비원에게 쏠렸다.

"이형사, 확인해봐."

그때까지도 내 목덜미를 쥐고 있던 사내가 손을 풀었다.

"이 아저씨, 정말 정신이 있는 사람이야?"

체격 좋은 한 사내가 사복 입은 경비원을 향해 소리를 질렀다.

"그게, 분명, 그럴 만한, 정황이 있었다구요. 매번 말이 다르
고……"

"이거 죄송하게 됐어요."

경비원의 말이 채 끝나기도 전에 사내가 내게 사과를 했다. 그
가 눈짓을 주자 다른 사내들이 빠르게 집을 빠져나갔다.

"뜯은 문은 원상 복구해놓겠습니다. 제보가 들어와서 그런 건
데, 이해 좀 해주세요. 하도 흉흉한 일들이 많이 일어나고, 소문도
그러니."

나는 사람들이 방바닥에 남긴 수많은 발자국을 말없이 쳐다보았다.

"야, 들어와서 여기 청소 좀 해라."

내 눈치를 살피던 사내가 문밖을 향해 소리치자 사내 무리가 다시 집안으로 들어왔다. 여전히 신발을 신은 채였다.

"괜찮습니다. 바쁘실 텐데, 제가 하겠습니다."

"아, 이거 참 미안하게 됐습니다."

오랜만에 나타난 경비원은 그새 어디로 갔는지 보이지 않았다. 밖으로 나갔던 사내가 다시 들어왔다.

"혹시 민원 같은 거 넣고 그러시는 분 아니시죠? 작은 제보라도 그냥 넘길 수 없어서 그런 거니, 다시 이해 좀 구합니다. 문은 당장 고쳐놓겠습니다. 잘 좀 부탁드리겠습니다."

사내가 너무 고개를 숙여 인사를 해서 나도 덩달아 땅에 닿을 듯 머리를 숙였다. 그가 나간 뒤 문이 열리지 않게 소화기를 기대어놓았다. 문밖이 소란스러웠다. 복도엔 몰려든 주민들로 북적였다. 사람들은 소문대로의 결말에 이르지 않은 것에 대한 실망감을 감추며, 소란을 일으킨 경찰에게 항의했다. 나는 걸레를 들고 바닥을 닦기 시작했다.

엄마가 죽은 날 바로 화장을 했다. 어차피 문상을 올 사람이 아무도 없었다. 나는 하루 휴가를 내고 조용히 장례를 치렀다. 엄마를 화장하고 혼자 분골을 하는데 그때서야 눈물이 조금 났다. 슬퍼서라기보다는 뭔지 모를 두려움 같은 것이 밀려들었기 때문이었다. 남은 뼛조각은 대충 유골함에 담고 책보에 싸서 집으로 돌아왔다.

엄마의 뼛가루를 어딘가에 뿌려야만 했는데, 내가 생각해낸 곳은 아파트 단지였다. 유골함을 들고 나는 아파트 단지 주변을 오후 내내 서성거렸다. 하지만 결국, 나는 유골함을 텔레비전 옆에 놓아두었다. 집으로 돌아와 무심코 놓은 자리였다. 그렇게 삼 년 가까이 엄마는 텔레비전 옆에 놓여 있었다.

경찰이 다녀간 뒤로 나는 마음이 편치 않았다. 엄마 때문이 아니라 사라진 그와 내가 무슨 연관이 있을지도 모른다는 느낌 때문이었다. 물론 기억나는 것은 없었다. 아무래도 그가 사라진 것이 영 찜찜했다. 그는 어디로 사라진 것일까. 정말, 그가 했던 말대로 지중해로 간 것은 아닐까. 하지만 알 수 없었다. 그가 사라진 것이 나와 어떤 관계가 있을지도 모를 일이었다. 기억나지 않는 밤의 행보 안에 그런 비밀이 숨겨져 있다면 차라리 좋겠다고 생각했다.

엄마와 나는 언제나 둘뿐이었다. 우리는 서로에게 서로밖에 없었다. 외가가 대구 어디였는데, 기억이 가물가물했다. 외할머니와 엄마의 형제들이 있었는데, 그런 기억도 내가 아주 어렸을 때였고 이제는 연을 끊고 산 지 오래다. 내가 만약 그들의 연락처나 사는 곳을 알았다면 엄마의 장례를 제대로 치렀을 수도 있었을지 모르겠다. 나는 그때까지 살짝 열려 있던 엄마의 방문을 조용히 닫았다. 그래왔던 것처럼 모르는 체하며 지낼 생각이었다. 엄마의 방에는 아무것도 없으니까.

경찰들과 함께 왔었던 경비원이 다음날 집으로 찾아왔다.

"아프시다고 들었는데, 괜찮으세요?"

나는 안부를 물었다. 그가 어쩔 줄을 몰라했다. 두 손을 연신 비비며 어제 있었던 일에 대해 사과하면서 고개를 숙였다. 전립선암 3기라고 했다. 방사선 항암 치료를 마쳤다고 했다. 체력이 관건이라고, 암을 이길 수 있는 체력이 있어야 하는데 걱정이라고 했다. 그러고 보니 얼굴이 많이 상해 있었다. 그를 단번에 알아보지 못한 이유가 꼭 옷 때문은 아니던 것이다. 그에게서 죽기 전 엄마의 모습이 보였다. 그도 투명해지며 말라가고 있었다. 원래의 얼굴을 잃고, 기억하지 않으면 기억해낼 수 없는 시간 속으로 자신의 모습을 지우는 중이었다.

"어머니 일은 참 안타깝게 됐어요. 좋은 분이셨는데. 벌써 삼년이나 지났다니 세월이 진짜 덧없네요."

"우리 엄마가 좋은 분이었어요?"

"아, 아쿠, 그럼요."

나는 가만히 고개를 끄덕였다.

"아저씨는 일 그만두신 거예요?"

"몸이 이러니 원. 돈이 아쉬워서 힘들어도 버텼는데, 이젠 정말 쉽지가 않네요."

"아드님이 의사시라던데…… 힘드세요?"

"제 아들이요? 저는 아들이 없는데."

나를 붙잡고 이런저런 얘기를 늘어놓던 경비원 아저씨를 떠올려보았지만 그의 얼굴이 잘 생각이 나질 않았다.

"아, 어디서 들었는데, 헷갈렸나봐요."

"어디서요?"

나는 우물쭈물 뭔가 들킨 사람처럼 아무 말도 하지 못했다.

화분들 중에는 유난히 잘 자라는 것이 있다. 식물은 오로지 습성만으로 살아가는데 그 많은 것 중에서 발코니 환경과 딱 맞는 것이 있었다. 그런 식물은 무섭게 자랐다. 엄마가 살아 있을 적에는 가끔 너무 잘 자라는 화분을 분갈이해야 하는 것이 곤혹스러웠다. 세포분열처럼 하나의 화분에서 두 개나 세 개로 계속 늘어나는 식물을 보면 겁이 나기도 했다. 하지만 엄마가 죽은 후, 나는 그 어떤 화분에도 손대는 법이 없었다. 물을 주는 것 빼고는 내가 그것들을 돌본다는 생각도 들지 않았다. "사는 것은 사는 것이고 죽는 것은 죽는 것이다." 나는 화분에 물을 줄 때마다 알아서 잘 살라는 듯이 그것들을 향해 말하곤 했다. 그럼에도 몇 개가 말라죽은 것 빼고는 엄마가 키우던 때와 비교적 다를 바 없이 식물들은 잘 자라주었다.

화분은 엄마가 놓아둔 그대로 두는 것이 최선이었다. 발코니에

200

있는 몇 개의 큰 화분은 어떤 식으로든 분갈이를 해주지 않으면
안 되었지만, 나는 그것들의 그런 아우성을 모르는 체하며 몇 해
를 넘기고 있었다. 발코니에 빼곡하게 들어선 식물들이 햇빛을 가
려 집은 언제나 어두침침했다. 빛을 싫어하는 녀석들은 주로 거실
에 있었다. 우리집 거실은 어둑한 기운을 항시 내뿜고 있었다.

나는 집에 있는 화분을 모조리 버리기로 마음먹었다. 그리고 엄
마에게 물려받은 아파트 두 채를 헐값에 내놓았다. 반쯤 충동적이
었지만, 오랫동안 벼르던 일이기도 했고, 돈이 떨어졌기 때문이기
도 했다.

"아니, 이 가격에 정말 괜찮겠어요?"

부동산 사장이 황당하다는 표정을 지었다.

"네, 충분해요."

아파트 두 채 가격을 나는 시세보다 오억씩 싸게 내놓았다. 사
십억만 받겠다고 했다. 전세금을 제하고도 삼십억이 남았다. 나는
그의 말대로 부자였다. 사라진 그의 이름은 정재호였다. 부동산에
도 그를 찾는 전단지가 붙어 있었다. 그의 얼굴에 붙은 그의 이름
이 여간 낯설게 느껴지는 게 아니었다.

"알아보고 연락드릴게요."

그녀가 건성으로 말했다. 부동산을 나서는 나를 그녀가 붙잡았
다.

"이런 얘기 좀 그렇긴 한데, 이렇게 시세보다 헐값에 내놓으면

아파트 주민들 반발이 심해요. 소문나면 저도 난처해지고요. 이 아파트 단지 하나로 먹고사는데…… 실거래가가 이렇게 형성되면 좀 그렇잖아요."

"그럼, 더 올려야 한다고요?"

사장이 난처한 표정을 지었다.

그날 밤, 나는 다른 부동산을 알아봐야겠다고 생각했고, 그전에 집에 있는 화분을 전부 버려야겠다고 결심했다. 그중 엄마가 유독 아끼던 몇 개는 버리기가 영 찜찜해서 어딘가에 심으면 좋겠다고 생각했다. 인터넷으로 화분을 버리는 방법을 찾아보다가 그게 생각만큼 쉽지 않은 일이라는 것을 알게 됐다.

오랜만에 햇빛이 좋았다. 낮에도 어두침침한 집에만 있다 밖으로 나오니 그렇게 느껴졌다. 나는 엄마의 유골함을 책보에 싸서 들고 오래 산책을 했다. 가끔 그랬다. 한강에 그냥 뿌릴까 싶어 들고 나온 것이지만 매번 그러지 못했다. 나는 엄마의 유골함을 도로 텔레비전 옆에 놓았다.

화분은, 결국 어떻게 버려야 하는지 알아내지 못했다. 나처럼 살아 있는 식물을 버리려는 사람이나, 멀쩡한 화분을 버리려는 사람은 별로 없는 듯했다. 볕이 좋아서 바깥에 한동안 가만히 서 있었다. 한참 후에야 아파트 단지가 어수선하다는 것을 알아차렸다. 많은 경찰이 분주히 움직이고 있었다. 나는 멀뚱히 서 있는 경비원에게 다가갔다.

"아저씨, 화분을 버리려는데 어떻게 해야 해요?"

그는 무슨 말인지 모르겠다는 듯 고개를 갸우뚱했다.

"그야, 큰 쓰레기봉투 사서 거기에 버리면 되지요."

"아직 살아 있는 것들이라서요."

그 차이를 모르겠다는 표정으로 그가 나를 빤히 쳐다보았다.

"지겨워졌어요."

나는 사뭇 진지하게 말했고 그는 영문을 알 수 없다는 표정이었다.

"몇 개나 돼요?"

"몇 개요? 엄청 많아요. 한 오십 개? 백 개? 더 될 수도 있고요."

"아, 많네. 트럭 불러야겠네."

"트럭이요?"

"네. 돈 받고 쓰레기 버려주는 사람들이 있어요."

"쓰레기요?"

그가 흥미를 잃었다는 듯이 뒷짐을 지며 경찰 쪽을 바라보았다.

"얼마나 들까요?"

"못해도 그만큼이면 한 삼십만원? 집에서부터 나르려면 더 들어요."

그가 슬쩍 내 눈치를 보았다.

"그럼, 어떻게 할까요?"

나는 돈이 없었다. 집을 팔아야 나는 부자였다.

"혼자 할 수 있으면 여기 경비실 옆에 세워두세요. 그럼 제가 내일 트럭 불러서 처리할게요."

그가 다시 시선을 경찰 쪽으로 돌렸다.

"잘 부탁드려요."

그는 대꾸하지 않았다.

"그런데 아저씨 무슨 일 있어요?"

나는 집으로 들어가려다가 돌아와 물었다.

"105동에 없어진 아저씨 있잖아요. 그 아저씨가 입고 나간 옷이 헌옷 수거함에서 나왔대요. 그래서 아침부터 난리예요."

"그 사라진 정재호씨요?"

"맞아요. 그분 아세요?"

"아, 아니요. 전단지에 나와 있잖아요."

나는 고개까지 절레절레 흔든 뒤 꾸벅 고개를 숙이고 돌아섰다.

"들어가는 것 아니었어요?"

"네? 아니요. 부동산에 가던 중이었어요."

나는 돌아섰다가 다시 그에게 다가갔다.

"저기 있잖아요. 여기 아프신 경비원 아저씨 말이에요. 그분 아들이 의사가 아니래요. 그분은 아들이 없대요."

경비원이 무슨 말이냐는 듯 나를 쳐다보다가 무슨 말인지 알았다는 듯 고개를 끄덕였다.

"그러게, 소문이 많잖아요. 이런저런 말도 안 되는."

그가 자기와는 아무 상관 없는 얘기처럼 말을 해서 나는 기분이 좀 상했다. 분명 그가 내게 아픈 경비원에 대해 말해준 사람이었기 때문이다.

나는 다른 부동산에 집을 내놓았다.

"아, 그 사장님이시구나."

얘기를 듣더니 내가 누군지 안다는 투였다. 마찬가지로 처음 집을 내놓았던 부동산과 비슷한 얘기를 했다.

"집값을 얼마를 받든 저는 상관없어요. 사십억이면 충분해요. 더 받으면 받아서 사장님 다 가지세요. 빨리만 팔아주세요."

그녀의 눈이 휘둥그레졌다.

"사장님, 농담을 인심 후하게 하시네요."

정말 기분이 좋은지 그녀가 큰 웃음을 지었다.

"빈말 아니에요. 저는 그 돈이면 충분해요."

"갑자기 돈 필요하신가보다."

"네, 요트를 살 거거든요."

그녀의 표정에서 웃음기가 서서히 사라졌다.

초저녁부터 나는 화분을 나르기 시작했다. 오가는 아파트 주민들이 내가 내놓은 화분들을 구경했다. 큰 것들은 들 수조차 없어서 질질 끌다시피 했다. 우리집 화분들이 경비실 옆에 열 맞춰 늘어서기 시작했다. 나르면서 화분 개수를 세었다. 경비실 주변이 화분들로 금방 둘러싸였다. 교대한 다른 경비원이 와서 무슨 일인가 물어 오전에 했던 말을 반복해야만 했다.

"멀쩡한 걸 왜 버리는 거예요?"

"지겨워져서요."

대수롭지 않게 얘기하고 보니 정말 내 진심 같았다. 화분 나르는 일은 새벽까지 계속됐다. 화분이 빠지자 집이 원래 이렇게 넓었나 싶었다. 우리집에는 변변한 가구 하나 없었다. 집이 휑했다.

나는 완전히 지쳤다. 화분을 나르는 일은 쉬운 일이 아니었다. 팔에는 아무 감각도 없었다. 모두 아흔여덟 개였다. 집에 두기엔 실로 어마어마한 양이었다. 가장 큰 것들은 발코니에 아직까지 남아 있었다. 주로 벤자민과 인도고무나무였는데, 그것들은 화분에서 자라기엔 너무 큰 나무들이었다. 시간은 어느덧 새벽 한시를 넘어가고 있었다. 경비원이 잠깐 나와서 한동안 나 하는 짓을 바라보더니 사라졌다.

결국 아귀힘이 빠져 큰 화분 하나를 놓쳤다. 화분이 박살나며 큰 나무가 서서히 옆으로 쓰러졌다. 나는 있는 힘을 다해 벤자민이 쓰러지지 않게 손으로 받쳤지만 역부족이었다. 그런다고 해결될 일도 아니었으나 본능적이었다. 난감해서 손으로 벤자민을 받치고 있는데 화분 흙이 뭉개지며 화분 안에서 공 같은 것이 데굴데굴 굴러나왔다. 나는 얼른 가서 그것을 주웠다. 희고 반짝이며 윤나는 그것은 사람의 두개골이었다. 나는 누가 볼까 얼른 그것을 깨진 화분 흙 속으로 밀어넣었다. 역시 본능적인 행동이었다.

커다란 벤자민이 천천히 옆으로 쓰러졌다. 주위를 둘러보니 다행히 아무도 없었다. 경비원도 보이지 않았다. 나는 깨진 화분을 끙끙대며 다시 집으로 옮기기 시작했다. 내놓은 전부를 다시 집으로 옮겨야만 했다.

"아니, 어떻게 된 거예요?"

나는 깜짝 놀라서 작게 비명을 질렀다. 경비원이 잠에서 덜 깬 얼굴로 옆에 서서 연신 하품을 하고 있었다.

"아직, 버리기엔 이른 거 같아서, 다시 잘 키워보려고요."

곧 아침이었다.

"지겨워졌다면서요? 거참, 밤새 괜한 일을 하셨네."

"아니요, 덜 지겨워졌어요."

나는 마지막 남은 화분을 들어올렸다.

총 아흔여덟 개였던 화분이 집으로 올라와서 세어보니 두 개가 모자랐다.

악, 식물들을 향해 고함을 질렀다.

깨어보니 나는 화분들 사이에 쪼그린 채 아무렇게나 자고 있었다. 한낮이었고, 누군가가 문을 쿵쿵 두드림과 동시에 초인종이 울리고 있었다. 겁이 와락 났다. 나는 슬금슬금 문 쪽으로 가서 아주 작은 목소리로 누구냐고 물었다. 문은 아직 부서진 그대로여서 조금만 힘을 주어 당기면 힘없이 열렸다. 살짝 벌어진 틈에 누군가가 눈을 붙이고 있었다.

"저예요."

부동산의 친절한 그녀였다.

"웬일이세요?"

"집 산다는 사람이 나왔어요."

"하루 만에요?"

"네에."

문틈으로 그녀의 들뜬 목소리가 들려왔다.

"저 집 안 팔 거예요."

나는 문을 있는 힘껏 잡아당겼다. 작은 틈이 사라졌다.

"아휴, 정말. ······미친놈 아냐?"

친절했던 그녀가 불퉁거리며 멀어지는 소리가 들렸다. 나는 문
손잡이를 잡고, 아무도 들어오지 못하게, 그렇게 오래 서 있었다.

어제의 너를 깨워

새벽 네시였다. 그는 좀처럼 잠에서 헤어나지 못했다. 겨우 일어나 앉긴 했지만 눈을 뜨지 못했다. 아내가 재차 그를 흔들어 깨웠다.

"태호야, 눈 좀 떠봐. 응?"

"소호야, 왜 그래, 무슨 일인데 그래."

잠에 취한 채 그가 말했다. 아내가 그의 입을 손가락으로 막았다.

"태호야, 잘 들어봐."

아내가 속삭였다. 그는 겨우 눈을 떠 아내를 바라보았다. 아내는 가만히 귀를 기울이고 있었다. 어둠 속에서 천장을 바라보고 있었다.

"안 잤어?"

"쉿! 들었지?"

아내의 목소리는 더 작아졌고, 어둠 속에서도 눈동자는 빛이 났다. 그가 아내를 안았다. 그때 위층에서 쿵쿵, 쿵쿵 누군가 뛰어다니는 소리가 들려왔다.

"들었지? 내 말이 맞지?"

"내가 내일 가서 한마디 할게."

그가 이불 속으로 허물어졌다. 잠을 이길 수가 없었다.

"벌써 일 년째야. 왜 아이들을 새벽까지 놀게 하는 걸까. 태호야, 이상하게도 네가 자길 기다렸다가 쿵쿵대. 식구들이 많이 사는 집인가봐. 어젠, 네가 없는 걸 알고 밤새 뭔가를 찧었어. 그 있잖아, 마늘 같은 걸 빻는 소리."

"새벽에?"

"태호, 너 어제 아침에 들어왔잖아."

"미안해, 어젠 일이 많았어. 요즘엔 나를 사건 현장에서 자주 찾아."

"옆에 누워도 돼?"

"그럼."

아내가 그 옆에 바싹 붙어 누웠다.

"분명, 태호 네가 없는 걸 알고 그러는 거라니까."

아내가 그의 귀에 대고 속삭였다.

"미안해, 내가 내일은 꼭 일찍 들어와서 올라가볼게."

"우리 이사갈까?"

그는 아내에게 대답을 하지 못한 채 금세 잠에 빠졌다.

"태호야, 벌써 잠든 거야?"

아내가 아주 작은 소리로 소곤거렸다. 그녀가 그의 머리를 가만히 쓰다듬었다.

"태호야…… 우리 아이는 왜 그렇게 우리 곁을 일찍 떠난 걸까? ……그래야만 했던 이유가 있었을 거야. ……그랬겠지?"

아내가 그의 귀에 대고 아주 작은 목소리로, 조용히 이야기했다. 그때 윗집에서 또각또각 구두를 신고 걷는 소리가 났다. 아내는 몸을 동그랗게 말며 천장을 바라보았다.

그가 잠에서 깼을 때 아내는 집에 없었다. '아침 꼭 먹고 나가, 태호야. 나는 요가!' 아내는 식탁 위에 쪽지를 남겨두었다. 그는 통 잠을 자지 않는 아내가 걱정되었다. 그는 선 채로 아내가 차려놓은 아침을 대충 먹고, 서둘러 집을 나섰다. 오늘 잡혀 있는 스케줄만 다섯 개였다.

그는 죽은 사람 몸에 남은 마지막 말을 수집하는 일을 했다. 사람이 죽을 때 심장에 소량의 에너지가 남게 되는데, 그것을 열에너지와 전기에너지로 바꾸어 시신에 남은 마지막 말을 수집하는 것이었다. 이런 기술이 고안된 것은 약 오십 년 전이었고, 국가에서 공식적으로 이를 인정하고 수집하기 시작한 것은 삼십여 년 전이었다.

사람들은 죽은 자의 말을 수집하는 사람을 은자eremite라고 불렀는데 '사막에 사는 사람'이라는 뜻을 가지고 있었다. 그는 한국의 삼대 은자였다. 은자는 십 년에 한 번, 두 사람이 선발되었다. 열 살 아이 둘을 선발해 이십 년 동안 수행을 시킨 다음, 서른이 되면 둘 중 한 명을 정식 은자로 임명했다. 그는 사 년째 은자로 활동하고 있었고 남은 임기는 육 년이었다. 은자가 되지 못한 사람의 삶은 만일을 대비해 비밀에 부쳐졌다.

그는 집 앞 지하철역을 지나쳐 계속 걸었다. 서둘러야 했지만 그는 다음 역에서 지하철을 탈 생각이었다. 다음 역까지 가려면 강을 건너야 했는데, 다리 위를 걷다보면 정리되지 않은 생각들이 자리를 잡아가는 것 같았다. 복잡한 일이 있거나 생각할 거리가 있을 때 그는 가끔 그렇게 했다.

그는 담배를 피우며 그날 일정에 대한 정보를 다시 훑었다. 은자의 하루 일과는 전날 늦은 밤에 위원회에서 결정했는데 신청한 유족이나 기관의 사연과 필요성을 참고해 공정하게 이루어졌다. 다만 자살한 사람은 예외였다. 방문 순서는 그가 직접 정했다. 매일 전국 곳곳을 돌아다니는 일이 아무리 젊은 나이라고 해도 체력적으로 힘에 부쳤다. 그의 첫 행선지는 부산이었다. 그에게는 공무상 고속열차와 항공기를 비롯한 모든 교통의 프리패스권이 있었다. 오늘은 부산과 울산을 들른 뒤 서울로 돌아오는 일정이었다.

그는 고속열차를 타고 부산으로 향했다. 가는 동안 그가 만나게 될 시신에 대한 정보와 사연, 신상을 검토했다. 며칠 전 한 여성의 시신이 발견됐는데, 부패 정도가 심해서 그는 좀 걱정이었다. 전화를 걸어온 담당 형사는 자신의 사건이 은자에게 채택된 것이 굉장히 고무적인 모양이었다.

억울하게 죽은 시신에는 에너지가 많이 남아 있지 않았다. 그것은 사람들이 예상했던 바와는 다른 결과였다. 살기 위해 마지막 에너지까지 모두 소진한 것 같아서 매번 그런 시신과 마주할 때마다 씁쓸했다. 그는 죽은 사람의 말을 수집하는 사람이었을 뿐, 죽음의 진실은 알지 못했다.

죽을 때 심리적, 육체적으로 얼마나 많은 에너지를 소비하는가에 따라 시신에 남게 되는 에너지의 양도 달라졌다. 평균적으로는 무게가 팔 그램 정도였고, 그것을 이용해 숨은 열에너지를 만들어냈다. 숨은 열을 전기에너지로 변환하면 삼 볼트가량의 전기에너지가 발생했는데, 그것을 활용해 뇌와 심장과 성대에 자극을 주어 시신의 입을 열었다. 죽을 때 남은 에너지가 많을수록 말수도 많아지고 발음도 비교적 정확했다. 살아 있는 사람은 폐에서 올라오는 압축된 기류를 통해 성문의 진동으로 말을 하게 되는데, 시신은 그럴 수 없었다. 심장과 뇌와 성문을 동시에 자극해주면, 시신은 스스로 남아 있는 에너지를 통해 몸에 남은 마지막 말을 희미하게 토해냈다. 입술로만 말을 한다고 하는 게 맞았다.

그는 담당 형사가 보낸 시신 사진을 꼼꼼히 들여다보았다. 성대의 보존 상태가 가장 중요한데, 사진으로는 그런 것을 알 수 없었다.

　은자 선발은 열 살 아이들만을 대상으로 하기 때문에 수련이나 연습을 통해서 은자가 될 수 있는 일이 아니었다. 천부적이고 운명적인 사람을 가려내는 것이라고 해야 맞았다. 많은 은자가 있는 게 좋을 거라는 사람들도 있었지만 능력이 남용되거나, 시신을 통해 다른 목적을 가진 사람들에게 이용될 수도 있었으므로 은자의 숫자를 늘리는 데 있어 국가는 신중했다.

　그는 가끔 동료가 있었으면 좋겠다는 생각을 했다. 그럴 때면 유일한 친구이고 은자 수행 동기였던 지연이 떠올랐다. 둘은 사랑했던 사이였다. 이십 년을 함께했으니, 어쩌면 그 사랑도 운명적이었다. 그러나 둘 중 한 사람은 다른 한 사람의 불행에 대비해야 하는 숙명 또한 거스를 수 없는 일이었다.

　그가 은자로 결정되던 날, 지연은 사라졌다. 아내와 결혼한 것은 그로부터 일 년 뒤였다. 아이를 얻은 것은 그로부터 다시 일 년 뒤였고, 그로부터 또 일 년 뒤, 아이를 잃었다. 지연과의 사랑이 이루어졌다면 자신과 아내에게 닥친 불행이 비껴갔을까, 그는 스스로에게 묻곤 했다.

　시신의 상태는 예상했던 것보다도 심각했다. 성대도 거의 남아 있지 않았고, 심장도 온전치 않았다. 그럼에도 형사는 계속 다그

쳤다.

"시체가 말을 하면 꼭 범인이 누군지 물어봐줘요. 남자친구가 범인이 분명한데, 물증이 없어."

"제가 하는 일은 그런 게 아니에요. 시신이 꼭 해야 되는, 마지막 말은 기대와는 다를 겁니다."

"그게 무슨 말이오?"

"그들이 하는 말을 들을 수만 있습니다. 영혼이 빠져나가며 몸에 남겨놓은 마지막 숨이라고 여기는 게 이해가 쉽겠네요."

"어쨌든 들어나 봅시다."

형사는 그 옆에 딱 붙어서서 쉬지 않고 질문을 쏟아냈다. 그가 하는 일이 신기한 모양이었다.

"말로만 들었지, 이건 뭐, 거의 신적인 행위네요."

그는 아무런 대꾸를 하지 않았다. 시신의 목 가까이에 마이크를 설치하고 헤드폰을 썼다. 가방에서 특수한 재료로 만든 삼십 센티미터 대침 한 개와 이십 센티미터 대침 두 개, 에너지변환장치를 꺼냈다. 카이즈카 향나무로 만든 향을 피웠고, 고대 그리스에서 죽은 자를 부활시켰던 주문을 외기 시작했다. 주문을 외자 형사가 한 발 뒤로 물러섰다. 주문을 외며 그는 두 개의 심방과 두 개의 심실을 모두 관통하는 자리에 망설임 없이 가장 큰 대침을 꽂았다. 밑에서 위로 꽂은 대침의 끝은 성대에 가닿았다. 형사는 이상한 두려움에 휩싸였는데, 그가 외고 있는 주문 때문이었다. 그는 아무런 성조 없이, 띄어 말하기도 없이, 아주 건조한 목소리로 숨도 쉬지 않고, 쉼 없이 말하고 있었다. 숨을 쉬지 않고 그렇게 오랫동안 말을 할 수 있다는 것이 형사는 누워 있는 시신보다 더 섬뜩하게 느껴졌다.

그가 두번째 대침을 정수리의 숨구멍에 꽂았다. 숨구멍은 성인이 되면 막혀버리는데 그는 이미 사라진 그 미세한 틈을 찾아내 침을 꽂았다. 그는 이십 센티미터 대침이 보이지 않을 때까지 머릿속으로 완전히 밀어넣었다. 위에서 꽂은 대침의 끝도 성대에 가 닿았다. 그는 여전히 주문을 외며 형사를 바라보았다. 형사는 흠칫 놀라서 뒷걸음질쳤다. 그가 조용히 하라고 주의를 주었고, 형사는 고개를 끄덕였다. 그러고선 녹음기를 켰고, 심장에 꽂은 대침에 변환장치를 연결했다. 그리고 마지막 남은 대침을 두 성대 사이에 있는, 아니 이제는 모두 상해버려서 겨우 흔적만 남아 있는 성문에 박았다. 이번에는 깊게 넣지 않고 고정될 정도로만 침을 찔러넣었다. 동시에 시신의 입이 벌어졌다.

"어엄마아."

헤드폰에서 아주 작은 소리가 희미하게 들려왔다. 이미영이라는 시신이 뱉은 말은 그것이 전부였다. 시신은 숨을 내뱉으며 말하는 게 아니어서 성량은 아주 작았다. 그는 말을 하면서도 아주 작은 소리까지 들을 수 있었다. 그가 외던 주문을 뚝 멈추었다.

그는 1113번째 수집을 마쳤다. 죽을 때 고통이 길어지면 길어질수록 에너지가 많이 사용됐으므로 말이 남지 않는 경우가 많았다. 이 초 만에 의식은 끝났다. 기대하지 않았는데, 큰 성과였다.

"방금 뭐라는 거였소?"

"엄마라고 한 것 같습니다만."

그가 헤드폰을 벗으며 말했다.

"엄마? 엄마가 범인이라는 건가?"

그는 대꾸하지 않고 내내 벌어져 있던 시신의 입을 오므려주었다. 그렇게 하고 있으면 곧 그녀의 따뜻한 숨이 손에 느껴질 것만 같았다.

"이미영씨는 가족이 없어요. 그러니 실종됐어도 이제껏 몰랐던 거고. 뭐가 뭔지 모르겠네, 정말."

시신들은 대부분 감정이나 느낌이 없는 최소한의 정보만을 얘기했다. 시신의 말은 일반인들은 들을 수조차 없었다. 성량이나 성조라 할 만한 것도 없었고, 띄어 말하거나 문장을 끊어서 말하지도 않았다. 녹음한 것을 반복 청취해야 그들이 하는 말을 그나마 알아들을 수 있었다.

말에 감정을 싣는 일이란 엄청난 에너지가 필요한 일이다. 대부분의 시신은 그런 에너지를 갖고 있지 않았다. 다만 예외도 있었다. 죽기 전 생존을 위한 큰 에너지가 몰려 있다가 그 에너지가 사용될 틈도 없이 한순간에 숨이 멎는 경우가 그랬다. 대부분은 살기 위해 마지막 남은 모든 에너지를 소비하는데, 갑작스럽게 죽음을 맞이할 경우에는 그 에너지의 무게가 고스란히 심장 안쪽에 남았다. 하지만 그것도 운이 좋은 경우였다.

시신에 남은 말이 무엇을 의미하는지 그도 몰랐다. 죽는 순간, 마지막으로 문득 떠오른 생각이나 이미지인지, 죽어서라도 꼭 해야만 하는 이야기인지 알 수 없었다. 그가 하는 일은 시신에 남은 말을 찾고 들어주는 게 전부였다.

울산으로 향하는데 아내로부터 전화가 걸려왔다.

"태호야, 잘 들어봐."

전화를 받자마자 아내가 말했다. 그는 아무 소리도 들을 수 없었다.

"소호야, 무슨 일 있어?"

"도대체 위층에선 뭘 하는 걸까? 처음엔 아이들 뛰어노는 소리가 들리더니 조금 전부터는 반복해서 탁, 쿵, 탁, 쿵 이런 소리가 울려."

"좀 잤어?"

"태호야, 무슨 소릴까? 탁, 쿵. 아무리 생각해봐도 무슨 소린지 모르겠어, 굉장히 익숙하긴 한데."

그는 아내가 환청을 듣는다고 생각했다. 그가 들었던 층간 소음은 그렇게 민감하게 반응할 정도는 아니어서 어느 집이건 사람이 살면 날 수 있는 거라고 여겼지만, 아내에게는 그렇게 말하지 않았다.

"줄넘기?"

"아, 맞다, 줄넘기. 정말, 아이들이 줄넘기를 하는가봐."

아내가 웃었다. 그러다 자기도 모르게 음성이 커진 것에 놀라서 말끝을 죽이며 소곤거렸다.

"……태호야, 오늘도 늦어?"

"미안해, 소호야. 늦을 거 같아."

"그럴 줄 알았어. 그러니 미안해하지 않아도 돼. ……그런데 태호, 넌 어디야?"

"부산에서 울산으로 가는 길이야."

"와, 멀다. 태호는 항상, 멀리 있네. 보고 싶어, 태호야."

"그러게, 나는 매번 멀리 있네, 정말."

"괜찮아, 태호야. 어쨌든 밤에는 내 옆으로 다시 올 거니까. 조심해서 올라와. 나는 잘 있을 테니, 걱정 말구. 알았지?"

그는 아내와의 전화를 끊으며 위층에 한번 올라가봐야겠다고 생각했다. 그렇게 생각만 한 지가 벌써 일 년이나 되었다. 어떤 사람들이 사는지 궁금했는데, 낮에는 통 시간이 나질 않았다. 휴일도 없이 일한 날이 태반이었다.

울산 여정은 팔십대 노인의 말을 수집하러 가는 것이었다. 노인은 몇 달을 의식 없이 누워 있다가 죽었다. 아버지의 죽음을 미처 준비하지 못한 가족들이 마지막으로 고인의 음성을 듣고자 기다리고 있었다.

가는 길에 어머니에게서도 전화가 걸려왔다. 아버지가 담을 넘다 허리를 크게 다쳤다고 했다. 어머니는 많이 놀란 모양이었다.

"아니, 아버지는 왜 담을 넘으려 했대요?"

"내가 시켰어."

"왜요?"

"글쎄, 문이 먹통이잖아. 화장실에 난 작은 창 있잖니, 그리 들어갈 수 있을 거 같아서. 네 아버지가 이제 진짜 늙었나봐."

도어록 배터리가 다된 모양이었다.

"담을 넘기엔 아버지도 늙으셨죠. 아버지는 어디 계세요?"

"병원에 누워 있는데 꼼짝을 못한다. 어떡하니. 난, 자꾸 겁이 난다. 너, ……오기 힘들지?"

"죄송해요, 엄마. 저, 지금 울산이에요."

"그냥, 물어본 거니 신경쓰지 말렴. 내가 좀 겁이 나서 그런 거야."

"서울 가면 늦어도 들를게요. 대신 먼저 소호한테 가보라고 할게요."

"아니야, 그럴 거 없어. 소호한테는 아무 말 마. 창피하다."

어머니는 그의 말을 마저 듣지 않고 전화를 끊었다. 그는 어려서부터 부모님과 떨어져 생활했다. 일 년이면 석 달 정도만 집에 있었고, 대부분은 은자 수행을 하느라 밖에서 지내야 했다. 그래서 그런지 부모자식 간이지만 서로에게 거리감 같은 것이 있었다.

약속한 시간보다 늦어져서 그는 서둘러야 했다.

십여 명쯤 되는 유가족이 안치실에서 그를 맞았다. 모두 긴장한 듯 보였다. 시신은 평온한 얼굴이었다. 아직 슬픔에서 벗어나지 못한 가족들이 의식을 준비하는 그를 말없이 바라보았다.

"손을 좀 잡고 있어도 될까요?"

중년의 여자가 그에게 물었다. 그는 시신에 영혼이 붙들려 있다고 믿지 않았다. 시신에는 모든 것이 소진되고 아주 작은 에너지만 남아 있다는 것이 그가 아는 전부였다. 그가 여자에게 가만히 고개를 끄덕였다.

"아버지는 평생 일만 하시다 돌아가셨어요. 우리에겐 좋은 아버지였어요. 건강하게 살아 계셨다면 저희와 처음으로 가족여행을 하고 있었을 거예요. 봄이 되면 일본에 가기로 했었거든요. 제큰애가 이번에 대학에 들어가서 가족여행을 가기로 했는데."

"그만하렴. 이분이 해야 될 일을 하시게……"

"괜찮습니다."

"오빠는 걱정이 너무 많은 사람이에요. 아버지와 닮았어요. 계속 아버지 손을 잡고 있어도 되지요?"

"네, 괜찮습니다. 아버님께도 위안이 될 겁니다."

"갑자기 쓰러지시고 반년 넘게 의식이 없으셨어요. 우린 아무것도 준비를 못했어요. 어떤 말도 듣지 못했고요. 이렇게 아버지를 보내드릴 수가 없었어요. 뭔가 우리에게, 엄마에게 하실 말씀이 있었을 거예요."

"가족들 마음은 이해하지만, 꼭 그렇게 되지는 않습니다. 실망하실 수도 있어요."

"세은아, 이제 그만하고, 얼른 이분이 의식을 치를 수 있게 도와드리자."

"그런데 이런 일도 살아남은 우리의 욕심 아닌가 싶어요. 아버지는 진짜 우리에게 할말이 남은 걸까요?"

"세은아, 그만해."

사랑하는 사람을 잃은 사람들은 죽음 뒤에 신비한 힘과, 영혼과 영혼을 잇는 그 무엇이 존재한다고 믿고 싶어했다. 하지만 살아 있는 사람은 죽음에 대해서 아무것도 알지 못한다. 산 자가 짐작하는 그 모든 것이 실제와 다를 수도 있고, 맞을 수도 있었다. 그러나 사랑하는 사람의 죽음 뒤에 남은 사람들은 믿고 싶은 것만 믿는 법이다.

"아버지가 상처가 클까 겁이 나요. 오빠, 우리 꼭 이렇게 해야 될까?"

여자가 울음을 터뜨리자 유가족들의 울음이 동시에 터졌다.

"녹음을 해야 하기 때문에 어떤 소리도 나서는 안 됩니다. 이제 울음을 그쳐주세요."

그는 맨 먼저 시신의 목 주변에 마이크를 달았고 헤드폰을 썼다. 주문을 외면서 향을 피웠고, 대침을 심장과, 정수리의 숨구멍과 성문에 꽂았다. 가족들에게 주의를 준 뒤 변환장치를 켜자 시신의 입이 벌어졌다.

"애들아미안해하지말아라나는괜찮다엄마잘보살피렴이만하면잘살았다누워있는동안너희들이너무고생이많았다고맙다그리고"

시신은 무려 팔 초 동안이나 말을 했다. 그는 망자의 말이 수집되자 주문을 멈추었다. 순식간에 침묵이 공간을 지배했다. 가족들의 숨죽인 흐느낌이 크게 울렸다.

"1114호 울산 김일찬 노인."

그는 녹음을 마쳤다. 녹음된 음성은 프로그램을 통해 문자로 변환되는데 시신의 말을 가족들에게 읽어주자 큰 울음이 터졌다. 이런 경우엔 죽음 뒤에 미미한 에너지만 남는 게 아니라, 죽어가는 사람의 마지막 감정이 남거나, 아직도 죽은 몸에 영혼이 담겨 있어 산 자들에게 메시지를 전하는 게 아닌가 하는 생각이 들었다.

"다, 우리 때문이야. 우리 때문에 아버지가 죽은 거라고."

죽음에 대한 자책은 산 자들의 몫이다. 그것은 죽은 자를 위한 것이 아니라 남은 사람들의 위안을 위한 일일 것이다. 그는 서둘러 서울로 향했다.

지연으로부터 딱 한 번 메일이 왔었다. '크레타에 있어. 이곳으로 오지 않을래?' 그녀는 물었다. 그는 지연에게 답장을 하지 않았다. 그에게는 이미 아내가 있었고, 아이도 있었다. 답장을 할 이유가 없었다. 하지만 지난주 그는 그녀에게 이 년 만에 답장을 보냈다. '잘 있지? 아직도 크레타야? 시간이 지나도 지워지지 않고 선명해지는 기억들이 있더라. 건강하게 잘 지내.' 지연은 메일을 읽은 것으로 확인됐지만 그와 마찬가지로 답장을 하지 않았다. 그는 지연을 잊지 못한 것은 아니었으나 그렇다고 완전히 잊은 적도 없었다. 그에게는 마음 한구석에 이룰 수 없었던 사랑에 대한 자책과 죄책감 같은 것이 남아 있었다.

그는 그간 수집한 사자死者들의 말을 반복해서 듣곤 했다. 사람들은 각자 죽을 수밖에 없었던 사연들이 있었다. 어쩌면 죽음 이후 남긴 말이란 그들에게는 필연적이었을 것이다. 사후에 어떤 연유로 이런 일들이 벌어지는지 그는 알지 못했다. 종교가 있는 사람들은 자기가 믿는 종교의 영적인 증거라고 믿었고 무신론자들은 그저 에너지의 변환으로 생긴 현상의 하나로 치부해버렸다. 그는 노트북을 열고 음성파일 하나를 열었다. 그는 헤드폰을 쓰고 눈을 감았다. 어린아이의 옹알거림 같은 것이 반복해서 재생되었다.

그는 헤드폰을 쓴 채 깊이 잠이 들었다. 기차는 서울에 다다랐고 한낮이었다. 창밖에서 쏟아지는 눈부신 봄 햇살이 그를 감쌌다. 한참 후에 잠에서 깨자 온몸에 따뜻하고 나른한 기운이 퍼져나가는 것 같았다. 자는 동안 아내에게서 전화가 두 통이나 와 있었다.

"미안, 잠이 들었어. 서울로 가는 기차 안이야."

"태호야, 나, 귀찮지?"

"무슨 말이야. 하나도 귀찮지 않아."

"거짓말."

"거짓말 아니야. 네가 왜 귀찮아. 그런데 잠은 좀 잤어?"

"봐, 태호는 말 돌리잖아."

그가 피식 웃었다.

"나, 안 귀찮으면 내 얘기 들어줄 수 있어?"

"그럼, 당연하지. 무슨 일인데?"

"오늘 상담 있는 날이어서 오전에 요가하고, 상담받고 집에 왔
거든. 의사 선생님이 우울하거나 우리 학수가 생각날 때면 산책이
나 운동을 하라고 하셔서 좀 걸을 생각이었지."

"우울해져서?"

"꼭 그런 건 아니야. 지하에 주차하고 의사 선생님 말이 생각나
서 집까지 걸어올라가야겠다, 생각했지. 그래서 계단을 오르기 시
작했어. 사람들 많은 곳은 걷기 싫었거든. 태호야, 듣고 있어?"

"그럼, 듣고 있지. 안 힘들었어?"

"힘든 게 문제가 아니야. 사층을 오르는데 갑자기 너무 겁이 나
는 거야. 아무도 없는 게 오히려 무서웠어. 내 발자국 소리가 계단
에 울리는 것도, 비상계단에 아무도 없는 것도, 그러다 혹시 누군
가를 만날지도 모른다는 생각이 드니까 더 무섭고 두려워지는 거
있지. 심장이 엄청 뛰더라. 그런데 그때, 어디선가, 진짜 문 열리

는 소리가 나더니, 누군가 계단을 오르는 소리가 들렸어. 그뒤로
는 나, 정신없이 계단을 올랐다니까. 십층까지 뛰다시피 올라서
바로 집으로 들어왔어. 나, 좀 이상하지?"

그는 잠시 아무 말도 하지 못했다.

"네가 이상해서 그런 게 아닐 거야."

"그래도 우리집 계단인데, 난 좀 이런 내가 걱정이 되는 거야,
태호야."

"앞으로는 나랑 같이 걷자."

"아니야, 태호는 바쁘잖아. 걱정 끼치려고 그런 거 아닌 거 알
지?"

"그럼, 알지."

"오늘도 위층, 엄청 시끄러워. 아이들 뛰어노는 소리도 들리고,
뭔가를 끄는 소리도 나고. 도대체 집에서 무슨 일을 하는 걸까?"

"관리소에 연락이라도 해볼래?"

"아니야. 별일 아닐지도 모르잖아. 일 만들기 싫어. 태호야, 밤
에 보자. 조심해서 올라와."

그는 하루에도 몇 번씩 이뤄지는 아내와의 이런 통화가 너무 일
상적인 것이 되어버린 것 같아 걱정이었지만, 그럼에도 뭘 어떻게
해야 할지 몰랐다. 기껏해야 아내의 말을 들어주는 게 전부였다.
어느새 기차는 서울역에 도착해 있었다.

그는 아버지가 입원한 병원으로 향했다. 아침을 먹은 뒤로 아무

것도 먹지 못해서 그는 엄청난 허기를 느꼈다. 어머니는 자기 때문에 아버지가 다친 거라고 자책이 심해 한참을 달래고 안심시켜야만 했다.

"너야 있어도 없는 아들이나 다름없잖니. 꼭 그래서 그런 것은 아니다만, 와락 겁이 나는 거야. 아버지가 아파 누우니까, 어떡해야 될지 모르겠고. 갑자기 나 혼자 남은 것만 같고 말이야."

"아버지는 괜찮으니 걱정 마세요."

"알아. 아는데, 아버지가 아파서 그런 게 아니라. 혹시나 앞으로 나, 이렇게 혼자 남을 수도 있겠구나, 그런 주책맞은 생각이 떠나질 않더라."

"제가 있잖아요."

그가 어머니의 등을 토닥거렸다.

"그래도 네가 와서 마음이 좀 놓여. 너 없었으면 어쩔 뻔했니."

어느새 부모님이 부쩍 늙어버린 것도 그랬지만, 점점 마음이 약해지는 부모님을 느낄 때마다 그는 가슴 한복판이 저려왔다.

"제가 자주 올게요."

"아니다, 그럴 거 없어. 네가 보통 일 하는 사람이니. 신경쓰지 말어. 우린 괜찮으니까."

어머니가 목소리를 죽이며 말했다. 자신에게 괜찮다고 말하는 가족들을 대할 때마다 그는 마음이 씁쓸해졌다.

"요즘 일이 많았어요, 엄마."

"그래, 다 안대두. 저기…… 소호는 괜찮아?"

"네에. 잘 지내고 있어요."

아이를 잃은 슬픔은 가족들 모두에게 절대로 해소되지 않을 거리감을 남긴 게 분명했다. 애써 아무렇지 않게 대하는 부모님을 볼 때마다 그는 자기가 느끼는 상실감보다 더 큰 절망과 마주하곤 했다.

"어떻게 괜찮을 수가 있겠니. 네가 더 잘 챙겨야 해. 네가 모르는 게 많을 거야."

그는 대답 대신 가만히 고개를 끄덕였다.

"엄마, 혼자 괜찮으시겠어요? 내일부터 소호보고 들르라고 할게요."

어머니는 고개를 절레절레 흔들며 그의 등을 떠밀었다. 그는 나머지 일정을 소화하기 위해 병원을 나서며 삶에서 가장 중요한 것에만 무심한 자신을 느껴야만 했다. 은자 수행을 위해 어린 나이부터 떨어져 살아야만 했던 지난날이 이럴 때면 원망스러웠다. 다른 형제라도 있었으면 어땠을까 아쉽기도 했다. 병원 입구까지 따라나온 어머니를 남겨두고 돌아서는 발걸음이 무겁기만 했다.

남은 세 건은 일사천리로 진행됐다. 마음이 급하기도 했거니와 큰 성과가 없어서이기도 했다. 1115호와 1116호는 국과수에서 일이 진행됐는데, 물에서 발견된 두 시신은 부패가 심했다. 1115호 시신은 아무런 반응이 없었고, 1116호 시신은 긴 한숨 같은 '으음' 하는 소리가 전부였다. 마지막 일은 교통사고로 죽은 아홉 살 어린아이였다. 죽은 아이의 목소리는 언제나 선명했고, 명확했다. 아마도 아이들은 죽음에 대한 인지가 부족한 탓에 그것에 대한 공포가 적어 많은 에너지가 남게 되는 것이리라, 그는 짐작했다.

아이 부모의 오열 때문에 의식을 진행할 수 없었다. 어쩔 수 없이 그는 아이와 단둘이 의식을 치러야만 했다. 아이의 얼굴은 맑았고, 평온하게 잠을 자는 듯했다.

"장난감보물상자안에엄마목걸이가있어요아빠시계도요그땐엄마아빠가미워서골려주려고했던건데엄마아빠가그걸찾았으면좋겠어요미안해요"

수집이 끝난 다음에 부모들에게 아이가 남긴 말을 들려주었다. 아이의 엄마는 죽은 아이를 흔들어 깨우려 했다. 이제 그만 일어나라, 울부짖었다.

그는 일정을 모두 마치고 집으로 향했다. 귀에 이어폰을 꽂고 수집한 시신들의 말을 들었다. 저멀리서 들려오는, 공간 아닌 곳에서 울려퍼지는 망자들의 목소리를 듣고 또 들었다. 그들의 목소리를 듣고 있다보면 지금 살아 숨쉬고 있는 현실이 비현실적으로 다가왔다. 그는 집으로 가는 동안 마지막으로 수집한 1117번째 아이의 목소리를 반복해서 들었다.

늦은 저녁이었지만 아내는 그가 평소보다 일찍 귀가한 것에 조금 놀란 듯했다. 하지만 정작 놀란 것은 그였다. 그가 집안에 들어섰을 때 불은 모두 꺼져 있었고 아내는 보이지 않았다. 그는 한참 후에야 발코니에 우두커니 서 있는 아내를 발견했다. 아내는 멍하니 발코니 저편을 바라보고 서 있었다.

"소호야."

"태호야."

아내가 그를 보고 흠칫하더니 다정하게 이름을 불렀다.

"여기서 뭐해?"

"어, 어, 그냥. 안에 있으면 위층이 너무 시끄러워서. 오늘은 정말, 너무 심했어."

"아, 참. 내가 지금 다녀올게."

그는 바로 돌아섰다.

"그러지 마, 태호야. 내가 예민해서 그런 걸 수도 있으니."

그는 아내에게 괜찮다는 듯 미소를 지었다. 하지만 밖으로 나온 뒤엔 너무 늦은 것 같아서 조금 난감해졌다. 그는 천천히 계단을 올랐다.

벨을 누르자 한참 만에 안에서 사람이 나왔다. 인터폰을 바라보며 미소를 짓고 있었는데 벌컥 현관문이 열렸다. 그와 비슷한 또래의 남자였다.

"안녕하세요. 아래층에 사는 사람입니다. 인사나 드리려고 잠깐 올라왔습니다."

"아, 안녕하세요. 제가 먼저 인사드렸어야 하는데, 반갑습니다.

김승훈이라고 합니다. 앞으로 잘 부탁드립니다."

그는 남자가 불쑥 내민 손을 붙잡고 얼떨결에 악수를 했다.

"제가 잘 부탁드리려고 찾아왔는데, 별말씀을요."

"무슨 말씀이세요. 정식으로 이사왔으니 당연히 제가 찾아봬야 죠."

"아, 이사를 오셨군요."

"네, 오늘 가구랑 전자제품을 들이느라, 종일 시끄러웠을 텐데. 죄송합니다."

그는 안도감이 들어 얼굴에 웃음이 번졌다.

"그럼, 전에 살던 사람들은 이사를 갔겠네요."

"전에 살던 사람이요? 그런 건 아니고, 내내 비어 있었어요. 사정이 있었거든요. 해외지사에 갑자기 발령이 나는 바람에 일 년 만에 들어오게 되었어요."

그는 조금, 많이 당황했다.

"그럼, 일 년 동안 집에 아무도 안 살았다는……"

"네, 맞아요. 혹시 무슨 일이라도……?"

"아, 아닙니다. 그냥, 인사드리러 왔어요. 또 뵙겠습니다."

그는 황급히 돌아섰다. 비상계단에 한참을 앉아 있었다. 담배가 간절했지만 참아야 했다. 집에 돌아오니 아내는 문 앞에서 그를 기다리고 있었다.

"태호야, 뭐래? 싸웠어?"

"아니, 오늘 새로 이사왔더라구. 혼자 산대. 그 사람들은 떠났고. 아마 앞으론 조용할 거야."

그가 애써 태연하게 말했고, 아내도 다행이라는 듯 가슴을 쓸어내렸다. 그런데 어쩐지 아내는 썩 좋아하는 표정이 아니었다.

"소호야, 왜 그래?"

"태호야, 모르겠다. 이상하게 서운한 생각이 드네. 아이들한테 작별인사라도 할걸."

아내는 다시 베란다로 향했고, 그는 그녀의 뒷모습을 한참 바라보았다.

"소호야, 산책할까?"

그가 아내를 불러 세웠다. 완연한 봄이었지만 밤공기가 아직 차가웠다. 둘은 별 대화 없이, 다정하게, 아주 천천히 아파트 주변을 산책했다. 그는 집으로 돌아오고 나서야 온종일 아무것도 먹지 않았다는 것을 깨달았지만, 그대로 잠자리에 들었다.

한새벽이었다. 아내가 그를 흔들어 깨웠지만 그는 좀처럼 잠에서 헤어나지 못했다.

"태호야."

"소호야, 아직도 안 잔거야?"

그가 겨우 눈을 뜨고 시계를 흘끔거렸다. 네시였다. 아내의 몸에서 찬기가 풍겼다.

"밖에 나갔다 온 거야?"

"아니. 그런 거 아니야. 그냥, 좀 답답해서. 위층이 너무 조용하니까 이상해, 태호야."

그는 아내의 말에 정신이 좀 들었다. 그가 부스스 일어나 앉았다.

"좀 자야지. 이렇게 못 자서 어떡해."

"일찍 그들하고 인사라도 할걸 그랬어. 나, 많이 서운한 거 같아. 그동안 나쁜 마음 먹었던 것도 후회되고."

"잘된 일이잖아. 시끄러워서 고생했잖아."

"그런데 이 고요함이 너무 낯설고 무서워, 태호야. 모두가 떠난후 이렇게 견디기 힘든 적막함이."

"울어?"

아내는 소리 없이 울고 있었다. 그가 아내의 눈물을 닦아주며 등을 토닥였다. 아내의 가냘픈 몸에 한기가 서려 있었다.

"나, 추워, 태호야. 옆에 누워도 돼?"

"그럼."

그가 아내를 안으며 다독였다. 아내는 그의 품에 안겨 꼼짝도 하지 않았다.

"슬퍼. 태호야, 나 많이 슬픈 거 같아."

"……"

"……그냥, 이 고요함이 너무 슬퍼."

"……학수 일은 이제 잊자. 방법이 없잖아."

"태호야, 너는 이제 잊혀져?"

"어쩔 수 없는 일이었잖아. 우리는 최선을 다했고."

"나는 날이 갈수록 정반대인데. 태호야, 나는 하루하루 기억이 더 새로워지고, 점점 더 선명해져."

아내에겐 아무것도 말하지 않았다. 그녀의 상태가 호전되면 학수의 옹알거림을 들려줄 생각이었지만 나쁜 영향을 끼칠까 그는 걱정이 됐다.

"많이 아팠겠지? ……우리처럼 아이도 슬펐을까?"

그는 아무 말도 하지 못했다. 죽음 뒤에는 어떤 일들이 진행되는지 그도 알지 못했다.

"실은…… 우리, 애기 말을 수집했어."

아내가 천천히 몸을 일으켰다.

"너에게 들려줄 자신이 없었어."

그녀가 숨죽이며 흐느꼈다.

"들려줄까?"

아내는 고개를 숙이며 절레절레 흔들었다.

"아니야, 들려줘."

아내가 한참 후에 큰 결심을 한 듯 힘주어 말했다.

그는 아내에게 헤드폰을 씌우고 아이의 마지막 말을 들려주었다. 아내가 소리 없이 눈물을 흘렸다. 그는 천천히 돌아누웠다.

"꼭 옆에 있는 것 같아."

아내가 흐느끼며 말했고, 그는 길게 한숨을 내쉬었다. 아내가 헤드폰을 쓴 채 그 옆에 등을 맞대고 누웠다. 둘은 미동도 없이 그렇게 가만히 있었다. 어느 평범한 하루, 새벽에서 아침으로 가는 길목에 둘은 멈춰 있었다. 아내는 아이가 남긴 말을 반복해서 들었고 그는 이런저런 생각에 잠겼다.

새벽은 부지런히 흘러갔다. 푸른빛의 미명이 오고 있었다.

"태호야, 자?"

그는 대답이 없었다. 그는 새벽이 그들의 방에서 슬며시 빠져나간 뒤에야 겨우 잠들었다. 아내가 그를 향해 돌아누우며 등뒤에서 그를 안았다.

"우리 다시 아이 가질까? ……그게 옳은 거겠지? ……학수는 이제 잊어야 하는 거겠지? ……태호야, 나는 잘, 모르겠다."

아내의 불면은 일 년째 이어지고 있었고, 그는 하루하루 깊은 잠에 빠져 아내가 하는 말을 들을 수 없었다.

아침, 그가 알람 소리에 잠에서 깼을 때, 옆에 그의 아내는 없었다. 아내는 식탁 위에 쪽지를 남겼다. '태호야, 아침 먹고 나가. 오늘 하루도 고생해.' 그는 선 채로 아내가 차려놓고 나간 아침을 허겁지겁 먹었다. 오늘도 바삐 움직여야만 했다. 그의 첫 행선지는 광주였다. 나갈 준비를 서두르는데 인터폰이 울렸다. 화면에 상기된 경비원의 얼굴이 떴다.

"1003호, 잠깐 내려와보셔야겠는데요. 아, 이거, 참. ……어,

얼른 내려오세요."

"무슨 일이에요?"

그가 눈을 비비며 물었다.

"그게, 얼른, 빨리, 내려와보세요."

햇살이 너무나도 고운 아침이었다. 그 햇빛이 너무 평온해서 불길한 느낌마저 들었다. 인터폰 화면에 경비원 뒤로 웅성대는 사람들의 모습이 보였다. 그의 심장이 터질 듯이 쿵쾅댔다. 그는 선뜻 발을 떼지 못했고, 발코니 창을 통해 쏟아져들어오는 환한 햇살을 바라보았다. 그 너머, 너머에 있는 무언가를 그는 무서운 눈으로 노려보았다.

미명. 그의 아내는 투신했다. 십층과 십일층 비상계단 창문을 통해서였다. 그는 죽은 아내 앞에 무릎을 꿇었다.

"소호야, 미안해."

그는 아내를 안고 얼굴에 묻은 피를 소매로 닦아주었다. 아내의 감은 눈이 편안해 보였다.

"소호야, 내가 잘못했어."

그는 참으로 오랜만에 아내의 자는 모습을 보는 것 같았다. 눈물이 어렸다.

"용서해줘, 소호야."

하염없이 눈물이 쏟아졌다. 이름을 부르면 곧 깨어날 것만 같았다. 아내의 얼굴이 자꾸 흐릿해졌다. 그는 죽은 아내를 꼭 안으며 짐승 울음 같은 절규를 쏟아내기 시작했다.

안치실에 누인 아내를 바라보며 그는 그녀의 죽음이 충동적인 것이 아니라 오랫동안 준비해온 일이 아니었을까, 생각했다. 자꾸 눈앞이 흐려졌다. 앞에 펼쳐진 비현실적인 상황을 이해하려 애썼다. 죽음 뒤에는 아무것도 없다, 떨리는 그의 입술은 말하고 있었다. 그러나 죽은 자는 말이 있다. 그는 울면서 되뇌었다.

그는 아내의 목 가까이에 마이크를 설치했고 헤드폰을 썼다. 가방에서 특수한 소재로 만들어진 삼십 센티미터 대침 한 개와 이십 센티미터 대침 두 개, 에너지를 변환시켜 주는 작은 장치를 꺼냈다. 카이즈카향 나무로 만든 향을 피웠고, 고대 그리스에서 죽은 자를 부활시켰던 주문을 외었다. 흐르는 눈물 때문에 자꾸 주문이 끊겼다. 그는 울음을 그친 뒤 심호흡을 했다. 주문을 걸며 두 개의 심방과 두 개의 심실을 모두 관통하는 자리에 가장 큰 대침을 꽂았다. 그는 아무런 성조 없이, 띄어 말하기도 없이, 아주 건조한 목소리로 쉼 없이 주문을 외웠다. 죽을 때 살고자 하지 않은 사람에겐 엄청난 에너지가 남기 마련이어서 스스로 죽은 사람에게는 의식을 행하지 않는 게 원칙이었으나, 그는 아내의 마지막 말을 수집하기 시작했다.

"태호야……"

그 는   쓰 다

그는 소설을 쓴다. 소설만 쓰기도 하고 소설만 안 쓰기도 한다. 아무도 안 읽을 거라고 생각하기 때문에 아무렇게나 막 쓰기도 하고, 누군가에게 잘 보이고 싶어서 공들여 쓰기도 한다. 계속 뭔가를 쓰기는 하는데 뭘 쓰는지는 잘 모르기도 한다. 꽤 오랫동안 쓰다보니 자기가 왜 소설을 쓰게 됐는지 잊어버렸다. 오랫동안 쓰긴 했는데 진짜로 쓴 건 아니어서 쓴다는 게 멋쩍을 때가 많다. 그렇지만, 그래서 그는 무작정 쓴다. 뭐든 만들어내려고 애를 쓰기도 하고 그러다 포기하고 잠들어버리기도 한다. 그를 그녀로 바꾸어보았다가 죽여보았다가 살려보기도 한다. 자기를 그로 바꾸었다가 그녀로 바꾸기도 한다. 그러다 가끔은 전철을 타고 어디를 가기도 한다. 실상은 갈 데가 없고 볼일도 없다. 약속 있는 날이 드

물어서 그는 종일 전화를 기다린다. 어떻게든 스스로에게 핑계가 필요하다. 언제나 부스스해서 며칠은 잠을 안 잔 것처럼 보이지만 소설을 쓸 때나 안 쓸 때나 그는 평균 이상을 꼭 잔다. "작가님, 어제 못 주무셨나봐요." 그는 빙긋이 웃는다. 누군가 자기를 작가라고 불러주는 게 좋다. "네, 마감이라." 거짓말한다. 청탁도 없고 발간 예정도 없다. 일상에서도 그는 소설을 쓴다.

소설은 거짓말이기도 하고 진실이기도 하다. 그는 말로 소설을 쓴다. 그의 입은 소설이기도 하고 아니기도 하다. 그의 말은 거짓말이기도 하고 진실이기도 하다. 어쨌거나 그랬거나 그는 별 신경을 쓰지 않는다. 글쓰는 것보다 덜 심심한 게 그에게는 더 중요하다.

그는 좀전에 일어났다. 딱히 할일이 없어서 다시 눕는다. 잠이 오지 않아 다시 일어난다. 그는 발코니에 나가 한참을 멍하니 앉아 있었다. 맞은편 아파트 동이 보인다.

어제는 TV를 보다 울었다. 눈물이 쉬지 않고 흘렀다. 〈동물농장〉이라는 프로그램을 보다가 그랬다. 강아지가 불쌍해서, 고양이가 불쌍해서 하염없이 눈물이 났다. 아무도 없었지만 그는 두리번거리며 자꾸 눈물을 감추려고 애썼다. 그러고 나니 소설을 쓰기 싫어졌다. 그렇다고 딱히 할일도 없어서 그는 또 뭔가를 끄적거렸다. 뭔가 찾아온 것 같아서 급하게 컴퓨터를 켜고 정신없이 뭔가를 쓰기 시작했다. 할말을 다 하고 나니 원고지 열 장이 됐다. 소설은 이상하다. 할말을 다 하면 재미가 없다. 할말을 다 해도 분량이 한참이나 모자란다. 그는 미련이 남을까봐 쓴 것을 지우고 잠을 잤다.

딸아이가 나오는 꿈을 꾸었다. 무슨 내용인지 잠에서 깨자 생각이 나지 않았다. 그는 무심코 전처에게 전화를 걸었다.

무슨 일이야?

막 잠에서 깬 듯 전처의 목소리가 가라앉아 있었다.

별일 없어?

대답 대신 전처의 긴 한숨이 들려왔다. 전처의 지금 남편이 신경질적으로 누구냐고 묻는 말이 들렸다.

아니, 꿈에 희정이 나와서.

그가 힘없이 말했다.

지금 몇 신 줄은 알아?

아니.

휴우.

전처의 한숨이 길었다.

희정이 잘 있어. 아무 일 없이 잘 지내.

그래, 그럼 됐어.

전화를 끊으려는데 전처가 그를 나지막하게 불렀다.

왜?

그러지 마.

뭘?

아무때나 전화하지 말라고.

그래? 알았어. 문자로 물어보고 할게, 그럼.

그런 말이 아니고.

할말 다 했어?

응.

잘 지내고. 희정에게 전화왔었다고 전해줘.

당신이 내일 직접 하면 되잖아.

아, 그럼 되겠구나. 그래, 알았어. 그럼, 잘 자.

정말, 그만 좀 하라고 그래.

전처의 지금 남편이 버럭 소리를 지르는 바람에 그는 깜짝 놀라서 전화를 뚝 끊어버렸다. 시계를 보니 새벽 네시를 지나고 있었다. 잠이 깬 탓에 그는 뭐라도 써볼까 컴퓨터를 켜고 앉았지만 전화한 게 자꾸 마음에 걸렸다. '새벽에 전화해서 미안하다'라고 전처에게 문자를 보냈다. 그리고 다시 잤다.

일어나고 보니 어제 지운 원고가 아까웠다. 인터넷에서 삭제한 파일을 복구하는 방법을 찾느라 오전을 보냈다. 아무리 찾아봐도 휴지통까지 비운 후에는 복구할 방법이 없었다. 분명 아무것도 아니었는데 굉장한 무엇인가가 있었던 것 같다는 생각이 들었다. 어제 썼다 지워버린 내용이 뭐였는지 생각하느라 오후를 보냈다.

그는 아쉬운 마음에 밥을 먹어야겠다고 생각한다. 냉장고 문을 열고 한참을 서 있었다. 먹을 게 마땅치 않다. 언제나 먹을 게 시원치가 않다. 맛있는 것을 먹고 싶은데 그의 냉장고에는 언제나 맛있는 게 없다. 그래도 그는 끼니를 거르지 않는다. 별로 할 일도 없는데 밥까지 굶는 것은 좀 억울하다는 마음이 들었다. 그는 냉장고 안에 있는 반찬을 모두 꺼내놓고 즉석밥을 전자레인지에 데운다. 열한 개나 되는 반찬통이 식탁 위에 놓인다. 하지만 맛있는 반찬이 없다. 자신이 초라하게 느껴진다. 해가 지고 있다. 벌써, 밤이 오고 있다니, 그는 괜히 마음이 상한다. 땡, 즉석밥이 다 데워졌다. 마트에서 사온 열한 개의 반찬을 꺼내놓고 밥을 먹지만 그는 장조림하고 김치만 먹는다. 먹다보니 밥이 부족한 것 같아서 즉석밥을 하나 더 데운다. 땡, 전자레인지가 밤이 오고 있음을 알린다. 혼자 먹는 밥은 언제나 급하다. 밖은 그새 어둑해졌다. 설거지를 하려다가 급할 게 없어서 그냥 그릇들을 아무렇게나 물에 담가놓는다. 그러고 나니 다시 할일이 없다. 담배를 끊고 나서는 부쩍 할일이 줄었다. TV를 켜려고 리모컨을 집었다가 도로 내려놓는다. TV를 켜면 가만히 앉아서 열 시간도 보낼 수 있는 그다.

그는 발코니에 나가 선베드에 눕는다. 휴대전화 주소록을 훑는다. 딱히 연락할 사람이 없다. 먼저 연락해볼 만한 상대가 없다. 밤이 지나가고 있다. 통장 잔고를 들여다본다. 꽤 많은 돈이 있다. 이렇게 단조롭게 살면 평생 살 수 있을 것만 같다. 퇴직금하고 그의 어머니가 죽으면서 남긴 돈이 거의 그대로다. 돈이라도 없었다면 그의 인생은 참 피곤했을 것이다. 그렇다고 어디 딱히 쓸 곳도

없다. 밤이 깊다. 오늘밤엔 뭐라도 써야 할 텐데, 돈이 됐든 소설
이 됐든, 그는 쓸 걱정이 는다.

써야만 한다고 생각하니 놀고 싶다. 밖에 나가야겠다고 마음먹
으니 마음이 바빠진다. 그가 다시 주소록을 보며 부지런히 대상을
찾는다. 그가 소설이라는 것을 본격적으로 다시 쓰기 시작한 것은
작년부터다. 십몇 년 다니던 회사를 퇴직한 뒤, 엄마가 꽤 많은 돈
을 외아들인 그에게 남기고 죽은 뒤였다. 이혼을 한 뒤부터 소설
을 쓴다. 쓸 게 너무 많아서 그는 회사도 그만두었고, 죽은 엄마의
집에 들어와 살게 되었고 이혼도 하게 되었다. 하지만 거짓말이
다. 써야 한다는 강박만큼 인생에 있어 좋은 핑계와 거짓말거리가
없다. 막상 쓰려니 쓸 게 없었다. 이상한 일이었다. 그렇게 할말이
많았는데 쓰려니 할말이 없어졌다. 정확히 말하면 이혼을 한 것은
소설하고는 아무 상관이 없다. 없었지만 있게 만들고 싶었다. 그
게 쓴다는 것의 의미이지 않던가. 표면적으로 그는 오랫동안 바람
피우던 걸 들켜서 이혼을 하게 됐다. 하지만 진짜 바람을 피웠다
고 말하기엔 무리가 있다. 그녀를 마음으로만 좋아했기 때문이다.
실제로는 아무 관계도 아니었다. 어쨌든 막상 이혼하고 보니 회사
후배였던 그녀는 내게 아무 관심도 없었다. 곧바로 그가 아끼던
다른 후배와 결혼을 했다.

전처가 재혼한 지는 반년이 됐다. 전처의 지금 남편은 전부터
그도 아는 사람이었다. 괜찮은 사람이라서 다행이라고 여겼다. 그

는 후배의 결혼식에도, 전처의 결혼식에도 참석했다. 사람들이 이상하게 쳐다보았지만 그는 아무렇지 않았다. 전처의 결혼식에서 그는 전처 옆에 서서 가족사진을 찍었다. 전처 옆에 슬쩍 서려는 것을 처제가 막아섰지만 그는 악착같이 파고들어 전처 옆에 섰다. 그는 아무렇지 않지 않았지만 아무렇지 않았다. 그건 순전히 딸을 위해서였다. 그의 유일한 걱정거리는 아직 어린 딸이 자기를 잊을까 하는 것이다. 그가 소설을 써야겠다고 마음먹은 것은 그 무렵이었다.

주소록을 훑어보다 만만한 후배를 점찍고 전화를 할까 말까 고민하던 차 전화벨이 울린다. 벨이 울리자마자 전화를 받는다. 한 작가 후배다. 바로 전화를 받으니 상대방이 깜짝 놀란다. 그는 오래전에 데뷔한 작가였는데 등단작 말고는 변변한 작품이 없었다. 그래도 십 년 동안 드문드문 문단 술자리라도 돌아다닌 덕에 작가 행세는 하고 다녔다. 데뷔를 하면 소설을 계속 쓰지 않아도 소설가는 할 수 있다. 그건 조금 신기한 일이다.

누구누구 있는데?

술 마시러 나오라는 전화다. 내막은 술값을 내달라는 것이다. 그가 제법 여유 있다는 것을 가난한 글쟁이들도 알고 있다. 그가 떠벌리고 다녔기 때문이다. 글도 쓰지 않는 그가 내세울 수 있는 게 몇 가지가 안 됐다. 글쟁이들의 술자리는 회사 다닐 때 접대비로 쓰던 술값하고는 비교할 수 없을 정도로 소박하다. 회사 다닐 적에 쓰던 하룻밤 술값이면 글쟁이 수백 명도 먹일 수 있을지 모른다. 소주나 생맥주면 족하니 그로선 언제나 별 부담 없는 일이다. 생색내기에 좋은 일이니 그는 이런 전화가 언제나 반갑다.

그 있잖아요, 기수영 선생 모시고 몇이 노는데 나오세요, 선배님.

그 사람이 왜?

뭐 이유가 있나요. 그냥, 보고 싶으니까 그런 거지.

왁자지껄한 분위기가 목소리 뒤에 섞여 있다.

언제 만났는데?

저희도 이제 시작이에요.

나 마감이 있는데.

그는 거짓말을 한다. 그렇다고 가고 싶지 않은 것도 아니다. 으레 하는 거절이다.

여기 마감 없는 사람이 어딨어요.

한 시간쯤 걸리겠네. 이따 봐.

그는 프랜차이즈 치킨회사에 다녔었다. 운좋게 처음 쓴 소설로 신춘문예에 당선되고 치킨회사 홍보부에 들어갔다. 그건 지금 생각해도 잘한 일이다. 나중에 듣고 보니 신춘문예 심사위원 둘이 1순위, 2순위를 놓고 싸움이 붙어 그 밖의 그가 당선이 됐다고 했다. 그가 기자에게 그럼 3순위였냐고 물으니 둘을 뺀 나머지 모두가 3순위였다고 했다. 어쨌든 그는 운이 좋은 사람이다.

회사는 다니는 내내 그저 그랬다. 사사건건 사람들과 부딪치는 경우가 많았다. 그렇다고 아주 큰일이 벌어지지는 않았는데 사람들은 그에게 좀 이상한 구석이 많다고 생각했지만 소설가이니 그런가보다 했다. 사람들과 관계는 좋지 않았어도 맡은 일은 무리 없이 처리했으니 십몇 년 무난하게 회사를 다닐 수 있었다. 그는 사람들이 생각하는 그런 소설가이다보니 누구와도 깊게 사귀지 못했고 딱히 친한 사람도 없었다. 소설가란 일반적인 사람들에게는 그런 존재로 여겨졌으니까, 문제가 없는 것이나 마찬가지였다.

그는 그러니까 대체로 조금 일반적이지 않다는 평을 들었다. 그 얘기는 전처가 그에게 했던 말이다. 전처가 그를 사랑했는지는 알 수 없다. 그는 솔직하게 말하자면 그런 거, 사랑 같은 거는 없다고 믿는 편이어서 크게 신경쓰지 않았다. 어차피 사람과 사람이 잠깐 좋아하다가 마는 것이고, 결혼했으니까 그냥 사는 거라고 믿었다. 그가 생각하는 사랑의 개념이란 그처럼 어쩔 수 없는 무엇이었다. 그래도 둘 사이에 딸이 생겼고 그는 잠시 일반적인 사람이 된 것 같았지만 일반적이지는 않게 이혼하면서 원래대로 일반적이지는 않은 사람이 되었다.

그는 간만에 외출 준비를 한다. 뭘 입고 나갈까 고민하며 옷장을 뒤지다 이상한 물건을 발견했다. 웬 상자 하나가 옷장 깊숙한 곳에 숨겨져 있었다. 어머니 유품은 이미 다 정리한 뒤였고 옷장에는 자기 옷밖에 없었는데 이게 뭔지 도무지 기억이 나질 않는다. 이 상자가 언제부터 있었는지 알 수 없다. 어머니의 것인지 자기 것인지조차 모른다. 그래서 그는 이상하게 상자를 열기가 두려웠다. 들어보니 꽤 묵직한 느낌이다.

그는 종이 상자를 내려놓고 가만히 내려다본다. 다음달이면 어머니가 죽은 지 일 년이 된다. 생전에 어머니는 교회에 나갔는데 그는 제사를 지내고 싶어서 어떡해야 하나 고민이다. 평생 한 번도 제사라는 걸 지내본 적이 없는 그다. 제사상엔 뭘 올려야 하나, 이것저것 시장에 가서 음식을 사올까 궁리하다가, 그래도 자기 손으로 뭐라도 만들어서 올려야 하는 게 아닌가, 몇 달째 고민하는 중이다.

아버지와 이혼한 어머니에게 외아들인 그는 세상의 전부였다. 어머니가 왜 아버지와 이혼했는지 말한 적은 없었다. 아니, 처음부터 결혼 같은 것은 안 했을 수도 있었다. 그도 물은 적이 없었기 때문에 모른다. 그의 기억에 아버지는 아주 가끔 집에 왔었는데 아마도 따로 가정이 있는 사람이 아니었을까, 짐작뿐이었다. 그는 한 번도 아버지를 만나거나 찾으려고 한 적이 없다. 그는 아버지가 궁금하지 않았다.

네 아버지가 죽었단다.

그가 결혼을 앞둔 어느 날이었다.

색시 데리고 장례식에 가볼래?

어머니가 그를 앉혀놓고 차분한 목소리로 말했다.

내가 왜 가, 거길.

그가 심드렁하게 말했고 어머니도 더이상 아무 말 하지 않았다. 그는 아버지가 어떻게 살다 어떻게 죽었는지 알지 못했다. 열 살 이후엔 본 적이 없었다. 알지 못했던 것을 알게 되면 복잡한 일만 늘었다. 그래서 아버지에 대한 기억과 생각은 거기까지였다. 아버지가 죽고 얼마 후, 아버지가 어머니에게 주었다던 널찍하고 밭이 딸린 집 한 채가 재개발구역에 포함되면서 모자는 벼락부자가 됐다. 죽은 어머니가 죽은 아버지에게 받은 돈이 그에게 고스란히 남겨졌다. 그래서 그는 전처에게 넉넉한 위자료를 줄 수 있었고 회사도 그만둘 수 있었다. 많은 돈 덕분에 아무것도 하지 않고 빈둥거리며 인생을 허비할 수도 있었다. 무엇보다 그가 뭔가를 쓸 마음도 먹을 수 있었다.

그는 푸르스름한 삼각팬티를 입고 검정 양말 한쪽을 신다 말고 상자 앞에 쪼그려 앉는다. 상자를 열어보려다 그만둔다. 분명 그 안엔 이상한 것이 담겨 있을 것만 같다. 상자를 열어보면 상처를 입을 것만 같다. 손대지 않으면, 열지 않으면, 확인하지 않으면 모든 것은 그대로다. 그런데도 궁금해서 자꾸 상자에 손이 간다. 그는 망설이다가 상자를 다시 옷장 깊숙한 곳에 밀어넣는다. 하지만 밖으로 나와서도 온통 상자 생각뿐이다.

서울로 가는 길은 멀지만 지루하지 않다. 그는 천천히 역까지 걸어간다. 어렸을 적부터 살던 동네지만 예전의 모습은 전혀 남아 있지 않다. 마을과 들은 사라지고 대규모 아파트 단지가 들어섰다. 그래도 지하철역은 그대로다. 역사를 새로 짓고 새로운 노선이 깔렸지만 옛날부터 있던 그곳이다. 신역사 옆에는 옛날 역사를 그대로 남겨두었는데 모든 게 다 바뀐 동네에서 그나마 예전을 떠올릴 수 있는 추억거리다. 실은 그는 별 감흥이 없다. 그냥 그런 것을 느끼고 싶은 것이지 느끼는 것은 아니다.

전철은 퇴근을 서두르는 사람들로 붐빈다. 평소에는 한적한 노선이지만 출퇴근길엔 사람들로 가득찬다. 그는 지하철 노선도를 보며 문산 쪽엔 뭐가 있는지 생각해본다. 많은 사람들의 일터인 그곳에 뭐가 있는지 짐작해보지만 아무것도 떠오르지 않는다.

어디선가 레몬그라스향이 풍긴다. 그는 두리번거리며 냄새의 진원을 찾는다. 고개를 뒤로 돌렸을 때 향기는 더욱 확연해진다. 등을 맞대고 서 있는 여자로부터 그 냄새가 온다. 그는 자기도 모르게 슬며시 눈을 감는다. 흔들리는 지하철에 몸을 맡기고 코에 온 신경을 집중한다. 가끔 느끼는 호사다. 가장 자유로운 한때다. 그는 이 순간을 사랑한다. 자동차로 출퇴근하던 예전에는 미처 몰랐던 일이다. 냄새에서 시작된 상상은 점점 방대해지곤 한다. 대부분 더러운 일이고 악행으로 끝을 맺는 불온한 것이다. 자기에게 그런 야수성이나 이중적인 퇴폐성이 존재하는지 그는 미처 몰랐다. 그는 상상되는 것을 물리치고 생각을 제압하려 애를 쓴다.

강박은 악에 대한 상상을 제어하고자 시작된다. 그런 의미에서 강박은 사람에게 꼭 필요한 일이다. 악을 상상한다고 해서 모두 악행을 저지르는 것이 아니니까 말이다. 강박이 있으므로 자유로운 상상은 더 자유롭게 두어도 좋을 일이다.

눈을 감고 냄새에 집중하려는데 자꾸 이혼하기 전 어느 날이 떠오른다. 그는 이른새벽에 잠에서 깨어 무심코 안방 문을 열었다. 아내와 이혼 협의중이었다. 그와 아내는 각방을 쓰며 남처럼 지내고 있었다. 그는 어떻게든 이혼은 피하려고 애를 쓰고 있었고 아내는 어떻게든 빨리 정리를 하려고 노력하던 차였다. 문을 열어보니 아내는 알몸으로 두 팔과 다리를 쫙 벌리고 대 자로 누워 있었다. 그는 당황해서 한 발짝 물러섰다. 어두운 방안 희부연 아내의 살과 사타구니를 그는 문에 바짝 다가서며 바라보았다.

뭘 봐?

아내가 나직하게 말했다. 그는 깜짝 놀라서 고개를 돌리며 뒤로 물러섰다.

아, 그게, 깨어 있었어?

그는 이상하게도 미안한 마음이 들었다. 아내를 똑바로 바라보지 못했다. 아내는 꼼짝하지 않고 그를 멀뚱히 쳐다보기만 했다.

더 자.

그가 조용히 문을 닫았다. 얼굴이 화끈거렸다. 아내의 알몸을 본 건 몇 년 만이었다. 아니, 그보다 더 오래됐을지 몰랐다. 아니 그렇게 오래되지 않았을 수도 있었다. 어쨌든 아내의 알몸이 그렇게 낯설었다. 꼭 자신의 어떤 치부와 맞닥뜨린 것 같았다.

잠은 완전히 멀어져서 그는 그날, 빈둥거리며 밤을 보냈다. 딸의 침대에 멀뚱히 걸터앉아 있다가 가끔 발코니에 나가 담배를 피웠다. 출근을 서둘렀다. 그가 집을 나설 때까지도 아내는 안방에서 꼼짝도 하지 않았다.

다녀올게.

그가 현관을 나서며 작은 목소리로 말했다. 고요함이 그를 배웅했다. 그는 현관 등이 꺼질 때까지 한참 그대로 서 있었다. 그는 그날, 집을 나서며 아내가 원하는 대로 이혼해야겠다고 결심했다.

지하철 안, 서로의 몸은 더욱 밀착된다. 몸과 몸이 남자의 몸을 꽉 조여온다. 그는 몸에 힘을 빼고 타인에게 내맡긴다. 출퇴근길에 자기를 지키려 하는 것만큼 부질없는 일도 없다.

불온한 생각은 고되고 힘든 일이 없었던 하루를 금세 머릿속에서 물러나게 만든다. 악에 대한 상상은 두 가지 다른 길을 예고한다. 악행과 반성이 그것이다. 범죄는 오랜 기간 숙성된 악에 대한 상상에서 비롯된다. 전혀 반대의 결과를 만들어내지만 반성과 성찰도 과정은 마찬가지이다. 선을 좇으면서 악에 대한 상상을 하는 것이 인간의 일이다. 악을 상상하면서 선을 좇는 것이 정신의 승리다. 그것은 떨어져 있는 이중성이 아니라 한 몸의 양면이다. 언제든지 뒤집힐 수 있는 나약한 몸, 그것이 우리의 정신이다.

여자가 지하철에서 내리자 그도 사람들을 헤치며 무작정 따라

내린다. 여자는 눈길을 끄는 외모는 아니고 차림새도 평범했다. 그가 그녀에게 뭘 어떻게 하려는 것은 물론 아니다. 그는 여자에 대해 아는 것이 아무것도 없었기에 아무것도 상상한 것이 없다. 그저 그는 좋은 냄새를 쫓는 것뿐이다.

용산역 앞은 번잡하다. 그는 낯선 곳에 온 듯 좀 상기됐다. 여자가 걸음을 서둘러서 하는 수 없이 그도 바짝 따라붙었다. 사람들을 헤치며 그는 어떻게든 여자 뒤에 붙으려고 애를 쓴다.

그럼에도 사이는 벌어지고 레몬그라스향이 점점 희미해진다. 여자는 남영역 앞에서 작은 골목으로 사라졌다. 그는 그녀를 놓치지 않기 위해 서두른다. 부산한 대로변과는 달리 골목 안은 오가는 사람 없이 한적하다. 자목련이 만개했고 꽃향기가 밤공기와 섞이며 세상에 가득하다. 그가 잠시 걸음을 멈추고 숨을 깊게 들이마신다. 늦은 밤, 봄빛이 너그럽기만 하다. 여자의 걸음은 빨랐고 그의 걸음은 느긋했으므로 둘 사이는 금세 벌어진다. 여자가 골목 끝에서 다시 사라졌다. 당황한 남자가 바삐 따라가보니 막다른 길이다. 여자가 사라진 왼쪽으론 길이 없었고 낡은 모텔이 하나 서 있었다. 그는 알 수 없는 큰 상실감에 사로잡힌다. 한참을 서 있다가 터덜터덜 골목을 빠져나왔다. 남영역이 오른쪽인지 왼쪽인지 헷갈린다.

어떤 좋은 향기든지 그 자체로는 존재감을 드러내기 쉽지 않다. 그에게 향기는 그 자체로만 남겨져 있을 때는 무감하다. 냄새 자체로는 오래 기억되지 못한다. 냄새는 사람에게서 풍길 때 오래 남는다. 그런 의미에서 후각은 감정이고 기억이다. 그는 어떤 냄새가 코를 통하지 않고 머릿속으로 바로 들어오는 그 찰나에 매료되곤 한다. 물론 그것을 잃었을 때의 상실감은 이루 말할 수 없이 크다.

그는 합정역으로 가기 위해 용산역 방향으로 걷는다. 평생을 비염으로 고생했던 그다. 작년에 어머니가 돌아가시고 난 후, 아무 냄새도 맡을 수 없었던 코에 갑자기 생명이 일었다.

무슨 냄새 나지 않아?

아내는 어머니가 돌아가시자마자 그에게 이혼을 요구했다.

무슨 냄새?

아내가 시큰둥하게 물었다.

무슨 비린내 같은 게 어디서 계속 풍기는 것 같아. 계란 껍데기 같은 것이 썩어서 나는 냄새 같기도 하고 말이야.

이상한 소리 그만하고 병원에나 가봐.

동갑내기 아내가 퉁명스럽게 말을 뱉었다. 집에서만 이상한 냄새가 났다. 어디에서 무언가 썩고 있는 게 분명했다. 집에만 오면 썩은내가 진동을 했다. 그는 냄새의 근원을 찾아 온 집안을 헤집어놓았다. 하지만 집안 어디에서도 근원을 찾지 못했다. 꼭 그 비릿한 냄새가 아내에게서 풍기는 것 같았다. 그는 빨래를 개고 있는 아내 뒤에 바짝 붙어서 코를 킁킁거렸다.

뭐하는 짓이야?

아내가 갑자기 돌아보았다. 그는 깜짝 놀라서 흠칫했다.

이상한 냄새가 나지 않아?

아내는 개키던 빨래를 내팽개치고 안방으로 쌩하니 사라졌다. 그는 어린 딸을 품에 꼭 안았다. 품에서 벗어나려고 딸애는 애를 썼다. 그러면 그럴수록 더욱 꼭 안았다. 배가 고팠다. 많이 서러웠다. 괜한 짓 때문에 아내에게 저녁을 얻어먹는 것도 힘들게 됐다. 안방에서 TV 소리가 들려왔다. 그는 어린 딸을 품에 안고서 어떤 사람을 고통스럽게 괴롭히는 상상을 했다. 악은 행하기 전까지는 악이 아니다. 그는 이런저런 생각으로 기분이 좀 나아졌다. 그러다 잠이 들었다.

잠에서 깼을 때는 새벽녘이었다. 시간은 네시가 되어가고 있었다. 언제부턴가 아내가 집에 없는 날이 많았지만 모르는 척했다. 그게 최선이라고 생각했다. 솔직히 별로 화도 나지 않았고 관심도 없었다. 아내에게 애인이 있다는 사실을 안 것은 몇 년 전이었다. 아마 그가 회사 후배를 좋아하기 시작한 무렵이었을 것이다. 아내의 애인은 아파트 단지 상가에 있는 한의원 원장이었다. 원장 부부를 집에 초대해서 일 년에 서너 번은 식사를 할 정도로 친하게 지내던 사이였다. 사이좋아 보였던 원장 부부가 이혼했다는 것을 알게 된 건 그가 이혼하고 난 뒤였다. 그만 몰랐다. 원장은 이혼하며 부인에게 거의 모든 재산을 주었고 그는 이혼하며 아내에게 많은 위자료를 주었다. 그래도 상관없었다. 그가 제일 돈이 많았으니까.

그는 이혼한 뒤에도 몰랐다. 길에서 원장과 우연히 마주치거나 한의원에 들러 이런저런 실없는 농담을 주고받으면서도 아내와 원장이 그런 사이인 줄 몰랐다. 그랬으니 그는 원장에게 친절했다. 결혼 소식을 들었을 때 화가 나기는커녕 창피하다는 생각뿐이었다. 어쨌든 그런 일들은 한참 나중 일이었다.

많은 것을 상상하면 비참해진다. 알아도 모르는 게 나을 때가 더 많은 법이다. 그는 발코니에서 담배를 피우며 생각했다. 이혼을 안 해주니 집에 돌아와도 저녁을 굶는 날이 많아졌다. 집에 오면 허기졌다.

미쳤어?

새벽, 아내의 고함에 그는 깜짝 놀랐다. 배가 고파서 맥없이 냉장고 문을 여닫기를 반복하던 그였다. 놀라 움찔한 탓에 애써 떨어뜨리지 않으려고 노력한 담뱃재가 바닥으로 떨어졌다. 그가 발로 슥 담뱃재를 쓸었다.

여기서 피운 거 아니야. 배고파서 뭐 먹을 게 없나 잠깐 들어온 거라고.

아우, 싫어. 제발 우리 이혼하자.

아내가 휑하니 안방으로 들어갔다. 그는 집안을 서성이며 하릴없이 냉장고 문을 열었다 닫기를 반복했다. 있다 사라진 것의 상

260

실감이란 달리 표현할 길이 없을 만큼 처절한 것이다.

밥 좀 차려주면 좋겠구만.

그가 안방에 들릴 만큼 큰 소리로 혼잣말을 했다. 아내는 반응
이 없었다. 그는 발코니로 나가 담배를 피웠다. 봄이 한창이었지
만 새벽 공기는 차가웠다. 살짝 한기가 돌았다. 새벽에 피우는 담
배 맛이 좋았다. 다시 피우기 시작한 담배가 달았다. 모두 건강해
진 코 덕분이었다. 전처는 이혼한 지 몇 달 안 돼서 원장과 재혼했
다. 그는 전처의 결혼식 사진을 거실에 걸어두었다. 전처에게 사
정해서 받은 것인데 그와 전처와 그녀의 현재 남편과 딸이 나온
부분만 크게 확대해서 인화를 했다. 사진 속에서 전처를 사이에
두고 그와 한의원 원장이 나란히 서 있었다. 그 앞에 그들의 딸이
해맑게 웃고 있었다. 그가 다시 담배를 끊은 것은 그 무렵이다.

그는 열시가 다 돼서 합정역에 도착했다. 술집에 가보니 기선생
과 후배들은 이미 많이 취한 상태다. 일행이 취기에 그를 격하게
반긴다. 머쓱했던 마음이 좀 풀린다. 그도 급하게 술을 마시기 시
작한다. 기수영 선생은 그의 십몇 년 전 등단작에 대한 칭찬을 아
끼지 않는다.

그런 의미에서 심한이는 지금도 젊은 작가인 거지. 아직 아무것
도 쓰지 않았으니까 젊은 작가인 거야.

그렇다면 늙어 죽을 때까지 젊은 작가 할지도 몰라요.

그가 맞장구를 친다. 칭찬이 다 칭찬이 아니다.

그런데 선배, 머리 왜 그래요?

머리가 왜?

여자 후배가 그의 뒤통수를 손으로 가리킨다. 그가 손으로 만져 보니 뒤통수 한가운데 오백원짜리 동전만한 땜빵이 있다. 뒤통수에 구멍이 난 것 같다. 맨들맨들한 그곳을 만진다. 언제부터 이랬는지 그는 알 길이 없다. 사람들이 그를 억지로 고개 숙이게 해서 구경한다.

심한이가 대작을 쓰려나보다.

기선생도 웃는다. 만지면 만질수록 자기 피부가 아닌 것처럼 낯설기만 하다.

작가라고 다 같은 작가가 아니잖아요?

삐딱하게 앉아서 대거리를 놓던 후배가 시비조로 말한다. 그를 반기지 않던 후배다. 그는 못 들은 척한다. 그의 관심은 온통 뒤통수 땜빵에 있다. 후배의 말 때문에 분위기가 어색해져서 사람들도 짐짓 딴청이다.

그런데 이거 미안해서 어쩌나, 난 이제 늦어서 먼저 일어서야겠네. 늙다리는 이제 퇴장할 테니 젊은 사람들끼리 한잔 더 하시게.

기선생이 자리를 털고 일어서자 일행 중 유일한 여자 후배도 함께 일어섰다.

서미영씨는 한잔 더 하고 가요.

그가 엉거주춤 일어나 그녀를 잡는다.

저도 아이 때문에 같이 가야 할 거 같아요.

그녀가 그의 손을 뿌리친다. 그를 기다린다던 일행 넷 중 둘이 가고 둘이 남는다. 남은 둘 중 하나는 그를 별로 좋아하지 않는 친구다. 기선생이 계산대 앞으로 가서 지갑을 꺼내자 그가 황급히 달려가 막는다. 흔한 실랑이가 잠시 인다. 그가 억지로 떠밀듯이 기선생을 밖으로 데리고 나간다.

아니, 소설을 써야 소설가지. 데뷔만 하면 다 작가야?

배웅을 마치고 막 자리에 앉는 그에게 후배가 본격적으로 시비를 건다. 후배는 그의 맞은편에 반쯤 돌아앉아 있다. 상대하기 싫다는 투다. 그에 대해 말하고 있지만 시선과 몸은 옆자리에 앉은 또다른 후배를 향한다. 그가 대꾸를 하지 않자 먼저 일어선 여자 후배 얘기를 한다. 그는 그들과는 상관없는 사람처럼 맞은편에 앉아서 둘이 나누는 대화를 멀뚱히 바라본다.

둘이 분명하다니까. 이게 다 권력 가진 자들의 횡포 아니고 뭐야. 문단도 썩어 문드러져서.

선배, 잘 알지도 못하면서 이상한 소문 만들지 마요.

네가 알아? 다 그렇고 그런 관계들이라니까. 소설도 그냥 그런데 잘나가는 이유가 다 있는 거야.

선배는 매사 그런 식으로만 보니까 안 되는 거예요. 선배 소설도 꼬여서 풀릴 기미가 없는 거라고요. 문학하면서 남 탓, 다른 탓하고 그러지 좀 말아요.

이 새끼가.

언성이 높아지며 후배들이 서로 멱살을 잡고 일어선다. 그가 황급히 달려들어 둘을 떼어놓는다. 후배들이 못 이기는 척 자리에 털썩 앉는다. 늘 있는 일이라 말리는 사람이나 싸우는 사람들이나 서로들 대수롭지 않다. 별 얘기 없이 서로는 술을 몇 잔 더 마신다. 침묵은 오래가지 않는다. 후배 둘은 언제 그랬냐는 듯이 그가 잘 알지 못하는 작가들의 소설 얘기로 넘어간다. 특별히 끼어서 할 얘기도 없었지만 있다고 해도 시답잖은 남 뒷얘기거나 소설 얘기여서 끼어들고 싶지가 않다. 그는 뒤통수에 난 땜빵을 만지작거리며 내내 옷장 안의 상자에 대해 생각한다. 죽은 어머니의 비밀이 그 안에 담겨 있을 것만 같다. 그가 어머니에 대해 알고 있는 것 말고 더 뭔가를 알게 된다는 것은 두려운 일이다.

이제 저는 그만 일어서야겠어요. 둘이 한잔 더 하세요.

말릴 새도 없이 후배 하나가 일어서서 밖으로 나간다. 그가 애써 말로 붙잡아보려 하지만 이미 후배는 사라지고 난 뒤다. 그가 계산을 하고 밖으로 나왔을 때 시비만 남은 후배가 그를 기다리고 있다.

소형, 어떻게, 한잔 더 해?

나도 이제 들어가봐야 할 거 같은데.

온 지 한 시간도 안 됐잖아. 있는 티 없는 티 다 내면서 왜, 나한테는 싫어? 내가 별 볼 일 없는 작가라서? 소형, 술 한잔 더 사.

그가 후배보다 네 살이 많았다. 후배가 그의 어깨를 감싸며 친한 척을 한다. 오가는 사람들이 둘을 힐끔거린다. 그는 후배 입에서 나는 구취 때문에 고개를 돌린다. 구린내가 방어할 새도 없이 머릿속 깊은 곳에 박힌다.

그런데 후배님은 왜 자꾸 반말이야?

그가 고개를 황급하게 돌린다. 아무래도 후배는 속이 안 좋은가 싶었다. 위에서 뭔가 썩는 냄새가 올라오는 것 같았다. 어깨에 얹힌 후배의 팔을 슬며시 내리며 그가 불편한 심기를 드러낸다.

데뷔는 내가 선배잖아. 엄밀히 말하면 소형이 나한테 선배라고 불러야지. 그러지 말고 나하고 한잔 더 해.

후배가 그의 손을 억지로 잡아끌었고 그는 못 이기는 척 따라간다. 시비를 거는 것은 얼마든지 참을 수 있겠지만 입에서 나는 냄새를 견딜 자신이 없어 걱정이다.

그런데 소설가 이름이 소심한이 뭐야. 필명인 거지?

후배가 자리에 앉자마자 말을 뱉는다. 시선은 주문을 받으러 온 아르바이트생에게 가 있다.

본명인데.

술이 온 뒤에도 둘은 한동안 말이 없다. 후배가 자꾸 아르바이트생을 불러 이것저것 잔심부름을 시킨다.

소설가 소심한이라.

그는 대꾸하지 않는다. 대화가 끊겼지만 그도 후배도 딱히 할말이 없다. 별말 없이 둘은 술만 홀짝거린다.

소형, 멋있는 필명 하나 새로 지어.

또 한참이 지나고 후배가 말한다.

내 이름이 좋아, 나는.

내내 둘은 그의 필명을 두고 얘기한다. 바꿔라, 안 바꾼다, 둘이 나눈 대화의 전부다. 그렇게도 끝이 나지 않아, 둘은 한 차를 더 하고 헤어졌다. 악착같이 붙잡는 후배를 뿌리치느라 그는 애를 먹었다. 시간은 자정을 지나 이미 새벽이다. 밤은 지나갔다.

택시를 타고 집으로 돌아가는 길, 모든 것이 그대로다. 익숙한 풍경을 지나는 동안 그는 조금 우울해졌다.

막상 아파트 단지에 도착하니 집에 들어가기가 싫다. 그는 놀이터 벤치에 한참을 우두커니 앉아 있었다. 이럴 때면 담배가 간절하다.

이제 뭘 하지.

그가 한숨처럼 내뱉는다. 언제나 고민은 한 가지다. 할일이 없다. 글쟁이인데 글을 쓰지 않는다. 소설가인데 소설 쓸 줄을 모른다. 글쟁이인데 글 쓰는 것을 싫어한다.

오늘밤은 뭘 쓴다냐.

듣는 사람도 없고 보는 사람도 없는데 그는 취기를 빌려 혼잣말을 한다. 제법 목소리가 커서 조용한 단지 내에 울려퍼진다. 그는 시원하게 고함이라도 한번 질러보고 싶어 하늘을 올려다본다. 터덜터덜 집으로 향한다. 뭔가를 써야겠다고 마음먹은 것은 이혼을 한 뒤다. 살아온 얘기를 써야지, 마음먹었지만 일 년이 넘도록 한 줄도 쓴 게 없다.

그는 방의 불을 켰다가 깜짝 놀라서 소름이 돋는다. 시체라도 발견한 것처럼 몸까지 떤다. 어떻게 된 영문인지 알 길이 없다. 분명 원래대로 옷장 안에 두고 나간 것 같은데 돌아와보니 상자가 방 한가운데 놓여 있다. 꼭 뭐에 홀린 것 같다. 그가 방안을 빙 둘러본다. 죽은 어머니라도 왔다 간 것일까, 그는 이상한 기분이 들었다.

그는 상자 앞에 앉는다. 한참 이런저런 생각에 잡혀 상자를 물끄러미 바라보기만 했다. 그는 상자 앞에 다소곳하게 무릎을 꿇는다. 상자를 열어볼 엄두가 나지 않는다.

그가 떨리는 마음을 진정시키며 천천히 상자를 열었다. 심장이 두근거린다. 그는 떨리는 마음으로 상자 안을 들여다본다. 안에 든 것이 무엇인지 곧바로 이해하지 못했다. 이상한 상상에서 비롯된 현실은 비현실적으로 느껴지는 법이니까. 상자 안에 들어 있는 것들은 별것이 아니었다.

대부분 영수증들이었다. 각종 세금 명세서, 장 본 마트 영수증, 볼펜 몇 개 그리고 그와 전처와 딸이 함께 찍은 작은 가족사진 한 장, 칫솔, 머그컵, 그리고 콘돔이 하나 들어 있었다. 머그컵 때문에 묵직했던 모양이다. 그가 콘돔을 집어들고 유심히 본다. 이것

은 누구의 것인가. 그가 고개를 갸우뚱한다. 그러고 보니 상자의
주인이 불분명하다. 어떤 특정한 물건을 담아놓은 것이 아니라 이
것저것 그냥 모아놓은 잡동사니 박스다. 내역을 보니 어머니가 쓴
것처럼 보이는 것도 있고 전처와 그가 사용한 것으로 보이는 영수
증도 섞여 있다. 그는 콘돔만 빼고 상자 안에서 나온 것을 도로 담
는다. 상자를 발코니의 재활용쓰레기 모아둔 곳에 던져놓는다.

응, 나야.

그가 전처에게 전화를 한다.

……휴우, 오늘은 뭐야.

옷장 안에 상자가 하나 있는데, 그거 혹시 자기 거야? 아직 열
어보기 전인데, 혹시나 해서.

그가 콘돔을 손가락으로 쥐었다 놓았다 한다.

무슨 상자.

그는 콘돔을 개봉해서 풍선을 분다.

글쎄 그건 나도 모르지. 희정이는 자?

진짜 너무하는 거 아냐?

전처의 현재 남편, 희정이의 새아빠 목소리가 그와 전처 사이에
끼어든다.

아니, 혹시 당신 건가 해서 말이야. 열어봐도 돼? 보면 안 될 거
라도 있을 수 있잖아.

그는 거짓말을 하고선 스스로 좀 주눅이 든다.

내 거 아냐. 그런 거 없어, 난. 맘대로 해. ……열어보면 되잖아.

그가 잠시 뜸을 들인다. 콘돔 풍선에 바람을 더 세게 불어넣는다.

별거 없네. 이것저것 영수증 모아놓은 거네.

당신, 밤마다 진짜 왜 이러는 거야? ……끊어.

응, 그래.

제발, 밤에 전화 좀 하지 마. 이제 안 받을 거야.

언젠가 전화를 받지 않아서 한밤중 전처의 집에 찾아간 일이 새삼 떠오른다. 걱정이 돼서 그런 것뿐이었다.

벌써 잤던 거야? 젊은 사람들이 뭐 그렇게 일찍 자나.

두시가 넘었잖아. 예의를 좀 지켜봐.

아, 그러네.

부탁해. 이제 이런 부탁 안 할 거야.

그래. 알았어. 그렇게 할게. ……근데 여기 상자 안에 콘돔도 하나 있어.

……무슨 말이야?

그냥, 그렇다고.

……네 게 아니면 죽은 네 엄마 건가보네.

전처가 인사도 없이 전화를 뚝 끊는다. 그는 미안하다고 전처에게 문자를 보낸다.

다시 밤이 시작된다. 새벽이 깊다. 그는 컴퓨터 앞에 앉아 하얀 화면 위 깜빡이는 커서를 멀뚱히 바라본다. 깜빡이는 커서가 그를 재촉한다.

　오늘밤엔 뭐라도 써야 할 텐데, 그렇지?

　그가 노트북에 말을 건다. 노트북은 대답이 없고 백지 위에 뜬
커서가 눈을 껌뻑, 껌뻑이며 그를 기다린다.

코 로 우 는 남 자

남자는 몇 시간째 움직임 없는 낚시찌를 바라보고 있었다. 한낮의 저수지는 고요했다. 비는 내리지 않았지만 하늘이 잔뜩 흐렸다. 잔잔한 바람도 없었다. 습기가 엄청난 날이었다. 그는 땅바닥에 철퍼덕 앉아서 무심히 물을 바라보았다. 땅에서 축축한 찬기가 올라왔다. 마음은 낚시찌처럼 흔들림이 없는 한편 고요한 저수지 수면처럼 절망적이었다. 그는 미끼도 달지 않고 낚싯대를 물속에 그냥 던져놓은 터였다. 고기가 입질을 할 리 없었고 잡힐 리도 만무했다. 그는 그저 물을 바라보기 위해 낚시찌를 던져놓았다.

　그것을 바라보고 있자면 아무 생각도 들지 않았다. 그는 매일 저수지에 나왔다. 나오는 시간은 대중없었다. 한밤중에 나와 밤새 앉아 있을 때도 있었고 한낮부터 다음날 새벽까지 있을 때도 있었다. 물을 바라보고 있으면 잔잔한 수면 아래로 어지러운 마음이 가라앉는 것 같았다. 아니, 그런 것은 그저 모두 그의 바람에 불과했다. 마음속에 뭉친 기억이 풀어지지 않았다. 물을 바라본다고 해서 어떤 것도 잊히는 것이 없었고 기억에서 사라지는 무엇도 없었다. 그는 그저 좋아지고 있다고 스스로를 위안하기 위해 애쓰는 중이었다.

문득문득 그 일은 떠올랐다. 일 년 전에 죽은 딸이 생각나면 그는 마음을 어떻게 다스려야 할지 알지 못했다. 슬픔이나 분노를 몸이 기억하며 말하곤 했다. 그는 느닷없이 빈 낚싯대를 들어올리거나 앉은 채로 갑자기 땅을 굴렀다. 우왕좌왕하다가 물에 빠져 허우적댄 적도 여러 번이었다. 그때마다 그는 살기 위해 악착같이 기어서 뭍으로 올라왔다.

저수지는 생각보다 깊었다. 물은 검은빛을 띠었는데 깊이를 가늠할 수 없었다. 젖은 몸을 말리며 차라리 그 참에 물에 빠져 죽지 못한 것을 후회하기도 했지만 그는 자신에게 스스로 죽을 용기가 없다는 것만큼은 분명히 알고 있었다.

오래전, 저수지에 빠져 죽은 친구가 생각났다. 사십 년도 더 지난 일이지만 어제 일처럼 생생했다. 친구들 여럿이 저수지를 건너는 수영 시합을 하곤 했는데, 어느 날 한 친구가 물에서 나오지 못했다. 그는 반대쪽 끝에 다다라서 뒤돌아보았던 풍경을 잊을 수 없었다. 가빴던 숨이 잦아들었다. 그가 처음 목격한 엄청난 공포였다. 가볍게 일렁이는 물결을 타던 몸. 너무 태연하기만 한 풍경, 고요함이 두려웠다. 며칠 후에 시신이 떠올랐다. 죽은 친구의 몸 엔 다슬기가 잔뜩 달라붙어 있었고 양쪽 눈은 고기들이 파먹었는 지 텅 비어 있었다. 물고기에게 물어뜯긴 눈자위가 흉측했다. 열 세 살 때였다. 이젠 죽은 친구의 이름도 기억이 나질 않았다.

서원이 죽은 지 일 년이 지났다. 그는 저수지를 바라보며 딸의 죽음을 잊으려고 애썼지만 그러면 그럴수록 그것은 잔잔한 수면 위로 자꾸 떠올랐다. 그는 생각나는 대로 내버려두었다. 다른 도 리가 없었다. 뭔가를 잊는 것은 의지로는 되지 않는 일이라는 걸 그는 겨우 깨닫고 있었다. 자신이 죽을 뻔했던 기억도 검은 물속 에 있었다.

남자는 재작년 겨울에 큰 교통사고를 냈다. 다행히 피해자는 없 었다. 그는 만취한 채 졸음운전을 하다 사고를 냈다. 자신의 1.2 톤 트럭으로 읍내 파출소 담벼락을 전속력으로 들이받았다. 정신 이 들었을 땐 차가운 아스팔트 위였다. 그는 자신이 죽었다고 생 각했다. 죽음이라는 것이 이렇게 추운 것이구나 생각했다. 정말이 지 추워서 죽을 것만 같았다. 말이 나오지 않았다. 얼굴은 피범벅 이었다. 경찰들은 그가 죽었다고 생각했는지 차가운 아스팔트 위 에 그를 내버려두었다. 남자는 자기가 살아 있다는 것을 알리려고 애썼다. 앞이 잘 보이지 않았다. 그는 뭔가 단단히 잘못됐다는 것 을 직감했다. 목소리가 나오지 않았다. 살려달라고 외치고 싶었지만 마음뿐이었다.

그는 죽은 노모와 중학생 딸을 떠올렸다. 가슴에 엄청난 압박감이 밀려왔다. 아픈 것보다 숨을 쉴 수가 없었다. 피가 자꾸 질척거려서 그는 입을 크게 벌리고 숨을 쉬었다. 그래도 숨이 잘 쉬어지지 않았다. 그는 겨우 손을 움직여 더듬더듬 얼굴을 만져보았다. 코가 없었다. 얼굴 피부가 홀러덩 벗겨져 있었다. 코가 오른쪽 귀쪽에서 만져졌다. 그는 겁이 나 벗겨진 얼굴을 대충 덮었다. 그러곤 정신을 잃었다.

긴 수술 끝에 그는 얼굴을 되찾을 수 있었다. 얼굴 전체를 사선으로 가르는 흉측한 흉터가 남게 되었지만 그만하니 다행이라는 생각뿐이었다. 간이 부분 파열돼서 힘든 투병생활을 해야 했지만, 간이 없어진 것도 아니고 코도 사라진 게 아니었다. 집으로 돌아온 후에 일상으로 돌아오기까지 일 년이 넘게 걸렸다.

그는 자기에게 장애가 생겼다는 것을 뒤늦게 알게 되었다. 간도 코도 겨우 건졌지만 그는 눈물을 잃어버렸다. 얼굴 피부가 벗겨지면서 눈물샘과 관련된 신경이 잘못된 모양이었다. 눈물이 나오지 않으니 불편함이 컸다. 인공 눈물을 수시로 눈에 넣어주어야 했다. 그런데 시간이 더 지나고 자기가 눈물을 잃어버린 게 아니라는 것도 알게 되었다. 수술 후, 눈물샘과 관련된 신경이 코 어딘가에 연결된 모양이었다. 그는 코로 울었다. 슬퍼서 울음을 참을 수 없을 때 코에서 맑은 눈물이 흘렀다. 사고 이후 얼굴 신경이 망가져서 어떤 표정도 지을 수가 없었다. 웃을 땐 평소보다 입이 조금 더 벌어지는 정도였다. 슬픈 표정은 지을 수 없었다. 그는 울고 싶을 때 그냥 얼굴을 잔뜩 찡그렸다. 그러면 코에서 눈물이 쑥 쏟아졌다.

얼마 전부터 남자의 나름 평온했던 나날들이 깨지기 시작했다. 그 여자는 스스로를 꼭 '성우 엄마'라고 말했는데, 그는 그때마다 불쑥 솟아나는 화를 참기 힘들었다. 그녀는 딸을 죽인 공범 중 한 아이의 엄마였다. 유독 그녀만이 그를 끊임없이 찾아왔다. 작정하고 찾아오는 그녀를 피하기란 쉽지 않았다.

저멀리 양산을 받쳐들고 걸어오는 그녀를 그가 힐긋 바라보았다. 성우 엄마가 눈인사를 하더니 멀찍이 떨어져 쭈그리고 앉았다. 그녀의 차림새는 산속 저수지와는 이질적이었다. 그녀의 옷차림은 언제나 세련됐다. 한눈에도 돈 좀 있다는 게 느껴졌다. 질퍽한 흙속에 그녀의 뾰족한 구두가 빠지는 게 그는 매번 신경이 쓰였다. 이상하게도 그녀에게 모질게 굴 수가 없었다.

"고기는 좀 잡으셨어요?"

그녀는 그에게서 조금 떨어진 곳에 자리를 잡고 앉으며 매번 똑같은 말을 건넸고, 그는 아무 대꾸도 하지 않았다. 둘은 나란히 앉아 낚시찌를 바라보았다. 그녀가 거의 매일 어디에서 오는 것인지 궁금했지만 그는 묻지 않았다. 그가 살고 있는 MJ는 굉장히 외진 곳이었다. 전주에서도 광주에서도 서울에서도 가까운 곳이 아니었다.

매번 비슷했다. 말없이 오랫동안 저수지를 바라보며 앉아 있었다. 둘은 몇 마디 대화도 나누지 않았다. 서로의 할말을 서로가 알고 있어서 서로는 침묵했다.

반나절이 쉽게 지나갔고 남자는 여자의 말에 한마디도 대꾸하지 않았다. 그는 내내 모르는 척 무심하게 낚시찌만 바라보았다.

"또 올게요."

그녀가 말하고는 돌아섰다. 시간은 이미 해질녘이었다. 그가 힐끔 그녀를 돌아보았다.

"그러지 마쇼. 나도 이제 나를 못 믿겠으니."

처음으로 그가 입을 뗐다. 몇 걸음 걸어가던 여자가 멈춰 서 그를 쳐다보았다. 그녀가 돌아갈 때쯤, 그는 대개 꾸벅꾸벅 졸고 있거나 땅바닥에 아무렇게나 쓰러져 잠을 자고 있었다. 그녀는 언제나 어둑해지기 전에 돌아갔다. 그럴 때마다 그녀의 하이힐이 진흙 속에 푹 빠지는 것을 그는 흘끔흘끔 바라보곤 했다.

"그래도 오늘은 말 걸어주시네요. 고맙습니다."

그는 그녀의 목소리가 꽤 근사하다고 생각했다. 도시적이고 교양 있는 말투였다. 그녀가 그를 찾아오기 시작한 지도 벌써 한 달이 되어가고 있었다. 곧 사건에 대한 2심이 열릴 예정이었다.

"내일 다시 뵈러 올게요. 내일은 제 이야기를 좀 꼭 들어보기라도 해주세요."

그는 미동도 없이 저수지 물만 바라보았다. 오늘따라 유난히 물색이 검게 보였다. 배에서 꼬르륵거리는 소리가 났다. 생각해보니 온종일 먹은 게 아무것도 없었다. 괜히 서럽고 슬퍼졌다. 코에서 맑은 물이 주욱 흘렀다.

그녀가 저수지를 빠져나와 좁은 농로에 접어들었을 때 흡사 짐승이 울부짖는 듯한 소리가 들려왔다. 그녀는 걸음을 멈추고 잠시 그가 있는 쪽을 바라보았다. 나무에 가려 그의 모습은 보이지 않았다. 차를 세워둔 곳까지 가려면 이십 분은 족히 걸어야 했다. 그녀는 걸음을 서둘렀다. 차에 도착해 시동을 켜고 한참을 앉아 있었다. 에어컨에서 더운 바람이 나왔다. 에어컨 바람소리가 시끄러워 에어컨을 끄고 창문을 열었다. 그녀가 천천히 긴 한숨을 내쉬었다.

아침부터 가랑비가 추적거렸다. 그녀는 아들을 면회하기 위해 일찍 집을 나섰다. 이제는 매일 반복되는 일상이 되었지만 여전히 적응되지 않았다. 점점 아들을 보러 가는 게 버거워졌다. 면회를 할수록 아들과 멀어지는 느낌이었다.

"도대체 왜 그랬니?"

"뭘?"

볼 때마다 같은 말이 오갔다. 서로는 서로에게 고함치듯 말했다.

"그러니까 왜 죽이기까지 했냐고."

여자가 더 큰 소리로 말했다. 둘 사이를 투명한 아크릴판이 가로막고 있어 큰 소리로 말한다고 해도 서로에게 온전히 가닿지 않았다.

"씨팔, 그러니까 어쩌라고. 이미 이렇게 돼버렸는데 어쩌란 말이야."

여자는 움찔했다. 어쩌면 아들의 진짜 모습은 자기가 생각하는 모습이 아니라 사람들이 바라보는 모습일지 모른다는 생각이 들었다.

"자꾸 그런 말 하려면 오지 마. 엄마까지 귀찮게 하지 말란 말이야. 죄지은 만큼 죗값 치를 테니까."

아들의 진짜 모습은 그저 잔인한 살인범에 불과한지도 몰랐다. 아들이 우연히 실수를 저지른 것이 아니라 살인을 하도록 만들어진 사람일지도 모르겠다는 생각이 들었다.

"어떻게 그렇게 얘길 해. 도대체 어쩌다 그렇게 된 거야?"

그녀가 흐느끼기 시작했다.

"어쩌다 이렇게 되긴, 엄마가 이렇게 만들었지. 몰랐어?"

남자아이가 그녀를 째려보았다. 그녀는 자기가 도대체 무엇을 잘못한 것인지 알 수 없었다. 아들과의 대화는 일 년이 지나도록 진전이 전혀 없었다. 아들이 어쩌다가 그런 괴물이 됐는지 그녀로선 도무지 이해할 수 없었다.

그녀는 아들의 형량을 줄이기 위해 최선을 다하고 있었다. 어떻게든 집행유예를 받아내기 위해 돈이며 시간을 아끼지 않았다. 좋은 결과를 이끌어내기 위해서는 피해자 가족과의 합의가 꼭 필요했다. 유능한 변호사는 아들의 범행 가담 비중을 줄이기 위해 애썼고, 그녀는 합의를 보기 위해 매일 아들이 죽인 여자아이의 아버지를 만나러 갔다. 오전에 아들에게 들렀다가 차로 두 시간 넘는 거리를 달려 피해자의 아버지를 만나러 다니고 있었다. 재판까지는 이제 한 달도 남지 않았다. 그녀는 마음이 조급해졌다. 아들은 일심에서 십오 년 형을 선고받았다. 아들은 자신의 일임에도 별로 관심이 없었다. 아들은 구치소에서 열일곱이 되었다. 아들은 여전히 철이 없었다. 하루가 지나면 흘러간 시간만큼 더 힘들어졌다. 마음 같아서는 형을 다 채우고 나오는 것이 낫겠다는 생각도 들었다. 그나마 반성이라도 한다면 다행이라고 생각했다.

자신도 아들과 공범이 돼가는 것 같았다. 분명 아들은 죄가 컸다. 여자아이를 살해하는 데 주도적인 역할을 했고, 범행을 거부하는 친구들에게 살해를 강요해서 그들을 공범으로 만들었다. 그리고 자신은 변호사와 함께 아들의 형량을 줄이기 위해 그중 한 친구에게 죄를 덮어씌울 방법을 찾는 중이었다. 공범 중 가장 가난한 아이가 주범이 될 가능성이 컸다. 그녀는 아들을 위한 일이 무엇인가 혼란스러웠지만 그렇다고 교도소에 그대로 방치할 수만도 없는 일이었다.

결혼 후 남편은 주변의 보통 가장들처럼 줄곧 바빴다. 골프의류를 만드는 사업을 하는 남편은 출장이 잦았다. 아들이 유치장에 수감되던 날, 그녀는 남편에게 처음으로 맞았다. 그녀는 주먹으로 복부를 맞고 그대로 바닥에 주저앉았다. 입을 아무리 크게 벌려도 숨이 쉬어지지 않았다.

"다 너 때문에 생긴 일이니까, 네가 해결해. 애 인생을 망쳐도 유분수지. 애가 저 지경이 되도록 몰랐다는 게 말이나 돼? 사람 쪽팔리게 말이야. 어쩔 거야? 네가 어떻게 나한테 이럴 수 있어."

남편은 분이 풀리지 않는지 쓰러져 있는 그녀 주변을 빙빙 돌며 차마 입에 담지 못할 욕을 퍼부었다.

"살인이라니, 사고도 정도껏 쳐야지. 겨우 열여섯이야. 네가 그 애 인생을 이제 어떻게 책임질 거야."

그녀는 겨우 정신을 차리고 몸을 일으켰다. 눈물도 나오지 않았다.

"능력 있는 변호사 알아볼 테니까, 다른 일은 그만두고 너는 무조건 이거 해결해."

그녀는 논현동에서 작은 플라워 카페를 운영하고 있었는데 그 일을 그만두라는 얘기 같았다. 그녀는 자기가 살인을 저지른 죄인이 된 것 같았다. 적어도 남편은 그렇게 말하고 있는 게 분명했다. 사람을 죽인 아들보다 그녀의 죄가 더 컸다. 그게 조금 억울해서 눈물이 나왔다. 자신은 아이를 평범하게 키웠다고 생각했다. 무엇보다 성적이 최상위권이어서 아들에게 어떤 문제가 있을 거라곤 짐작조차 하지 못했다.

1심에서 장기 십 년 단기 오년의 소년법 최고형을 선고받은 날, 그녀는 남편에게 두번째로 맞았다. 술에 취한 남편의 발길질은 제 풀에 쓰러져 잠들기 전까지 계속됐다. 그녀는 일주일을 꼼짝 못하고 병원에 있어야 했다. 맞으면서 잘못했다고 남편에게 빌었던가, 그녀는 기억이 가물가물했다. 병원에 있는 동안 남편은 연락도 없었고 찾아오지도 않았다. 유일하게 변호사가 찾아와 피해자 가족과 어떻게든 합의를 보고 오라며 그녀를 압박했다.

"남편에겐 아무 말 말아주세요. 제가 어떻게든 해볼게요."

여자는 변호사에게 사정했다. 항소를 했지만 시간이 얼마 없었다. 몸을 추스르자마자 그녀는 피해자 가족을 찾아나섰다. 가해자 아들을 살리기 위해 어떻게든 피해자 가족에게 매달려야 했다.

죽은 아이의 아버지를 어렵게 만나고 난 후에는 난감해졌다. 좀체 그에게 다가갈 방법이 떠오르지 않았다. 한 달째 그녀는 그 주변을 맴돌기만 했지 변변한 말 한마디도 전하지 못했다. 그에게는 비집고 들어갈 틈이 없었다. 그는 이제껏 그녀가 알고 겪어온 모든 사람들과 달랐다.

아침부터 추적추적 비가 내렸다. 이른 장마가 시작됐다고 했다. 아들은 대전에 있었고 남자는 MJ에 살았다. 그녀는 매일 왕복 다섯 시간을 운전해 아들과 남자를 만나러 다녔다. 아들도 남자도 쉽지 않았다. 남편에게선 전화 한 통이 없었다.

그녀에겐 의지할 만한 친구나 형제도 없었다. 남편이 사업에 크게 성공을 거둔 후 그녀는 거의 모든 사람들과 관계를 끊었다. 남편이 예민하게 굴어서 어쩔 수 없었다. 친정 식구들을 만난 지도 십 년이 넘었다. 혹시 친구나 친정 식구들이 손이라도 벌릴까 남편은 전전긍긍했다. 남편도 마찬가지로 자기 형제나 친구들과도 의절했다. 그래서 그녀도 딱히 불만이 없었다. 그녀가 가깝게 지내는 사람들은 모두 만난 지 얼마 되지 않은 사람들뿐이었다. 잘 알지 못하는 사람들이 대부분이었다.

저수지에 도착해보니 남자의 모습이 보이지 않았다. 그녀는 우산을 받치고 큰 나무 밑에 우두커니 서서 남자를 기다렸다.

흩날리는 빗방울이 고요한 수면에 파문을 일으켰다. 잔잔했던 저수지 수면에 물무늬가 어지럽게 번졌다. 빗줄기는 맞아도 좋을 만큼 가늘었다. 마음을 다잡고 온 그녀였지만, 언제나 남자를 만나기 전엔 긴장이 됐다. 아이를 잃은 슬픔이 얼마나 클진 짐작이 갔지만 딸을 죽인 가해자 가족을 만나는 심정은 상상이 되지 않았다.

남자를 떠올리자 다리에 힘이 풀렸다. 그녀는 쭈그리고 앉아 물을 바라보았다. 남자를 보기 위해 그녀도 거의 매일 저수지에 왔는데, 남자가 물만 바라보며 앉아 있는 이유를 이젠 조금 알 것도 같았다. 저수지에 혼자 있는 것은 처음이었다. 시간이 얼마나 지났을까, 그녀는 조금 섬뜩한 느낌이 들었다. 고요한 풍경, 그 물의 침묵이 두려웠다.

　남자가 먼저 그녀를 발견하고 멈칫했다. 다가오는 그를 보자 여자가 엉거주춤 일어섰다. 남자가 여자를 못 본 척 지나쳐갔다. 몇 걸음 가더니 깔개를 휙 여자에게 던졌다. 남자는 멀찍이 떨어진 곳에 자리를 잡고 낚시 도구들을 펼쳤다. 여자가 슬금슬금 남자에게 다가가 남자의 뒤편에 자리를 잡고 앉았다.

　"깔개 고맙습니다."

　남자는 못 들은 척하고 일을 계속했다. 여자는 그저 멀뚱히 남자의 뒷모습을 바라보기만 했다. 흩날리던 비가 그새 멈추었다. 참으로 더디게 시간이 흘렀다. 남자는 늘 그랬듯 낚싯대를 던져놓고 땅바닥에 철퍼덕 앉았다.

　"지난번부터 궁금했는데요. 미끼를 안 달아도 고기가 잡혀요?"

　남자가 천천히 그녀를 돌아보았다. 그녀는 남자와 눈이 마주치자 움찔했다. 그를 처음 만났을 때 느꼈던 두려움이 여전했다. 처음 만난 날, 남자는 죽일 것처럼 여자에게 달려들었다. 그녀는 다리에 힘이 풀려 그대로 주저앉아버렸다. 여자는 무릎을 꿇고 아들의 잘못을 간절하게 빌고 빌었다. 자신의 잘못을 빌었다. 그녀는 남자가 무서웠다. 얼굴의 흉터 때문일 거라고 그녀는 애써 자신을 안심시켰다.

　"그런데 매일 어디에서 오는 거요?"

　대답 대신 남자는 여자에게 물었다. 여자가 눈을 껌뻑이며 한참을 생각했다. 서로 다른 생각을 하고 있었고 남자가 말을 걸어올 거라곤 기대하지 않았기 때문에 그녀는 순간 당황했다.

"그, 그게…… 대전에서 지내고 있어요. 애기가 대전에 있……"

아들 얘기를 꺼낸 것이 실수를 한 게 아닌가 싶어 그녀는 말을 멈추었다. 남자는 가만히 고개만 끄덕이곤 다시 찌로 눈길을 돌렸다.

"그래도 오는 데 두 시간은 걸리겠소."

남자가 한참 후에 혼잣말처럼 중얼거렸다. 그녀는 그의 말을 정확히 알아듣지 못했다. 그녀는 속으로 어떻게 말을 꺼내야 하나 궁리중이었다.

"그런데 바깥양반은 뭐하고, 아줌마만 그렇게 애를 쓰는 거요?"

"……애기 아버지가 좀 사정이 있어요."

그녀는 불쌍하게 보여야 한다는 생각뿐이었다. 둘러댈 말을 생각해보았지만 얼른 떠오르지 않았다.

"무슨 사정이요?"

"……마, 많이 아파요. 암 말기예요."

그가 고개를 돌려 그녀를 바라보았다. 그녀는 거짓말을 들킨 것만 같아 그를 똑바로 쳐다보지 못하고 고개를 푹 숙였다.

남자가 다른 날과는 달라서 그녀는 이상한 기분이 들었다. 그가 평온해 보여 반대로 조금 섬뜩했다. 그녀는 모처럼 찾아온 기회를 놓치지 않기 위해 애써 몰려드는 불안감을 밀어냈다.

"저기 마음이 많이 아프시겠지만, 한 번만 사정을 봐주시면 평생 은혜는 잊지 않을게요. 속죄하면서 살겠습니다. 아들 대신 제가 모든 죄를 다 짊어지고 살……"

"살겠다는 말처럼 쉬운 게 없을 거요. 나도 그랬으니까."

여자는 말을 멈추고 그의 말을 들었다. 저수지를 바라보고 있는 남자의 뒷모습을 바라보았다. 표정이 보이지 않아 그녀는 불안했다. 잔잔한 수면에서 목소리가 들려오는 듯한 착각이 일었다.

"아줌마 아들은 어떤 애요?"

"네?"

그가 슬며시 뒤를 돌아보았다. 여자는 남자의 눈길을 피하며 어떻게 얘기해야 할지 궁리했다. 솔직해야 하는데 솔직할 수 없어서 난감했다. 갑자기 눈물이 핑 돌았다. 그녀는 울먹이며 말을 더듬거렸다.

"제가 잘못 키웠습니다. 용서받을 수 없는 죄를 지었다는 거, 잘 알고 있습니다. 하지만 한 번만 아량을 베풀어주세요. 제가 가진 것 전부를 달라면 드리겠습니다. 목숨이라도 내놓겠습니다."

여자가 준비했던 말을 과장해서 했다.

"아줌마가 가진 전부가 뭐요? 돈 많이 주겠다는 거요? 목숨을 그렇게 함부로 내놓으면 후회하지 않겠어요? 아니면 말이 전부요?"

남자가 조금 신경질적으로 되물어서 그녀는 마음을 졸였다. 우물쭈물 아무 말도 못하고 고개를 숙였다. 남자는 날카롭고 예민한 구석이 있었다. 그녀는 남자의 무엇이 불편하고 두려웠던 것인지 그제야 조금 알 것 같았다.

"아줌마는 자기 아들이 살해한 애가 어떤 애였는지 궁금하지 않아요? 나는 내 딸을 죽인 사람이 어떤 사람인지 궁금한데."

여자는 아무 말도 못하고 조용히 흐느꼈다. 딱히 슬퍼서라기보다 이 상황이 난감한데 달리 피할 길이 없었다. 어떻게든 남자와 얘기를 이어나가야 했지만 쉽지도 않고 내키지도 않았다. 난데없이 눈물이 쏟아졌다.

"울어야 할 사람은 나잖아요. 왜 아줌마가 우는 거요."

남자가 여자를 빤히 쳐다보았다. 남자의 시선을 피하느라 그녀는 허둥댔다. 그녀는 여전히 우물쭈물 아무 말도 못했다.

"그럼 왜 이렇게 나를 찾아오는 건지 얘기를 해봐요. 얼마나 망가졌나 구경하러 오는 건 아닐 거 아네요."

"아니에요. 그런 건 절대 아니에요."

여자가 남자를 바라보며 안타까운 표정을 지었다. 그 안에 진심이 담겨 있다기보다는 그렇게 보이고 싶다는 간절함이 컸다. 여자는 자기의 진심을 강하게 전달하겠다는 듯 눈을 피하지 않고 남자를 똑바로 쳐다보았다.

"그런데 아줌마는 몇 살이오?"

"마흔여섯이에요."

"그럼, 개띤가?"

"네에."

"나는 소띠요. 서원이를 마흔에 낳았어요."

"늦둥이였네요."

"결혼하자마자 애가 생겨서 뭐가 잘 풀리는구나, 했지. 그 생각이 오래는 못 갔지만 말이오."

여자가 가만히 고개를 끄덕였다. 그녀는 죽은 아이에 대해서 아는 것이 하나도 없었다. 재판 과정에서 검사가 말하는 것을 들은 게 전부였다.

"예전에 여기서 내 친구가 물에 들어갔다가 나오지 못한 적이 있어요. 열세 살 때였나. 그애 얼굴이며, 부모, 형제들 모두 얼굴은 떠오르는데, 이름이 기억이 안 나는 거요. 친구가 죽고 얼마 후 가족들은 조용히 마을을 떠났지, 아마."

다시 비가 내리기 시작했고 여자는 우산을 폈다. 잔잔한 저수지 수면에 파문이 일었다. 남자는 꼼짝하지 않고 내리는 비를 그대로 맞았다.

"그애가 죽기 전에 내 이름을 부르고 있었어요. 누구에게도 말한 적 없는데. 물론 당시에도 겁이 나서, 꼭 나 때문에 죽은 것처럼 느껴져서 말을 할 수가 없었어. 어쨌든 나는 그 사건이 그저 내가 만들어낸 상상이라고 여기며 살았어요. 잊으려고 애썼어. 그애 음성을 잊으려고 노력했는데…… 안 잊혀지대요. 실은 허우적대며 살려달라고 내 이름을 부르는 그애에게서 멀어지려고 그애를 발로 찼소. 어린 나이였지만 알았던 거야. 그애 옆에 뭐가 다가왔는지. 살기 위해서라기보다, 그것에서 멀어지기 위해 애썼소. 정신없이 헤엄을 쳐서 반대쪽에 다다랐지. 나는 아무 일 없이, 아무것도 모르는 척 숨을 고르면서 천천히 그애가 있던 쪽을 뒤돌아봤소. 그랬더니 조용하더라고. 너무 고요해서 무서웠지. 아, 죽음은 이렇게 적막한 거구나."

여자는 남자의 말을 듣고 있었지만 속으로는 다른 생각뿐이었다. 다른 가해자 부모보다 상황을 좋게 만들어야만 했기에 남자와의 합의가 절실했다. 그녀는 가방을 뒤져 합의서를 가지고 왔는지 확인했다. 남자는 저수지를 우두커니 바라보았다. 남자가 무슨 생각을 하는지 여자는 전혀 감을 잡을 수 없었다. 한 달 내내 그랬다.

여자는 평생을 서울에서만 살았다. 살면서 촌에 사는 사람과 제대로 대화를 나눠본 적도 없고 지방에 가본 적도 몇 번 없었다. 강원도나 전라도보다 일본이나 미국에 갔던 횟수가 훨씬 많았다. 외국인보다 오히려 지방 사람에 대해 이상한 거부감이 들었는데, 어딘지 무례하다고 느껴지는 게 그 이유였다. 사투리를 쓰는 사람들을 보면 낯설고 이상하게 불편했다. 남자도 마찬가지로 여자가 극복하기 힘든 대상이었다. 그러한 선입견이 그녀를 꼭 붙들고 있었다.

"성우 어머니, 성우 이야기 좀 해봐요."

"네? 제가 드릴 말씀이……"

"무슨 말이라도 좀 해보쇼. 할말 해보란 거요."

여자의 얼굴이 화끈 달아올랐다.

"아주머니 돈 많다며. 얼마 줄 거요? 우리 애 죽음값이 얼마나 돼요?"

계속되는 남자의 질문에 여자는 우물쭈물 말을 못했다. 쓰러진 자신을 내려다보며 말하던 남편의 음성이 들리는 것 같았다. "일억으로 어떻게든 해결해. 그것도 농사꾼한테는 많은 돈이야. 귀찮게 나까지 나서게 하지 말고. 알았어? 알았다고." 남편이 다시 발길질을 하려고 해서 그녀는 움찔했다. "네 잘못을 모르는 모양인데, 잘못한 게 뭔지 알아? 아들을 살인자로 키운 거야." 남편의 발길질을 피해 그녀는 몸을 동그랗게 말았다. 눈을 질끈 감으며 아들 일만 해결되면 이혼을 해야겠다고 마음먹었다.

여자가 주섬주섬 가방에서 합의서를 꺼내 남자에게 건넸다. 남자가 그것을 받아들고 스윽 읽어보더니 접어서 도로 여자에게 건넸다.

"저희가 요즘 사정이 좋지 않아서…… 최선을 다한 겁니다. ……죄송합니다."

"아네요. 일억이면 큰돈이지. 서원이 죽음값이 그만큼 된다는 거요, 그니까."

여자는 남자가 호의적인 것 같아서 마음이 좀 놓였다.

"그런데, 그런데 말요. 만약에 아줌마가 죽었다면, 합의금을 얼마로 해야 하는 거요? 그때도 일억이면 되겠어요?"

"네? 그게 무슨 말씀인지……"

"그니까 우리 서원이 죽음값이 일억이면 아줌마가 죽었을 때도 가격이 같은가 하는 말이오."

"……글쎄요."

여자가 떨떠름하게 대답을 했고 남자는 고개를 끄덕였다.

"그냥 궁금했소."

"돈으로 매길 수는 없겠지만 따님이 아직 너무 어리고 안타까운 부분이 많으니까, 더 가치가 높아야겠지요."

여자는 남자가 듣기 좋았으면 하는 바람으로 말했다. 남자는 여자를 등진 채 연신 고개만 끄덕였다.

"그러니까 만약에 아줌마가 죽었다면 서원이보다는 싸다?"

남자가 갑자기 휙 돌아보았다. 여자가 고개를 끄덕였다.

"성우 얘기 좀 해줘요. 어떤 아이인지 들려줘요."

"……그냥 제 생각에는 평범한 아이예요."

여자가 머뭇거렸다. 아무래도 남자에게 아들 얘기를 하는 것이 꺼림칙했다. 남자가 정말 궁금해서 그러는지 아니면 다른 의도가 있는 것인지 판단이 서질 않았다. 솔직하게 말할 수가 없어서 그녀는 난감했다.

남자는 여자가 말을 하길 기다렸다.

"공부를 잘하는 아이였어요. 별로 속을 썩여본 적도 없고요. 남
편이 일 때문에 항상 바빠서 주로 저랑 둘이 지냈어요. 평범하게
키웠어요. 남들 하는 만큼만, 뒤떨어지지 않게만 키웠는데……
저는 정말, 그애가 어디서부터 잘못됐는지 모르겠어요. 저는 정말
그애가 누군지 잘 모르겠어요."

여자가 갑자기 울기 시작했다. 그녀의 말은 진심이었다. 슬퍼서
우는 것이 아니었다. 눈물이 하염없이 나왔다. 남자는 저수지만
바라보며 말이 없었다.

"어쩌다가 인터넷으로 만난 나쁜 친구들하고 어울렸나봐요. 따
님에게 몹쓸 짓을 함께한 친구들도 저는 이번에 처음 알게 된 애
들이에요. 강남에서만 살아서 주변에는 그런 애들이 없거든요."

"그니까 아줌마 아들은 친구들 땜에 그렇게 된 거다? 들리는 말
로는 성우가 주범이라던데?"

"절대 아니에요. 그게 좀 억울해요. 성우는 그럴 애가 아니에
요. 효영이라고 공범 중 한 명인데, 그 친구가 나쁜 짓 하자고 사
람도 모으고, 계획도 짜고 그런 거예요. 이 말은 믿어주세요. 다
밝혀진 사실이에요."

여자는 남자에게 거짓말을 했다. 효영은 공범 중 범행 가담 비
중이 가장 적었다. 부모도 없이 할머니 손에 자란 가난하고 불쌍

한 아이였는데, 성우를 비롯한 나머지 친구들이 효영을 주범으로 만들어가고 있었다.

"성우는 다 그 친구가 시켜서 한 거예요. 합의를 어떻게 좀 해보려고 선생님을 만나러 온 것도 사실이지만, 그보다 그런 오해를 좀 꼭 풀고 싶었어요. 믿어주시면 고맙겠습니다."

여자가 꾸벅 고개를 숙였고, 남자는 저수지 쪽으로 천천히 고개를 돌렸다.

2심이 열리면 주범이 바뀔 가능성이 컸다. 성우와 나머지 공범 둘도 잘나가는 로펌에 일을 맡겼고, 효영은 그럴 만한 형편이 되지 않았다. 합의서만 받아낸다면 성우가 1심에서 받았던 형을 효영이 가져가게 될 것이 거의 분명했다. 여자는 잠깐 보았던 효영이 떠올랐다. 죄인처럼 한구석에 찌그러져 손자를 훔쳐보던 그애의 할머니도 생각났다.

해가 뉘엿뉘엿 저수지 맞은편 산너머로 허물어지고 있었다. 여자가 해질녘 저수지에 있는 것은 처음이었다. 여자는 마음이 조급해졌다. 다시 오지 않을 기회였다. 여자는 어떻게든 오늘 안으로 해결을 해야만 한다고 생각했고, 적극적으로 남자를 설득했다. 하지만 남자는 한결같았다. 여자가 하는 말을 흘려듣지도 않았지만 그렇다고 동의하지도 않았다. 여자는 그의 의도를 알 수 없었다. 남자는 별로 중요해 보이지도 않는 얘기를 느릿느릿 풀어놓았다. 그녀는 조급한 속마음과는 달리 남자의 말을 자를 수도, 듣지 않을 수도 없어서 속으로 애만 끓였다.

"성우가 가장 예뻤던 때는 언제요?"

떠올릴 겨를이 없었지만 여자는 찬찬히 애잔한 풍경을 떠올리려고 애썼다.

"정이 많은 아이였어요. 어느 날은, 그러니까 성우가 오학년이었던가, 당근을 한 박스 들고 돌아온 거예요. 그래서 뭐냐고 물었더니 당근을 팔고 있는 할머니가 불쌍해서 전부 사왔대요. 그걸 다 팔아야 집에 간다는데 딱해서 사왔다고 그러더라구요."

여자는 거짓말을 했다. 그 일은 어렸을 적 자신의 이야기였다.

"그런데 그런 것을 정이라고 할 수는 없지 않나? 그냥 충동적인 거 아니오?"

남자가 가만히 고개를 끄덕이다 되물었다. 여자는 딱히 할말이 없어서 점점 검은빛이 짙어가는 물을 바라보았다. 갑자기 등골이 서늘해지는 느낌이었다. 그사이 시간이 훌쩍 지나가버렸다. 저수지에 어둠이 완연해지고 있었다. 몇 미터 앞에 앉아 있는 남자의 윤곽도 점점 희미해지며 어둠 속에 묻혔다. 여자는 그만 돌아가야겠다고 마음먹었다. 겁이 나고 무서워졌다. 해가 넘어가는가 싶게 어둠이 내려앉아 그녀는 당황했다. 그녀가 주섬주섬 가방을 챙기기 시작했다.

"그 아까 합의서 좀 봅시다."

가방을 챙기던 그녀에게 남자가 말했다. 여자는 긴장이 확 풀리는 기분이었다. 여자가 가방 안을 급하게 뒤적였다.

"어두워서 보이지가 않네. 펜도 있으면 줘봐요."

여자는 자신의 휴대폰과 펜을 남자에게 건넸다.

"정말, 감사합니다. 감사합니다. 잊지 않을게요, 아버님. 우리의 죄를 용서해주신 거 잊지 않고 평생 속죄하며 살겠습니다."

여자는 남편과 아들을 떠올렸다. 속 깊은 곳에서 한숨이 흘러나왔다. 남자는 휴대폰 불빛으로 합의서를 비춰가며 한참 동안 들여다보았다. 여자는 초조한 마음으로 언뜻 비치는 남자의 표정을 살폈다. 남자가 합의서에 뭔가를 끄적거렸다.

"합의금은 내일 날 밝는 대로 넣어드릴게요. 계좌번호도 거기에 좀……"

"그런데 말이오, 하나님이 우리 죄를 용서하고 사해주었어도 우리 인간은 더 나쁜 죄로 되갚잖소? 하나님은 용서를 할 게 아니라, 벌하고 심판을 했어야 하는 게 아닌가."

어느새 저수지에 완벽한 어둠이 내려앉았다. 흐린 날씨 탓에 달도 뜨지 않은 밤이었다. 남자가 여자의 휴대폰을 물속으로 던져버렸다. 휴대폰 불빛이 사라지자 여자는 다리에 힘이 풀려 쭈그리고 앉았다.

"그러나 우리는 인간이니까, 용서도 하고, 합의도 하고, 지은 죄를 돈으로 되갚기도 하는 걸 거요."

남자의 목소리가 어둠 속에서 느릿느릿 퍼졌다. 사람의 목소리가 아니라 저수지가 말하는 것 같았다.

"네, 감사합니다, 감사합니다, 아버님."

여자는 남자의 모습이 보이지 않음에도 연신 사방에 대고 허리를 굽혔다.

"어머나."

여자가 비명을 질렀다. 인기척도 없이 남자가 여자의 눈앞에 나타났기 때문이다. 깜짝 놀란 그녀는 뒤로 벌러덩 넘어졌다. 남자가 천천히 그녀에게 다가갔고, 여자는 바로 앞에 있는 남자를 볼 수 없었다.

유난히 일찍 더위가 시작된 작년 유월이었다. 햇빛은 세상 모든 것을 태워버릴 기세로 내리쬐고 있었다. 그는 토마토 줄기를 기댈 지지대를 땅에 박다가 내팽개치고 대낮부터 나무 그늘에 앉아 막걸리를 마시고 있었다. 더위에 지쳐서 도무지 일을 할 수가 없었다. 그래서 그는 매일 취할 수밖에 없었다. 그의 밭에만 잡초가 무성했고, 그의 가축들만 야위어갔다. 얼마 전엔 또다시 음주 단속에 걸려 면허가 취소되었다.

"작년엔 파출소 담벼락을 부수더니, 도대체 누구를 죽이려고 이러는 거요?"

경찰들이 그를 한심하다는 듯 바라보며 혀를 찼다. 깨어보니 파출소였다. 그는 음주 단속에 걸린 것마저도 기억하지 못할 만큼 취했었다.

취기가 돌아 잠에 빠져들 때쯤, 들판 어디선가 그를 찾는 소리가 들렸다. 멀리 동네 이장이 바쁘게 움직이는 것을 그는 취한 눈으로 느긋하게 바라보았다. 이장이 그늘 아래서 막걸리를 마시고 있는 그를 발견하고 헐레벌떡 뛰어왔다. 이르게 나온 매미가 시끄럽게 우는 통에 그는 이장의 말을 한 번에 알아듣지 못했다.

"자네, 거시기가 죽었댜. 읍내에서 경찰이 직접 자네를 찾아왔어."

이장이 가쁜 숨을 몰아쉬며 겨우 말을 했다.

서원이 죽었다고 했다. 서원이 가출한 건 죽기 두 달 전이었다. 딸이 집을 나갔다는 것도 한 달이 지나서야 알게 되었다. 그는 아무 관심이 없었다. 그는 가출 신고도 하지 않았다. 여러 번 있던 일이었고 때가 되면 집으로 돌아왔기 때문이다. 그는 돌아온 딸을 혼내지도 않았다. 때로는 돌아왔는지도 알지 못했다. 시간이 얼마 지나면 서원은 다시 집을 나갔지만 그는 몰랐다.

딸의 시신이 발견된 곳은 경상도의 한 야산이라고 했다. 그는 무면허 상태로 정신없이 차를 몰았다. 어떻게 서원이 그곳까지 가게 되었는지 그는 짐작도 할 수 없었다. 중간에 길을 잃고 몇 시간을 헤맨 끝에 한밤중이 되어서야 서원이 누워 있다는 안치실에 도착했다. 그런데 경찰이 그에게 딸의 시신을 보여주지 않았다. 그곳에서도 때아니게 매미들이 요란하게 울어댔다.

그는 막아서는 경찰을 완력으로 밀치며 안치실로 쳐들어갔다. 몇몇 남자들이 안치실 냉장고에서 딸의 시신을 꺼내놓고 얘기를 나누고 있었다.

"아, 깜짝이야. 당신 누구요?"

갑자기 들이닥친 그를 사람들이 놀란 눈으로 쳐다보았다.

"그런데 이게 다 뭐데요?"

그가 딸의 시신에 다가서며 덤덤히 물었다. 풍경이 도무지 비현실적이어서 그는 코에서 눈물도 나오지 않았다.

"아버지랍니다."

그를 제지하며 뒤따라 들어온 의경이 그의 팔을 형식적으로 붙들었다. 의경의 목소리는 심하게 떨리며 갈라졌다. 의경이 붙잡고 있던 그의 팔을 놓으며 뒤로 물러섰다. 죽은 딸의 모습이 기이해서 그도 말문이 막혔다.

"애, 서원이 얼굴에 달라붙어 있는 이게 뭐냐니까!"

그가 버럭 소리를 질렀다. 안치실은 넓은 공간에 시신을 보관하는 냉장고만 덩그러니 놓여 있었다. 그의 말이 쩌렁쩌렁 울렸다. 냉장고 안의 시체들이 금방이라도 일어설 것만 같았다.

"충격이 크시겠지만 좀 진정하시고요."

"도대체 얼굴에 잔뜩 붙어 있는 이게 뭐란 말이오, 응?"

그가 다가서며 손을 뻗자 시신을 만지지 못하게 여럿이 달려들어 그를 제지했다.

"그게…… 시멘트 같다고 그러네요."

"시멘트? 그걸 왜 아이 몸에……"

그는 서원의 몸 전체에 들러붙어 있는 시멘트 조각을 떼어내기 위해 발버둥쳤고 그러면 그럴수록 남자들은 더욱 완강하게 그를 막아섰다. 코에서 맑은 눈물이 주르륵주르륵 흘러내렸다.

남자는 여자 옆에 앉아서 검은 물을 바라보았다.

"꼭 서원이가 죽어서 그런 게 아니오. 억울하고 분해서 그런 게 아니란 말이오. 내가 참기 힘든 건, 가슴이 미어지는 건 서원이가 너무 불쌍하다는 거요. 사랑 한번 받지 못하고, 제대로 된 것 한 번 가져보지 못한 애였어요. 다 내 탓인데, 그게 화가 나서 죽을 것만 같소."

여자는 아무 말도 없었다. 남자는 어둠 속 먼 허공을 응시했다.

"그애 엄마가 두 돌 지나고 베트남으로 돌아갔어요. 애를 데리고 가겠다는 것을 어머니와 내가 막았던 게 후회돼 죽겠어. 여기 있으면 밥은 굶지 않겠다 싶어 말렸던 건데, 결국 이렇게 된 거요."

그녀는 어떤 말도 할 수 없었다. 저수지 반대쪽에서 희부연 안개가 밀려왔다.

그는 여름이 지나면 베트남에 가볼 생각이었다. 도무지 마음을 잡지 못하는 딸을 이제라도 엄마에게 데려다줘야겠다고 생각하던 참이었다. 하지만 실은 마음만 그랬지 그는 딸을 내버려두었다.

아무 관심이 없었다. 그는 그저 취해 있었다. 어쩌다 딸과 마주치는 날에도 그는 못 본 척 지나치거나 마시던 술을 들이켰다.

"어머니 돌아가시고 아이가 마음 둘 곳을 못 찾는 것 같더라고. 실은 나는 다 알고 있었소. 그애가 힘들어하는 거 다 알고 있었지만 모르는 척했소. 내가 해줄 게 없었으니까. 그애한테 아무것도 해주기 싫었으니까."

그가 목이 메어 말을 멈추었다. 코에서 맑은 눈물이 쑥 빠져나왔다.

"나는 그애 말 한마디 들어본 적 없소. 어떻게 힘들고 왜 힘든지 한 번도 물어본 적 없어. 실은 그애 걱정을 해본 적도 없었소. 죽고 나서 보니 애가 오랫동안 왕따를 당한 모양이더라고. 엄마가 베트남 사람이고 그마저도 도망가고 없다고 애들이 친구 삼아주지 않았던 모양이더라고. 초등학교 때부터 친구 하나 없었다고 해요. 난 몰랐어. 관심 없었으니까. 그애를 별로 안 좋아했으니까. 얼마나 외로웠을까, 힘들었을까, 미안해 죽겠소. 그게 미치겠소."

여자는 하늘을 보고 반듯이 누워 있었다. 꼼짝도 하지 않았다.

그는 서원이와 마지막으로 나눈 대화가 무엇이었는지 떠올려보려 애썼다. 돈을 달라고 했던가, 그래서 싸웠던가, 또 때렸던가, 아무것도 떠오르지 않았다. 마주앉아 밥을 먹은 기억도 없었다. 죽기 전 딸의 모습은 생각도 나지 않았다. 그나마 남아 있는 딸에 대한 기억은 모두 오래전의 것이었다. 그래서 그는 서원이가 그립고 보고 싶어 견디기 힘들었다. 그 마음이 죄스러워서 그는 견디기 힘들었다.

"당신 아들 원망하지. 진심으로 똑같이 되갚아주고 싶소. 그런데 시간이 지나니까 한편으로 서원이가 무사하고 별일 없었다면 나는 아마 죽을 때까지 그애가 불쌍하다는 것을 몰랐을 거라는 생각이 들었소. 미안한 마음도 들지 않았을 거요. 내가 평생 그애에게 속죄하며 살아야 한다는 것을 몰랐을 거요. 그게 불가능하다는 것도 깨닫지 못했을 거고."

남자가 꼬깃꼬깃해진 합의서를 축 늘어진 여자의 손에 쥐여주었다.

"그런데 나도 사람인지라 내가 그애한테 잘못한 거 많은 거 아는데, 화풀이를 다른 데 하고 싶어지는 거요. 내 미안함과 자책감이 커질수록 분노도 커지는 거요. 죽음에 대한 보상도 받고 싶어지는 거요. 그 화를 당신에게 내야 하는데, 분을 풀어야 하는데 그게 잘 안 되는 거요. 내가 왜 당신에게 관대한지 모르겠는 거요. 그럴 만한 이유가 없는데 말이오. 측은한 마음이 드는데, 그런 나를 발견하면 그게 또 화가 나는 거요. 그래서 안 되겠다 생각했소. 우리 힘으로 풀 수 없는 게 있다는 걸 알게 됐소. 그래서 나도 당신과 합의를 보기로 마음먹은 거요."

남자가 천천히 자리에서 일어났을 때에도 여자는 가만히 누워 있었다. 남자가 물가로 가더니 깊게 심호흡을 했다. 그러고선 망

설임 없이 풍덩, 물에 뛰어들었다. 고요하기만 한 저수지에 큰 파
문이 일었다. 남자는 온 힘을 다해 헤엄을 쳤다. 어렸을 적만큼 수
영 실력이 나오지 않았다. 그가 물에 들어간 것은 열세 살 이후 처
음이었다. 그는 힘차게 첨벙첨벙 발을 굴렀다. 그는 몇 미터 앞으
로 나아가지도 못하고 물속으로 가라앉았다. 여자는 여전히 누운
그대로였다.

　고요함이 거기 있었다.

해설
김형중(문학평론가)

비非윤리 혹은
미未윤리적 소설 쓰기

1

　책으로 된 감옥 속에 만년의 삶을 완전히 유폐시켜버린 한 노인이 있다. 한때 평론가이자 대학 교수이기도 했던 그에게 어느 날 P라는 젊은 작가가 찾아온다. "노랑 바탕에 뭔지 모르는 곤충 한 마리가 그려져 있"(「그래서」, 『힌트는 도련님』, 문학과지성사, 2011, 83쪽)는 표지의 소설책을 냈던 작가인데, 자신이 사십 년 전 무심코 그에게 던진 "그래서?"라는 말 한마디가 작가의 삶과 죽음을 좌우했다는 사실을 이제 노인은 감당해야 한다(그러나 그는 백가흠의 인물, 당연히 그 사실을 감당하지 않는다). 물론 저 노란 표지에 그려져 있는 곤충의 종류와 책 제목, 그리고 작가의 이름을 나는 특정할 수 있다. 곤충은 귀뚜라미고, 책 제목은 『귀뚜라미가 온다』(문학동네, 2005: 2011), 작가는 (백가흠 소설 속에 등장한) 백가흠이다.

새 소설집이자, 그가 다른 소설집을 내기 전까지는 당분간 마지막 소설집이기도 할 『같았다』의 원고를 처음 받았을 때, 내 기분이 바로 저 노인과 같았달까? 『귀뚜라미가 온다』가 세상에 나온 것은 2005년의 일, 나는 그 책 말미에 해설을 붙였더랬다. 백가흠은 당시 신인 작가였고, 『귀뚜라미가 온다』는 그의 첫 소설집이었다. 말하자면 나는 작가 백가흠을 독자들과 맺어준 첫번째 주례자였던 셈인데, 그랬으니 십육 년이 지난 지금 이제 무게감 있는 중견작가가 된 그의 아홉번째 책에 다시 해설을 쓰는 일이 어딘가 인과응보 같았고, 책임을 지는 일 같았고, 비평가의 윤리 같기도 했다. 그러나 나는 소설 속 그 고약한 노인과 달리 그 일을 이제 감당해볼 참이다. 우선 추억 삼아 『귀뚜라미가 온다』에서 가장 (끔찍하게) 인상 깊었던 장면 하나.

허공에 번쩍 들린 아이가 발악을 하며 몸부림칩니다. 사내가 아이를 마루 위로 집어던집니다. 아이가 벽에 부딪히더니 마루로 떨어집니다. 순식간에 아이 울음소리가 멈춥니다. 병출씨가 눈을 끔벅이며 마루 위의 아이를 쳐다봅니다. 여자도 멍하니 아이를 쳐다봅니다.

얼매나, 조용햐, 개숭아. 우리 들어가자. 아저씨 약 좀 주라.
　　　　　　　—「배꽃이 지고」, 『귀뚜라미가 온다』(2011), 232쪽

　'사내'는 과수원 주인, 병출과 여자는 발달장애인 노예 부부(백
가흠의 세계를 개연성 없는 폭력의 세계라고 비난하지 말자. 그들
은 분명 우리가 사는 실제의 세계에서 걸어나온 존재가 아닌가.
우리도 그들에 대해 들은 적이 있지 않은가), 사내가 여자에게 달
라는 것은 이제 아이가 못 먹게 된 그녀의 젖, 이런 세계가 『귀뚜
라미가 온다』의 세계였다. 실려 있는 모든 작품이 저런 세계를 다
뤘다. 생물학적으로, 그러니까 (특히 남성의) 본능과 욕구로 완전
히 환원된 세계 말이다. 따라서 과수원 주인을 고유명사가 아닌
'사내'라고 부르는 것은 지극히 합당해 보이는데, 그는 사람이기
보다는 수컷이라는 호칭에 더 가까울 듯하고, 짐승에게 고유명사
는 어울리지 않기 때문이다. 저 장면이 더 끔찍해지는 것은 화자
의 저 단정한 존대 어법 때문이기도 한데, 묘사로 일관하는 저 문
장들은 마치 동물 생태 다큐멘터리의 내레이션을 닮았다. 그래서
나는 해설에 그를 두고 '폭력적 남성성을 극대화함으로써 역설적
으로 그 폭력성을 내파하는 작가'라고 썼다.

2

　그때부터 궁금했다. 『조대리의 트렁크』(창비, 2007)까지, 아니
그 이후로도 줄곧 등장하는 존비속 폭행, 영아 유기, 성도착, 신성
모독, 살인, 매매춘, 사도마조히즘 등의 기원이 말이다. 마치 영혼
이 없는 것처럼 단순하게, 그리고 반성 없이 저런 일을 저지르는
백가흠의 인물들, 말하자면 전혀 대타자의 세례를 받아본 적이 없
는 것만 같은 그 인물들은 어디서 출현한 것일까?
　스스로 그런 물음을 던진 백가흠 소설 속 최초의 인물은 '근원'
이다. 작중 연예기획사 사장이 수십 가지 직업을 전전해온 그에
게 묻는다. "원래는 뭐가 되고 싶었는데?" 근원의 대답은 이렇다.
"원래라는 게 없어요. 그때그때 밥 벌어먹으려고, 좀 하다 보면 오
래 할 일이 못 되는 거 같고".(「그런, 근원」, 『힌트는 도련님』, 53
쪽) 오로지 먹고 살기 위한 삶, '원래'라는 것이 없는 삶, 그것은
『귀뚜라미가 온다』의 세계와 그다지 다르지 않은, 생물학적으로
환원된 삶이다. 과수원이 연예기획사로 바뀌었을 뿐(더한 생존 투
쟁이 이곳에서 일어나지 않던가), 그가 사는 세계는 동물적 삶의
연장이다. 그러던 그에게 어머니가 죽어가고 있다는 전갈이 온다.
어머니는 물론 만인의 기원(이제부터 이 말을 백가흠의 어법에 따
라 '근원'으로 바꾸어 쓴다), 근원씨의 '근원 찾기'가 그렇게 시작
된다.

그런데 범박하게 말해 근원 찾기 서사의 종결에는 대체로 두 가지 경우의 수가 존재한다. 첫째는 근원의 되찾음, 곧 '근원과의 충만한 화해'다. 그럴 때 근원 찾기 서사는 소설이 되지 못하고 동화나 판타지가 된다. 왜냐하면 소설이란 '선험적 고향상실성'의 장르이고, 우리 시대에 하늘의 별자리는 도통 우리가 나아가야 할 길의 지도가 되어주질 못하니까. 그런데 근원은 소설의 주인공이므로 그에게 지도도 내비게이션도 없는 것은 당연하다. 게다가 '어머니-근원'이 누워 있다는 산골의 옛집을 찾아가는 와중에, 별자리와 먼 불빛은 지도가 되어주기는커녕 자꾸 그의 눈을 흐릴 뿐이다.

그렇다면 「그런, 근원」은 근원 찾기 서사의 두번째 경우에 속할지도 모르겠다. 근원 찾기의 실패, 곧 '근원의 결여에 대한 확인'의 서사 말이다. 루카치가 소설을 두고 "성숙한 남성의 형식"(이 말의 젠더 편향성은 두고두고 재고되어야 한다)이라 말할 때 염두에 두었던 것도 이런 종결이었을 텐데, 근대인인 우리에게 애초부터 돌아갈 근원 같은 것은 없었다는 사실의 재확인이 이루어지면서 이야기는 끝난다. 이미 끝나버린 길에서 여행을 시작했던 문제적 개인은 이제 그 상실을 떠안은 채로, 근원의 결여를 긍정하면서 세계를 살아내야 한다. 이른바 (라캉적인 의미에서) '주체'가 되는 셈이다. 상실을 상실한 자, 우리가 상실한 것은 애초부터 없었다는 것을 확인한 자, 근원은 그런 주체인가? 그러나 그럴 리가…… 백가홈의 주인공에게 그런 일은 일어나지 않는다.

한참을 뛰다시피 산을 내려가던 남자가 다시 벚나무 집 쪽으로
발길을 돌렸다. 남자는 마치 벚나무 집에서 원래 살았던 사람처럼
마당 한 귀퉁이에 기대어져 있던 삽을 들고 뒷동산으로 올라갔다.
평평한 곳을 골라 남자는 삽질을 하기 시작했다.
—「그런, 근원」, 『힌트는 도련님』, 68쪽

어머니 집을 찾아가는 와중에 불빛을 보고 들어선 산중의 외딴
집, 거기에 어머니는 없고 죽은 지 이미 오래인 노파의 시신만 있
다. 부재하는 근원, 근원은 역시나 결여다. 그러나 근원은 루카치
의 성숙한 남성은 아니었는지 마치 처음부터 거기 없었던 걸로 하
려는 듯 서둘러 시신을 땅에 묻는다. 중요한 정보는 "마치 벚나무
집에서 원래 살았던 사람처럼"이라는 부사절에 숨어 있다. 그는
삽의 위치를 이미 알고 있던 사람인 듯 행동한다. 그리고 인용문
보다 조금 앞서 그가 어두운 방안에서 허공에 매달려 있는 스위치
를 찾아 불을 켜는 장면에도 정보는 숨어 있다. 그는 방에 들어서
자마자 "오래전의 기억"에 따라 "익숙한 동그란 스위치"(65쪽)를
누른다. 그러니까 저 집은 근원의 집이 맞고, 시신은 어머니가 맞
는다.
그렇다면 이제 근원 찾기 서사의 세번째 종결 방식을 상정하지

않을 수 없겠다. 근원의 결여와 마주하기, 그러나 그것을 '부인'하기. 근원이 서둘러 시신을 묻은 것은 아마도 그런 이유였을 것이다. 그는 루카치의 문제적 인물처럼 근원의 결여라는 사태와 마주한다. 그러나 그는 '주체'로서 거듭날 생각도 용기도 자신도 없다. 대신 사태를 부인하고 자신은 근원의 결여와 마주한 적이 없는 것처럼 산을 내려간다. 그러니까 그는 '주체'가 되지 못하(/않)고 살아온 그대로 주욱 살아가게 될 참이다.

3

『四十四』(문학과지성사, 2015)는 대체로 그렇게 근원의 결여를 부인하고 산을 내려와 '살아온 그대로 주욱 살아온' 사람들(대체로 사십사 세이거나 그 시절 즈음에 속해 있는)의 이야기다. 그러나 '억압된 것은 반드시 회귀한다'고 말했던 이는 그 유명한 프로이트, 이미 대면해버린 근원의 결여가 부인한다고 쉽사리 기억 속에서 사라질 리는 만무하다. 이제 결여는 사소한 계기만 주어져도 환기된다. 그것과 다시 대면하게 될지 모른다는 불안이 그들을 덮친다. 그럴 때 백가흠의 소설은 최근 유행하는 '윤리적 종결 형식'(나의 명명법이다)의 구조와 얼마간 유사해진다. 그 구조란 대강 이런 것이다.

① 일상 → ② 계기 → ③ 근원 찾기 → ④ 실재와의 조우
→ ⑤ 주체의 탄생

『四十四』에 실린 대부분의 작품에 두루 해당되는 도식이지만
「더 송The Song」한 작품만 사례로 삼아보자. 소설은 "한승훈 선생
이 죽었다는 연락을 받은 것은"(43쪽)으로 시작한다. 워낙에 고
약한 성품을 지닌 백가흠의 주인공들 중 한 명이다보니 온전히 안
온한 것만은 아니었지만(그는 이혼 소송중이고 재직중인 대학에
서는 사정위원회에 회부되어 있다), 그럭저럭 유지되어 가던 '일
상'(①) 속으로 소식 하나가 날아온다. 소식은 대체로 부음이나 느
닷없는 전화, 혹은 불수의적 기억의 형태를 취한다. 그것이 억압
되었던 기억 저편의 사건을 소환하는 '계기'(②)가 된다. 장교수의
경우 스승의 죽음을 알리는 부음이 계기다. 그러자 잊은 줄로만
알았던 삼십여 년 전 기억이 불수의적으로 돌아온다. 흰 개에 얽
힌 그 기억 속에서 그는 개를 죽게 했고, 선배 '미현'을 쫓아냈다.
그는 잊고 지냈으나 동료들은 그 사실을 모두 기억하고 있다. 사
실상 그 사건이 그의 이후 삶을 결정지은 '근원'(③)이다. 물론 그
사건을 근원이라 부르는 것은 그 사건이 그를 이른바 '실재' 앞으
로 데려다놓기 때문이기도 하다. 장례식장에서 온갖 찌질한 언사
로 행패를 부리던 장교수는 동료의 입을 통해 그 흰 개의 주인이

었던 '미현'의 죽음에 대해 듣게 된다. '실재와의 조우'(④)다.

아마도 완성된 '윤리적 종결 형식'을 갖춘 이즈음의 소설들에서라면 이후의 사태는 이렇게 진행되었으리라. 내가 잊어버린 기억 속에서 나에 의해 상처받은 타인이 있었음을, 내 일상은 그와 같은 사실의 망각 속에서 유지되었던 것임을 주인공이 깨닫게 되고, 그럼으로써 그 윤리적 짐을 누구도 아닌 바로 자신의 것으로 떠안는 '주체'(⑤)가 탄생하는 결말 말이다. 그러나 백가흠 소설 속에서 그런 일은 일어나지 않는다. 소설의 결말은 이렇다.

그는 버럭 소리를 지르며 화를 내고 싶었지만 할 말이 없었다. 이 모든 일이 30년 전 그 흰 개 때문이었다. 오랜 시간이 지났음에도 사라지지 않는 장구에 대한 부채감, 그것이 지금까지도 자신을 되돌릴 수 없는 인생으로 살게 하고 있다는 생각이 들었다. 그는 속으로 '죽은 미현을 찾아서라도 가만두지 않겠다'고 다짐하고 있었다.

—「더 송The Song」, 『四十四』, 78쪽

말하자면 백가흠 소설 속에서 자신이 가한 상해로 고통받은 타인과 직면하는 사태는 윤리적 주체의 탄생으로 이어지지 않는다. 주체의 탄생 없는 '(非, 未)윤리적 종결 형식'! 장교수는 여전히 그 모든 책임을 개와 미현에게 돌린다. 그것이 근원의 결여 앞에서 부인의 기제로 사태를 회피했던 바로 그 주인공들이 일상을 살아가는 방법이다. 그들은 성공했건 실패했건 거듭되는 부인 속에서만 자신의 삶을 합리화하고 정당화한다. 윤리란 말은 어쩌면 작가 백가흠에게는 가장 어울리지 않는 말일지도 모르겠다.

4

길게 에둘러왔으니, 이제 여기『같았다』에 실린 작품들 속 주인공들이 공히 보여주는 불안과 강박의 원인에 대해 말해볼 차례다. 우선 저 고약한 중늙은이 장교수의 "죽은 미현을 찾아서라도 가만두지 않겠다"는 회피성 다짐에서 일말의 불안을 읽지 못한다면 그것은 그에게도 작가 백가흠에게도 공평하지 못할 듯하다. 그는 지금 무척 불안하다. 자신의 일상이 느닷없는 실재와의 조우를 통해 와해되고 말 것 같은 불안…… 그리고 그 불안이야말로『같았다』에 실린 거의 모든 작품들을 지배하는 강박적 징후들의 원인이다.

불안은 필연코 강박을 동반하는 법, 「훔쳐드립니다」의 주인공이 보여주는 절도강박(그는 생계형 도둑이 아니다), 「1983」의 조팔삼과 안일구가 보여주는 83강박(83년생 조팔삼과 1983년판 마돈나의 앨범), 「같았다」의 여주인공이 빠져 있는 약물중독과 「그집」의 형일이 빠져 있는 도박중독(강박증의 특징으로서의 중독적 반복), 「그는 쓰다」의 자칭 소설가가 반복적으로 행하는 전처에게 새벽 전화 걸기와 (글, 돈, 애) 쓰기, 「코로 우는 남자」의 주인공이 매일 투척하는 미끼 없는 낚시…… 각종의 강박이 일시적이나마 불안을 잠재운다. 그러나 강박은 자위행위와 같아서, 실은 불안을 완전히 소거시키지도 못할뿐더러 더 큰 불안의 요인이 된다. 그리고 더 큰 불안, 백가흠의 소설들 속에서 그것은 물론 하나같이 '근원의 결여' '근원과의 분리'를 지시한다. 이렇게.

집에서만 이상한 냄새가 났다. 어디에서 무언가 썩고 있는 게 분명했다. 집에만 오면 썩은내가 진동을 했다. 그는 냄새의 근원을 찾아 온 집안을 헤집어놓았다. 하지만 집안 어디에서도 근원을 찾지 못했다.

—「그는 쓰다」, 258쪽

나는 엄마의 유골함을 책보에 싸서 들고 오래 산책을 했다. 가끔 그랬다. 한강에 그냥 뿌릴까 싶어 들고 나온 것이지만 매번 그러지 못했다. 나는 엄마의 유골함을 도로 텔레비전 옆에 놓았다.

—「나를 데려다줘」, 202쪽

"무슨 소리야. 너, 부모와 가족을 찾아야지. 사람이 근원을 알아야 살 수 있는 건데."

"근원? 그게 뭔데?"

"그런 게 있어. 원래 있었던 거 말이야. 네가 있게 된 근거 말이야."

—「1983」, 65쪽

「그는 쓰다」의 주인공이 보여주는 (돈 혹은 글)쓰기 강박증 이면에는 '근원을 찾을 수 없음'에 대한 불안이 놓여 있다. 그의 강박과 환후 증상이 시작된 것은 모친(근원)이 죽은 후란 사실도 덧붙여둘 만하다. 「나를 데려다줘」의 주인공이 겪고 있는 불안은 확연히 분리불안이다. 인간이 최초로 어머니의 뱃속에서 빠져나올 때 겪게 되고 이후에 영원히 반복된다는 그 근원적 분리에 대한 공포 말이다. 그는 어머니의 죽음이라는 실재와 조우하는 대신 유골함을 들고 산책하는 일로 죽음과의 대면을 회피한다. 그러나 끝내 유골함을 버리지 못한다. 「1983」의 안일구는 근원(부모)이 있음에도 불구하고 팔삼의 친부모 찾기에 강박적으로 매달린다. 근원의 결여는 그에게 존재의 근거가 상실되었음을 의미하기 때문이다. 요컨대 『같았다』(이 표제작의 주인공 이름 또한 '근원'이다)에 실린 작품들은 하나같이 근원의 결여를 강박과 불안을 통해 회피하는 인물들의 사연을 나열하고 있다. 그런 그들이 '① 일상 → ② 계기 → ③ 근원 찾기 → ④ 실재와의 조우 → ⑤ 주체의 탄생'으로 이어지는 윤리적 주체 형성의 전 단계를 완성할 가능성은 거의 없어 보인다.

5

　백가흠의 소설 세계에서 저 윤리적 주체 형성 과정의 가장 먼 데까지 가본 인물은 「코로 우는 남자」의 '딸 잃은 사내'다. 딸 서원은 또래 남자아이들에게 상상할 수 있는 가장 사악한 방식으로 살해당했다. 딸의 죽음 후 일 년, 재판은 진행중이고 그는 매일 저수지에 빈 낚시를 드리운 채 수면을 바라본다. 그러나 낚시는 그를 치유하지 못한다. 대신 백가흠의 인물로서는 드물게 실재와 조우한다. 억압으로부터 회귀한 기억 속에서 그는 바로 그 저수지에서 어렸을 적 친구의 죽음을 방관한 적이 있다. 조우는 거기서 멈추지 않는다. 딸의 죽음에 대해서도 그는 죄가 있다. 딸의 가출 사실조차 몰랐던 무책임한 아빠였던 것이다. 매일 찾아오는 살인범의 어머니 앞에서 그는 그 사실을 인정하고 받아들인다. 그가 말한다.

　"당신 아들 원망하지. 진심으로 똑같이 되갚아주고 싶소. 그런데 시간이 지나니까 한편으로 서원이가 무사하고 별일 없었다면 나는 아마 죽을 때까지 그애가 불쌍하다는 것을 몰랐을 거라는 생각이 들었소. 미안한 마음도 들지 않았을 거요. 내가 평생 그애에

게 속죄하며 살아야 한다는 것을 몰랐을 거요. 그게 불가능하다는
것도 깨닫지 못했을 거고."

—「코로 우는 남자」, 302쪽

내 안의 죄와 대면하기. 죽은 타인의 고통을 내 것으로 받아들
이기. 아마도 그가 저 말만 하고 말았다면 우리는 그렇게 이즈음
유행하는 윤리적 주체 형성 과정의 완성을 다시 한번 목도할 수도
있었으리라. 내 죄로소이다. 내 죄로소이다. 그러나 그는 이미 살
인자의 어머니에게 상해를 가했고, 실신한 여자 앞에서 이렇게 말
을 이어간다.

"내가 왜 당신에게 관대한지 모르겠는 거요. 그럴 만한 이유가
없는데 말이오. 측은한 마음이 드는데, 그런 나를 발견하면 그게
또 화가 나는 거요. 그래서 안 되겠다 생각했소. 우리 힘으로 풀 수
없는 게 있다는 걸 알게 됐소. 그래서 나도 당신과 합의를 보기로
마음먹은 거요."

—「코로 우는 남자」, 302쪽

그는 자신이 딸의 죽음에 책임이 있음을 안다. 그 사실과 조우
했고 또 받아들였다. 그러나 그도 인간, 그렇다고 해서 극한의 분
노와 절망과 슬픔이 사라지지는 않는다. 그에 따를 때 그것은 "우

리 힘으로 풀 수 없는" 한계 너머의 경험이다. 나로서는 그가 주어로 사용하고 있는 '우리'라는 대명사가 단지 자신과 여자만을 지시한다고 생각되지 않는다. 아마도 '우리'란 다들 고만고만한 인내와 참을성을 가진 '인류'를 지시하는 대명사이리라.

인류는 참척의 고통 앞에서마저 윤리적 주체로 거듭날 수 있는 존재다. 그러나 그런 인류에 속하는 개별자는 그다지 많지 않다. 그런 이유로 눈물도 흘리지 못하고 표정도 짓지 못하게 된 저 아비의 고통에 쉽사리 윤리라는 처방을 내렸다면 나는 작가 백가흠을 덜 신뢰하게 되었으리라. 왜냐하면 내 마음 속 그는 『귀뚜라미가 온다』 시절부터 지금까지 줄곧 비윤리 혹은 미윤리의 작가였으니까. 보통의 너와 나들처럼 5·18 이후에도, 4·16 이후에도, 미얀마 사태 이후에도 온갖 강박과 방어와 부인으로 무장한 채, 살아오던 그대로의 삶을 가까스로 살아가고 있는 (그리고 살아가게 될) 바로 우리들의 이야기를 쓰는 작가였으니까.

참, 그 사내에 대해서라면 아직 할말이 남아 있다. 소설은 이렇게 끝난다. "고요함이 거기 있었다"(303쪽). 사내가 물속으로 가라앉은 직후다. 죽음만이 그에게 고요를 가져다준다. 이 소설집에 자발적 죽음들이 즐비한 걸 보면 이후 백가흠의 소설이 어디를 '향'하게 될지 얼추 짐작할 수 있다. 2013년에 출간된 그의 장편 『향』이 향해 있던 저 타나토스의 영역 어디쯤이겠지. 그러나 오늘은 윤리적 주체의 완성 직전에 스스로 죽음을 택한 고인에게 명복을…… 왜냐하면 우리가 온전한 의미에서 윤리적 주체가 된다는 일의 어려움(라캉도 말하거니와 그것은 상징적 죽음을 불사하는 일이다)을 몸소 보여준 그의 미윤리가 어쩌면 더 윤리적으로 보이기도 하는 터이니 말이다.

작가의 말

소설을 쓰기 시작했을 무렵, 떠오르는 일화가 하나 있습니다. 겨울이 가고 봄이었을 거예요. 날씨가 풀려 같은 과 친구들과 아르바이트를 나갔는데요. 엄청 비싸다던 싱크대 대리석 상판을 한 장 깨먹고는 전전긍긍했던 어느 봄날이 있었습니다. 쩔쩔매며 사실대로 작업반장에게 얘기했더니 그는 괜찮다며 우리를 다독였습니다. 그도 우리도, 일당을 다 모아도 책임질 수 없는 일이었을 겁니다. 그러니 쉬쉬하며 숨겼을 겁니다. 잘못된 일이었지만 뭔가 위안이 됐습니다. 그래서 우리는 괜찮았던 것이지요. 긴장했던 긴 하루를 마치고 지하창고에서 지상으로 올라와보니, 그곳에 눈부신 강남의 봄밤이 있었어요. 그 풍경 앞에 서 있는 제가 참 이질적으로 느껴졌습니다. 저는 지금, 그런 심정입니다. 난감함. 괜찮다는데 괜찮지만은 않은.

지난해 이상한 꿈을 꾸었던 날이 있었어요. 꿈속에서 저는 이상한 직업을 가진 사람이었는데요, 죽은 사람들의 말을 받아 적는 일을 하고 있었습니다. 꿈속에서 죽은 사람들이 무서워 저는 엄청난 공포에 떨었습니다. 저는 그런 일을 할 줄 모르는 사람이었는데, 그런 일을 하는 사람이라고 하니 난처하기만 했습니다. 꿈속에서 덜덜 떨며 시체들의 입에 귀를 대던 느낌이 지금도 생경하기만 합니다. 악몽이었지요. 새벽, 잠에서 깨어 저는 정신없이 메모를 했습니다. 그 메모를 발견한 것은 나중의 일인데 그 메모에는 이런 글귀도 있었습니다. '죽은 자의 말에 귀기울여라.' 그밖에도 여러 문장이 적혀 있었는데 대부분은 암호 같고 이해할 수 없는 것들이었어요. 한참 후에 저는 꿈속의 일화를 소재로 이 책에 수록되어 있는 「어제의 너를 깨워」라는 소설을 썼습니다. 소설을 쓰는 일은 고되고 공포에 가까운 일이지만 선험적 신비한 체험을 겪는 일은 즐거우니 조금 더 견뎌볼 만한 일 같기도 합니다.

올해로 데뷔한 지 스무 해가 되었습니다. 아홉번째 소설책을 내놓습니다. 변변찮은 소설을 계속해서 쓰는 일에 부끄럽고 자괴감이 컸지만, 언제나 그랬듯이 그저 쓰다보니, 또 시간이 이렇게 되었습니다. 도움을 준 많은 이들이 있었기 때문이지요. 오래전 약

속을 잊지 않고 기회를 준 문학동네에 감사드립니다. 첫 책과 지금으로선 마지막 책, 두 번씩이나 곤혹스러움을 이기고 해설을 써준 김형중 형과 근사한 책을 만들어준 김영수 학형에게 감사와 위로를 보냅니다. 고맙습니다.

2021 여름 대구

백가흠

| 수록 작품 발표 지면 |

훔쳐드립니다 …… 웹진 『비유』 2017년 3월호(발표 당시 제목 「그랬나봐, 아니야」)

1983 …… 『현대문학』 2018년 1월호

그 집 …… 『악스트Axt』 2017년 11/12월호

타클라마칸 …… 『악스트Axt』 2019년 11/12월호(발표 당시 제목 「오아시스를 지나치면」)

같았다 …… 『쓺』 2020년 상반기호

나를 데려다줘 …… 『문학과사회』 2018년 겨울호

어제의 너를 깨워 …… 『릿터Littor』 2019년 6/7월호

그는 쓰다 …… 『현대문학』 2016년 5월호

코로 우는 남자 …… 『문학동네』 2015년 가을호

문학동네 소설집
같았다
ⓒ백가흠 2021

초판 인쇄 2021년 7월 5일
초판 발행 2021년 7월 12일

지은이 백가흠
책임편집 김영수 | 편집 이재현 강윤정
디자인 고은이 유현아
마케팅 정민호 이숙재 우상욱 정경주
홍보 김희숙 김상만 함유지 김현지 이소정 이미희 박지원
제작 강신은 김동욱 임현식 | 제작처 영신사

펴낸곳 (주)문학동네 | 펴낸이 염현숙
출판등록 1993년 10월 22일 제406-2003-000045호
주소 10881 경기도 파주시 회동길 210
전자우편 editor@munhak.com
대표전화 031) 955-8888 | 팩스 031) 955-8855
문의전화 031) 955-3578(마케팅) 031) 955-2679(편집)
문학동네카페 http://cafe.naver.com/mhdn
트위터 @munhakdongne
북클럽문학동네 http://bookclubmunhak.com

ISBN 978-89-546-8087-5 03810

www.munhak.com